Rodolfo Walsh

Ein schwarzer Tag für die Gerechtigkeit

Rodolfo Walsh

Ein schwarzer Tag für die Gerechtigkeit

Erzählungen

Aus dem argentinischen Spanisch von
Lutz Kliche

Stockmann Verlag

Die Originalausgaben erschienen 2006 bis 2008 unter den Titeln
„Los oficios terrestres", „Un kilo de oro" und
„Un oscuro día de justicia"
bei Ediciones de la Flor S. R. L., Buenos Aires

Für die freundliche Förderung der Übersetzung danken wir dem
argentinischen Ministerium für Äußeres, Internationalen Handel und
Kultur (COFRA – PROSUR)

© 1986, 1987 und 2006 Ediciones de la Flor, Buenos Aires

© der deutschen Ausgabe 2010 Stockmann Verlag
A-2540 Bad Vöslau, Florastr. 27
www.stockmann-verlag.com

Schutzumschlag unter Verwendung eines Fotos
von Eva Perón in ihrem Sarg

Umschlag und Satz: Bernhard Stockmann
Druck: Buchproduktion Ebertin, Uhldingen-Mühlhofen

Alle Rechte vorbehalten
Fotomechanische Wiedergabe des Werkes oder von Teilen daraus nur
mit Genehmigung des Verlags

ISBN: 978-3-9502750-4-9

Inhalt

Diese Frau 9
Fotos 23
Der Träumer 63
Nachtwache 71
Iren jagen einen Kater 79
Umzug 113
Briefe 119
Die irdischen Dienste 177
Fußnote 197
Ein Kilo Gold 227
Ein schwarzer Tag für die Gerechtigkeit 247

Notiz

Die Geschichte „Diese Frau" bezieht sich selbstverständlich auf einen historischen Vorfall, an den sich jeder in Argentinien erinnert. Das hier wiedergegebene Gespräch entspricht im Wesentlichen der Wahrheit. Das Thema von „Nachtwache" wurde mir vor Jahren von meinem Freund Héctor Cattolica als authentisch berichtet. Die Personen und Geschehnisse der übrigen Erzählungen sind erfunden; ganz gewiss jedoch nicht der Hintergrund, vor dem sie sich abspielen.

Um die wahrscheinliche Neugier einiger Leser zu befriedigen, kann ich sagen, dass mich die Erzählung „Fotos" am meisten Arbeit gekostet hat. Ich begann sie vor sieben Jahren zu entwerfen, und sie erlebte viele Fassungen. „Nachtwache" hingegen schrieb sich wie von selbst in ganz kurzer Zeit in einem Zug. „Diese Frau" begann ich 1961 und beendete sie 1964, aber ich brauchte nicht drei Jahre, sondern zwei Tage: einen Tag 1961, einen Tag 1964. Ich habe noch nicht herausgefunden, nach welchen Gesetzen gewisse Themen jahrelang Widerstand leisten und viele

Veränderungen des Konzepts und der Erzähltechnik verlangen, während sich andere gleichsam von selbst schreiben.

    Meiner ursprünglichen Absicht nach sollte dieses Buch eine größere Zahl von Geschichten enthalten, und eine davon, „Die irdischen Dienste", sollte dem Band den Titel geben. Diese Erzählung ließ sich bisher noch nicht schreiben, doch ich entschied, dass der Titel bleiben sollte, zum einen ein wenig aus Geheimnistuerei, zum anderen auch, weil er mir nicht allzu abwegig erscheint für den unausgesprochenen oder ausdrücklichen Inhalt dieser Geschichten.

RJW

Diese Frau

Der Oberst lobt meine Pünktlichkeit.
„Sie sind pünktlich wie ein Deutscher", sagt er.
„Oder wie ein Engländer."
Der Oberst hat einen deutschen Nachnamen.
Er ist ein korpulenter Mann, mit grauem Haar und breitem, sonnenverbranntem Gesicht.
„Ich habe Ihre Sachen gelesen", behauptet er. „Gratuliere."
Während er zwei große Gläser Whisky einschenkt, informiert er mich wie nebenbei, dass er zwanzig Jahre beim Geheimdienst gearbeitet hat, dass er Philosophie und Sprachen studiert hat, dass er ein Kunstliebhaber ist. Er hebt nichts hervor, steckt einfach nur das Terrain ab, auf dem wir uns bewegen können, eine ungefähre Region von Gemeinsamkeiten.
Von dem großen Fenster im zehnten Stock sieht man die Stadt in der Abenddämmerung, die bleichen Lichter des Stroms. Von hier aus ist es leicht, Buenos Aires zu lieben,

und sei es auch nur für den Augenblick. Doch es ist keine eigentliche Form der Liebe, was uns zusammengebracht hat.

Der Oberst ist auf der Suche nach ein paar Namen, ein paar Dokumenten, die ich vielleicht haben könnte.

Ich suche eine Tote, einen Ort auf der Landkarte. Es ist an sich noch keine Suche, es ist gerade mal eine Phantasie: die Art von perverser Phantasie, die manche Leute mir zutrauen.

Eines Tages (denke ich in zornigen Momenten) werde ich sie suchen gehen. Sie bedeutet mir nichts, und dennoch werde ich versuchen, hinter das Geheimnis ihres Todes zu kommen, werde versuchen, ihre Überreste zu finden, die langsam auf irgendeinem entlegenen Friedhof verfaulen. Wenn ich sie finde, werden neue Wellen der Wut, der Angst und der enttäuschten Liebe emporsteigen, mächtige Wellen der Rachsucht, und einen Augenblick lang werde ich mich nicht mehr einsam fühlen, werde ich mich nicht mehr fühlen wie ein schleppender, bitterer, vergessener Schatten.

Der Oberst weiß, wo sie ist.

Er bewegt sich leicht in dieser Wohnung mit den protzigen Möbeln, die mit Statuen aus Elfenbein und Bronze dekoriert ist, mit Wandtellern aus Meißen und Kanton. Ich lächle über einen falschen Jongkind, einen zweifelhaften Figari. Ich denke an das Gesicht, das er aufsetzen würde, wenn ich ihm sagte, wer die Jongkind herstellt, doch stattdessen lobe ich seinen Whisky.

Er trinkt voller Lust, voller Gesundheit, voller Begeisterung, voller Freude, voller Überlegenheit, voller Verachtung. Sein Gesicht verändert sich laufend, während seine dicken Hände langsam das Glas drehen.

„Diese Papiere", sagt er.

Ich sehe ihn an.

„Diese Frau, Herr Oberst."

Er lächelt.

„Alles hängt miteinander zusammen", sagt er philosophisch.

Einer Porzellanvase aus Wien fehlt unten ein Splitter. Eine Kristalllampe hat einen Sprung. Der Oberst erzählt lächelnd und mit verhangenem Blick von der Bombe.

„Sie haben sie im Hausflur abgelegt. Sie meinen, ich sei schuld an allem. Wenn die wüssten, was ich für sie getan habe, diese Kläffer."

„Großer Schaden?", frage ich. Es kümmert mich einen Dreck.

„Ziemlich groß. Meine Tochter. Ich habe sie zu einem Psychiater in Behandlung geschickt. Sie ist zwölf", sagt er.

Der Oberst trinkt, mit Wut, mit Trauer, mit Angst, mit schlechtem Gewissen.

Seine Frau kommt herein, mit zwei Tassen Kaffee.

„Erzähl du's ihm, Schatz."

Sie geht ohne zu antworten hinaus; eine große, stolze Frau mit einem neurotischen Gesichtsausdruck. Ihre Arroganz bleibt als kleine Wolke zurück.

„Die Arme hat das alles sehr mitgenommen", erklärt der Oberst. „Aber das interessiert Sie ja nicht."

„Wie wird mich das nicht interessieren! ... Ich hörte, dass dem Hauptmann N und dem Major X danach auch ein Missgeschick passiert ist."

Der Oberst lacht.

„Die Phantasie der Leute", sagt er. „Da sehen Sie mal,

wie sie funktioniert. Doch im Grunde erfinden die Leute nichts. Sie wiederholen nur, was sie hören."

Er entzündet eine Marlboro, lässt die Schachtel in meiner Reichweite auf dem Tisch liegen.

„Erzählen Sie mir irgendeinen Witz", sagt er. Ich überlege. Mir fällt nichts ein.

„Erzählen Sie mir irgendeinen politischen Witz, welchen auch immer, und ich werde Ihnen beweisen, dass er vor zwanzig Jahren, fünfzig Jahren, einem Jahrhundert erfunden wurde. Dass man ihn nach der Niederlage von Sedan erzählt hat, oder über Hindenburg, oder Dollfuß, oder Badoglio."

„Und was soll das heißen?"

„Das Grab von Tut-ench-Amun", sagt der Oberst. „Lord Carnarvon. Alles Quatsch."

Der Oberst trocknet sich den Schweiß mit der dicken, behaarten Hand.

„Aber der Major X hatte einen Unfall, er hat seine Frau getötet."

„Und weiter?", sagt er und lässt die Eiswürfel im Glas klingeln.

„Eines Morgengrauens hat er sie erschossen."

„Er hat sie mit einem Einbrecher verwechselt", lächelt der Oberst. „So was passiert halt."

„Aber der Hauptmann N ..."

„Hatte einen Autounfall, das kann jedem passieren, und ihm zu allererst, der sieht ja nicht mal ein voll aufgezäumtes Pferd, wenn er blau ist."

„Und Sie selbst, Herr Oberst?"

„Bei mir ist es anders", sagt er. „Mich haben sie im Visier."

Er steht auf, kommt um den Tisch herum.

„Sie glauben, dass ich schuld bin. Diese Kläffer wissen gar nicht, was ich für sie getan habe. Aber eines Tages wird die Geschichte geschrieben werden. Vielleicht schreiben Sie sie ja."

„Würde ich gern tun."

„Und ich werde reingewaschen, ich werde gut dastehen. Nicht dass es mir wichtig wäre, bei diesen Kläffern gut dazustehen, doch vor der Geschichte schon, verstehen Sie?"

„Ich hoffe, ich kann etwas dazu tun, Herr Oberst."

„Sie lungerten schon länger hier herum. Eines Nachts hat sich einer getraut. Hat die Bombe im Flur abgestellt und ist weggelaufen."

Er steckt die Hand in eine Glasvitrine, nimmt eine bunt bemalte Porzellanfigur heraus, ein Hirtenmädchen mit einem Blumenkorb.

„Sehen Sie hier."

Dem Hirtenmädchen fehlt ein Arm.

„Derby", sagt er. „Zweihundert Jahre alt."

Das Hirtenmädchen verschwindet zwischen seinen jetzt plötzlich zärtlichen Fingern. Der Oberst hat einen harten Zug im düsteren, vom Schmerz gezeichneten Gesicht.

„Weshalb meinen sie denn, dass Sie schuld daran sind?"

„Weil ich sie von dort herausgeholt habe, wo sie war, das stimmt, und sie dorthin gebracht habe, wo sie jetzt ist, das stimmt auch. Aber sie wissen nicht, was man mit ihr machen wollte, diese Kläffer wissen überhaupt nichts, und sie wissen auch nicht, dass ich es war, der es verhindert hat."

Der Oberst trinkt voller Rage, voller Stolz, voller Ungestüm, voller Beredtheit, voller Bedacht.

„Weil ich Geschichte studiert habe. Ich vermag die Dinge in historischer Perspektive zu sehen. Ich habe Hegel gelesen."

„Was wollte man mit ihr machen?"

„Man wollte sie in den Fluss schmeißen, sie aus einem Flugzeug werfen, sie verbrennen und die Reste ins Klo schmeißen, sie in Säure auflösen. Wieviel Müll man sich anhören muss! Dieses Land ertrinkt im Müll, man weiß gar nicht, woher all der Müll kommt, aber wir stecken alle bis zum Hals darin."

„Wir alle, Herr Oberst. Denn im Grunde sind wir uns doch einig, nicht wahr? Es ist an der Zeit zu zerstören. Es muss alles zerschlagen werden."

„Und hinterher noch drauf gepisst werden."

„Aber ohne falsche Skrupel, Herr Oberst. Frisch voran mit der Bombe und dem Elektroschockgerät. Prost!", sage ich und hebe das Glas.

Er antwortet nicht. Wir sitzen neben dem großen Fenster. Die Lichter im Hafen blinken: quecksilberblau. Ab und zu hört man das Hupen der Autos, langgezogen in der Ferne wie die Stimmen eines Traums. Der Oberst ist gerade noch ein grauer Fleck über dem weißen Fleck seines Hemds.

„Diese Frau", höre ich ihn murmeln. „Sie lag nackt im Sarg und sah aus wie eine Jungfrau. Ihre Haut war ganz durchsichtig geworden. Man sah die Krebsmetastasen, wie jene Kritzeleien, die man auf eine beschlagene Fensterscheibe macht."

Der Oberst trinkt. Er ist hart.

„Nackt", sagt er. „Wir waren vier oder fünf und vermieden es, uns anzusehen. Da war dieser Flottenkapitän, und der Spanier, der sie einbalsamiert hatte, und ich weiß nicht mehr, wer sonst noch. Und als wir sie aus dem Sarg hoben" – der Oberst fährt sich mit der Hand über die Stirn – „als wir sie heraushoben, da hat sich dieser widerwärtige Spanier ..."

Nach und nach wird es dunkel, wie in einem Theater. Das Gesicht des Obersten ist fast unsichtbar. Nur der Whisky funkelt in seinem Glas, wie ein Feuer, das langsam erlischt. Durch die offene Wohnungstür dringen entfernte Geräusche herein. Die Fahrstuhltür hat sich im Erdgeschoss geschlossen und sich in der Nähe wieder geöffnet. Das riesige Gebäude flüstert, atmet, gluckert mit seinen Wasserleitungen, seinen Heizungen, seinen Küchen, seinen Kindern, seinen Fernsehgeräten, seinen Dienstmädchen. Und jetzt ist der Oberst aufgestanden, hält ein Maschinengewehr in der Faust, – ich habe garnicht bemerkt, dass er es hervorgeholt hat, – und schleicht auf Zehenspitzen in Richtung Flur, knipst mit einem Ruck das Licht an, sieht in den nüchternen, geometrischen, seltsam leeren Flur, auf den Fahrstuhl, die Treppe, wo absolut niemand zu sehen ist, und kehrt dann langsam zurück, das Maschinengewehr hinter sich her schleifend.

„Ich dachte, ich hörte etwas. Diese Kläffer werden mich nicht noch mal unvorbereitet erwischen."

Er setzt sich, jetzt ein wenig näher beim Fenster. Das Maschinengewehr ist verschwunden, und der Oberst sinniert wieder über jene große Szene seines Lebens.

„… da hat er sich doch tatsächlich auf sie gestürzt, dieser widerwärtige Spanier. Er war in die Leiche verliebt, er streichelte sie, befummelte ihre Brustwarzen. Ich hab ihm einen Fausthieb ins Gesicht verpasst, sehen Sie"– der Oberst schaut auf seine Knöchel – „der ihn gegen die Wand warf. Alles ist verludert, nicht einmal der Tod wird mehr respektiert. Stört Sie die Dunkelheit?"

„Nein."

„Umso besser. Von hier aus kann ich auf die Straße hinuntersehen. Und nachdenken. Ich denke immer nach. Im Dunkeln denkt es sich besser."

Er schenkt sich noch einen Whisky ein.

„Aber diese Frau war nackt", sagt er so, als gäbe es einen Unsichtbaren, der ihm widerspräche. „Ich musste ihren Venushügel bedecken, ich legte ihr ein Leichenhemd um und den Franziskanergürtel."

Unvermittelt lacht er auf.

„Das Leichenhemd musste ich aus eigener Tasche bezahlen. Tausendvierhundert Pesos. Das zeigt es Ihnen doch, oder? Das zeigt es doch."

Mehrfach wiederholt er „Das zeigt es doch", wie eine sprechende Puppe, ohne zu sagen, was es mir zeigt.

„Ich musste Hilfe holen, um sie in einen anderen Sarg umzubetten. Ich rief ein paar Arbeiter herbei, die dort in der Nähe waren. Sie können sich nicht vorstellen, wie die reagierten. Für die war sie eine Göttin, was weiß ich, was man ihnen einimpft, arme Leute."

„Arme Leute?"

„Ja, arme Leute." Der Oberst kämpft gegen eine Aufwallung innerer Wut. „Auch ich bin Argentinier."

„Und ich auch, Herr Oberst, ich auch. Wir sind alle Argentinier."

„Na, gut", sagt er.

„Diese Leute haben sie so gesehen?"

„Ja, und ich sagte Ihnen ja schon, dass diese Frau nackt war. Eine Göttin, und nackt, und tot. Mit dem ganzen Tod vor aller Augen, wissen Sie? Mit allem, mit allem …"

Die Stimme des Obersten verliert sich in surrealistischer Perspektive, der letzte Halbsatz immer ferner in seinen Fluchtlinien und das Abklingen der Stimme in gewissermaßen göttlicher Proportion. Ich schenke mir auch noch einen Whisky ein.

„Für mich ist das nichts Besonderes", sagt der Oberst. „Ich bin es gewöhnt, nackte Frauen zu sehen. Viele in meinem Leben. Und tote Männer. Viele in Polen, 1939. Ich war Militärattaché dort, stellen Sie sich vor."

Ich versuche es mir vorzustellen, ich zähle die nackten Frauen zu den toten Männern, aber das Ergebnis will nicht stimmen, will nicht stimmen, will nicht stimmen … Mit einer einzigen Bewegung meiner Muskeln komme ich zu mir, wie ein Hund, der sich das Wasser abschüttelt.

„Mich konnte das nicht beeindrucken. Aber die anderen…"

„Sind sie erschrocken?"

„Einer wurde ohnmächtig. Ich hab ihn mit Ohrfeigen zur Besinnung gebracht und ihm gesagt: ‚Memme, so verhältst du dich, wenn du deine Königin begraben musst? Denk an Petrus, der schlief, als Christus gekreuzigt wurde.' Später hat er sich bei mir bedankt."

Ich sehe auf die Straße hinunter. „Coca" steht auf dem

Reklameschild, silbern auf rotem Untergrund. „Cola" steht auf dem Reklameschild, silbern auf rotem Untergrund. Die riesige Pupille wächst, in immer größeren roten Kreisen, und weitet sich in die Nacht, die Stadt, die Welt. ‚Trink!'

„Trinken Sie", sagt der Oberst.

Ich trinke.

„Hören Sie mir zu?"

„Ich höre zu."

„Wir schnitten ihr einen Finger ab."

„War das notwendig?"

Der Oberst ist jetzt aus Silber. Er schaut auf seine Zeigefingerspitze, markiert sie mit dem Daumennagel und hält sie in die Höhe.

„Nur so viel. Um sie zu identifizieren."

„Wussten Sie denn nicht, wer sie war?"

Er lacht. Die Hand wird rot. ‚Trink.'

„Wir wussten das schon. Aber es muss alles rechtens sein. Das war ein historischer Akt, verstehen Sie?"

„Ich verstehe."

„Der Fingerabdruck funktioniert nicht, wenn der Finger tot ist. Man muss ihn rehydrieren. Später haben wir ihn ihr wieder angenäht."

„Und?"

„Sie war es. Diese Frau war sie."

„Sehr verändert?"

„Nein, nein, Sie verstehen mich nicht. Genau gleich. Es schien, dass sie jeden Augenblick reden würde, dass sie… Das mit dem Finger war, damit alles rechtens zuging. Professor R. hat alles beaufsichtigt, hat sogar Röntgenaufnahmen gemacht."

„Professor R.?"

„Ja. Das konnte ja nicht irgendjemand machen. Das brauchte jemanden mit wissenschaftlicher, moralischer Autorität."

Irgendwo in der Wohnung ertönt weit entfernt in kleinen Abständen eine Klingel. Ich sehe die Frau des Obersten nicht eintreten, aber auf einmal ist sie da, ihre bittere, unnahbare Stimme:

„Soll ich Licht machen?"

„Nein."

„Ein Anruf."

„Sag, dass ich nicht da bin."

Sie verschwindet.

„Die beschimpfen mich nur wieder", erklärt der Oberst. „Zu jeder Tages- und Nachtzeit rufen sie an. Um drei Uhr morgens, um fünf."

„Die wollen Sie doch nur ärgern", sage ich fröhlich.

„Dreimal hab ich die Telefonnummer gewechselt. Sie finden sie immer wieder heraus."

„Was sagen sie denn?"

„Dass meine Tochter die Kinderlähmung kriegen soll. Dass sie mir die Eier abschneiden werden. Solcherlei Unsinn."

Ich höre das Eis im Glas, wie eine Kuhglocke in der Ferne.

„Ich hab damals eine Zeremonie veranstaltet, hab ihnen eine kleine Rede gehalten. Ich respektiere andere Meinungen, hab ich ihnen gesagt. Diese Frau hat viel für euch getan. Ich werde sie christlich bestatten. Aber ihr müsst mir helfen."

Der Oberst steht jetzt und trinkt voller Elan, voller Erbitterung, voller großer, hoher Ideen, die über ihn branden wie große, hohe Wellen gegen einen Felsen und ihn unberührt und trocken lassen, als schwarze, rote, silberne Silhouette.

„In einem Lieferwagen haben wir sie weggebracht, ich hatte sie dann in der Viamonte, später in der 25 de Mayo, ich habe immer auf sie aufgepasst, habe sie beschützt, habe sie versteckt. Man wollte sie mir abnehmen, etwas mit ihr anstellen. Ich habe sie mit einem Stück Segeltuch zugedeckt, sie war bei mir im Büro, hoch oben auf einem Schrank. Wenn man mich fragte, was das sei, sagte ich immer, es sei der Sender aus Córdoba, die Stimme der Freiheit."

Ich weiß jetzt nicht mehr, wo der Oberst ist. Der Silberschein sucht ihn, die rote Pupille. Vielleicht ist er hinausgegangen. Vielleicht bewegt er sich zwischen den Möbeln. Das Gebäude riecht ein wenig nach Suppe in der Küche, Kölnisch-Wasser im Bad, Windeln in der Wiege, Medizin, Zigaretten, Leben, Tod.

„Es regnet", sagt seine seltsame Stimme.

Ich sehe zum Himmel hinauf: der Hund Sirius, der Jäger Orion.

„Es regnet jeden zweiten Tag", sagt der Oberst. „Jeden zweiten Tag regnet es in einem Garten, wo alles fault, die Rosen, die Kiefer, der Franziskanergürtel."

Wo, denke ich, wo.

„Sie steht aufrecht!", schreit der Oberst. „Ich habe sie stehend begraben, wie Facundo*, weil sie ein ganzer Kerl war!"

---

* Für mit Sternchen gekennzeichnete Stellen sind Anmerkungen am Ende des Buches.

Da sehe ich ihn auf der anderen Seite des Tisches stehen. Und für einen Augenblick, als der tiefrote Schein ihn badet, glaube ich, dass er weint, dass ihm dicke Tränen über das Gesicht laufen.

„Beachten Sie mich nicht", sagt er und setzt sich. „Ich bin betrunken."

Und lange regnet es in seiner Erinnerung.

Ich stehe auf und berühre ihn an der Schulter.

„Was?", sagt er. „Was?", sagt er.

Und sieht mich misstrauisch an, wie ein Betrunkener, der in einem unbekannten Zug erwacht.

„Hat man sie außer Landes gebracht?"

„Ja."

„Haben Sie das getan?"

„Ja."

„Wieviele Personen wissen davon?"

„Zwei."

„Weiß es der Alte?"

Er lacht.

„Er glaubt, dass er es weiß."

„Wo?"

Er antwortet nicht.

„Man muss darüber schreiben, es veröffentlichen."

„Ja. Irgendwann."

Er wirkt müde, entrückt.

„Jetzt!", ereifere ich mich. „Kümmert Sie die Geschichte nicht? Ich schreibe die Geschichte, und Sie stehen gut da, für alle Zeiten, Herr Oberst!"

Die Zunge bleibt ihm am Gaumen kleben, an den Zähnen.

„Wenn der Moment gekommen ist … werden Sie der Erste sein …"

„Nein, jetzt sofort. Denken Sie nur. *Paris Match. Life.* Fünftausend Dollar. Zehntausend. Soviel Sie wollen."

Er lacht.

„Wo, Herr Oberst, wo?"

Langsam steht er auf, er kennt mich nicht. Vielleicht wird er mich jetzt fragen, wer ich bin, was ich hier will.

Und während ich, am Boden zerstört, gehe und denke, dass ich wieder herkommen muss oder dass ich nie mehr herkommen werde; während mein Zeigefinger schon seine ruhelose Reise auf der Landkarte beginnt und Isolinien aneinanderfügt, Wahrscheinlichkeiten, Komplizenschaften; während ich begreife, dass es mich schon nicht mehr interessiert und dass ich keinen einzigen Finger krümmen werde, nicht einmal auf einer Landkarte, dringt die Stimme des Obersten an mein Ohr wie eine Offenbarung:

„Sie gehört mir", sagt er einfach. „Diese Frau gehört mir."

Fotos

1

„Der Schüler Mauricio zum Direktor!"

Der Schüler Mauricio Irigorri fasste der Lehrerin an den Hintern, wich der Ohrfeige aus und kassierte in der Pause die Wetten. Er hatte eine wunderschöne Schrift, vor allem wenn er die Unterschrift „Alberto Irigorri" unter die Verwarnungen der Schulnachrichten setzte. Don Alberto achtete nicht auf solche Kleinigkeiten. Er war zu sehr damit beschäftigt, zu Traumpreisen ein ganzes Lager Stacheldraht loszuschlagen, das er während des spanischen Bürgerkriegs anzulegen begonnen hatte. Jetzt kam kein Stacheldraht mehr aus Europa, weil man ihn dort für andere Zwecke benutzte. „Gott sei Dank", sagte Don Alberto, der zu dieser Zeit richtig fromm wurde.

Am Ende des Schuljahrs wurde das Fräulein Reforzo den Knaben Mauricio mit einem Zeugnis voller Vieren los. („Dieser Junge braucht eine Mutter", meinte sie.) In die sechste Klasse trat er mit kurzen Hosen und Schnurrbart. Der Klassenlehrer der Sechsten war ein Mann, und der Knabe Mauricio musste sich andere Spielchen ausdenken, mit Feuerwerkskörpern, klingelnden Weckern und toten Tieren. Vielleicht war er seinem Alter und seiner Umgebung voraus und wurde deshalb nicht recht verstanden.

„Lass dich nicht mit dem ein", sagte mein Vater.

Ich ließ mich trotzdem mit ihm ein.

„Na, Kleiner?", frotzelte Mauricio und sah mich aus dem Augenwinkel an.

„Was soll das denn heißen?", ging ich hoch.

„Man muss Spaß haben, Kleiner. Das Leben ist kurz."

Mauricio klebte eine Oblate an, auf der Oblate stand „Gott ist Liebe", Mauricio klebte sie an den Kondomautomaten auf der Toilette des „Roma".

2

Lehrer wollte er nicht werden, das war nur was für Frauen. Don Alberto schickte ihn auf die Handelsschule in Azul. Er setzte große Hoffnungen auf ihn, die niemand teilte. Nach drei Monaten war er wieder zu Hause, schwärmte vom Fluss und der kleinen Kanone im Park. „Handel gibt's da auch 'ne Menge", fügte er noch erklärend hinzu.

In jenem Jahr kam ich nach Buenos Aires. Ich schrieb ihm, er antwortete nicht. Im Mai bekam ich einen Brief von Estela. Ich stricke dir einen Pullover, hier hat es schon begonnen, kalt zu werden. Mama mag die Tanten auch nicht besonders, aber dieses Jahr geht es nicht anders, du bist noch zu jung, um in eine Pension zu gehen. Stimmt es eigentlich, dass du Latein lernst? Ach ja, Mauricio haben sie hinausgeworfen. Ich sah die langen Wimpern meiner Schwester einen Schatten auf den Brief werfen. Die Frauen mochten Mauricio immer schon.

3

Als seine Flaschen mit dem Sauerkirschlikör immer leerer wurden, wollte Don Alberto ihn nicht mehr zum Spülen der Gläser da behalten. Er begann eine Setzerlehre bei der *Tribuna*. Um diese Zeit kam es zur

EINWEIHUNG DES GROSSEN PISSODUKTS
„PRÄSIDENT PERÓN"
In Anwesenheit des Gouverneurs

Man feuerte ihn.
„Einen Fehler macht jeder mal", sagte Mauricio.

4

Dezember, und dort stand er am Ende des Bahnsteigs und tat so, als sei er in Gedanken, um dem Blick meines Vaters nicht zu begegnen. Er war einen Kopf größer als ich, aber das war jetzt schon nicht mehr sein Maßstab, und auch nicht die langen Hosen und die Zigarette im Mundwinkel, sondern die rebellische, herausfordernde, neugierige Geste, mit der er die Schneide der Welt prüfte, ohne Rücksicht auf Verluste, immer eine neue Art entdeckte, zum Angriff überzugehen, wie ein Revolver, der sich ganz leer schießt und dann noch auf sich selbst anlegt, Lauf, Trommel und sogar noch Abzug glühend vor unmäßigem Zorn. Er schaute, an einen Mast gelehnt, zu mir herüber, und seine linke Hand in Schulterhöhe winkte mir einen vagen Gruß zu.

Mein Vater beendete das Gespräch mit dem Bahnhofsvorsteher, und erst als alle Koffer neben mir standen und der kleine Tagelöhner auf Anweisung wartete, wandte er sich zu mir um, die Hände auf die Hüften gestützt – eine große, sonnenverbrannte Gestalt, groß vom Filzhut bis zu den Stiefeln –, und ich wusste nicht, ob ich ihm die Hand reichen oder einen Kuss geben sollte, bis er aus seinem Innern ein zähes, metallenes Lächeln hervorholte und mir die Hand aufs Haar legte.

Auf dem Weg zum Lieferwagen ging ich an Mauricio vorbei, ohne ihn anzusehen.

5

„Irgendjemand hat das Gatter offen gelassen: Der Stier ist ausgebrochen. Die Strauße sind weggelaufen: So bringt man die Pferde um. Dummheiten von Städtern."

„Das war ich."

„Dummheiten von schnapsnasigen Städtern", bekräftigte mein Vater und bewegte die Spitze der Reitpeitsche wie einen großen Zeigefinger leicht hin und her. „Lass dir das gesagt sein."

„Feld gibt's überall", meinte Mauricio später.

Aber kein Feld mit einem See von einer halben Meile Länge, nicht das Feld, auf dem du rittest wie die Leute vom Land, die Zügel schießen lassend und im Sattel auf- und niederfliegend, die Flinte in der Hand, wo du blutig aus den Distelfeldern kamst, Blesshühner schossest, bis zum Bauch im Morast versankst.

Erinnere dich: der Hügel, wo das Glyptodon-Skelett auftauchte, auf dem Rücken liegend, den Panzer voller Regenwasser. Erinnere dich: der Abend, an dem wir nur noch die Zügel am Zaun vorfanden und zu Fuß durch die Binsen nach Hause laufen mussten. Erinnere dich: die Fischleine voller Tigerlachse.

Ein Feld wie dieses? Wo denn, Mauricio, wo?

6

Mit fünfzehn misst Mauricio einen Meter fünfundsiebzig, ist Boccia-Meister im Laden seines Vaters, schläft mit dem Dienstmädchen. Eine Zeitlang sah es so aus, als wolle er Gitarre spielen lernen, aber seine wahre Berufung gilt dem Kartenspiel.

7

Er winkt mit der Hand und ist weg.

Er biegt um die Ecke und ist weg.

Er springt auf einen Laster und ist weg.

Er lacht:

„Tschüs, Kleiner."

Und es verschluckt ihn die Zeit, die Erde, die große Flut der Erinnerung. Unterschwellig geistert er durch die Geschichten im Dorf und in unserer Familie. „Er ist kein schlechter Kerl, der Arme", sagt meine Mutter. „Er hat einfach Pech." (Wie immer, die Frauen.) „Pech beim Betrügen?", erwidert mein Vater.

In der Gegend von General Pinto hat man ihn gesehen, wo er bei der Mais- oder Sonnenblumenernte gearbeitet hat.

In Bahía Blanca wollte er Boxer werden, doch ein Schwarzer hat ihm das Gesicht poliert.

Er gewinnt einen Haufen Geld beim Würfeln und verliert es wieder beim Kartenspiel.

8

„Er ist durchs Dorf gekommen", schreibt mir Estela, „ohne irgendjemandem ‚Guten Tag' zu sagen. Mit einem roten Laster hielt er vor dem „Roma", und zu allen, die hingingen, um mit ihm zu reden, sagte er, dass sie sich irrten, er kenne sie nicht. Nur mit dem Krüppel Valentín, dem Schuhputzer, hat er sich unterhalten. Valentín sagt, er habe nach Dir gefragt, sonst nach niemandem, dann habe er eine Flasche Bier getrunken und sei weitergefahren. Er kam aus dem Süden, war unterwegs nach Buenos Aires, der Laster war mit Säcken beladen, sagt Valentín. Mama hat die Grippe und Papa viel Arbeit, nächste Woche ist ein großer Viehtransport, er hat ganz schlechte Laune, er meint, wenn das so weitergeht, muss man den Kühen auf der Weide die Kehle durchschneiden, niemand weiß mehr, wofür er arbeitet, und noch anderes, das ich nicht wiederholen kann, hoffentlich schreibst Du bald. Da haben sie Dir also in Zoologie einen Schrecken eingejagt? Dein Schwesterchen hat's Dir ja gesagt, lerne die Weichtiere! PS: Du kannst Dir vorstellen, wie Don Alberto zumute ist, er ist ja schon ziemlich alt, ich finde, so etwas macht man einfach nicht."

9

Zwischen den beiden Endpunkten eines Feldes existiert eine Spannungsdifferenz von einem Volt, wenn man beim Transport eines Coulombs von einem Ende zum anderen die Leistung von einem Joule einsetzt.

Sieds, sieds, sied, seyons, seyez, siént. Imp.: seyait, seyaient. Fut.: siéra, siéont. Pr. Subj.: siée; siéent. Ger.: seyant.

Lugones* wurde 1874 in Río Seco geboren und beging 1938 in Tigre Selbstmord. Er war vom Leben völlig enttäuscht.

„Na? Drei Wertigkeiten, eine frei."

Sed nostri milites dato signo cum infestis pilis procu … procucurrissent …

„Hervorragend, Tolosa. Was wollen Sie später studieren?"

„Jura, Señor."

„In die Politik, was? Vergessen Sie die Musen nicht. Unsere großen Politiker haben immer ein Tintenfass in der Westentasche getragen."

10

„Denk dran, wer du bist", sagte er langsam, „und dass das alles einmal vorbeigeht. Die Stadt geht ohne das Land zugrunde, und das Land gehört uns. Das Land ist wie das Meer, und die Viehfarmen sind darauf für immer verankert, wie Panzerkreuzer. Man hat schon manches Mal versucht, uns zu versenken, und das Land hat sie alle verschluckt: Emporkömmlinge ohne Recht und Stammbaum, der Wind der Geschichte weht sie davon, weil sie keine Wurzeln haben. Jetzt beschimpft er uns im Radio, aber den Weizen muss er im Ausland kaufen, weil dieses Jahr keiner welchen anbauen will. Leute bringt er vielleicht auf die Beine, aber keine Rinder. Die Rinder haben für Reden nichts übrig. Der Tag der Vernunft und der Strafe wird kommen, und dann wird es viele treffen. Für diesen Tag muss man sich rüsten."

Im Pferch wirbelten die Schafe gelben Staub auf wie eine Prophezeiung. In den Torbogen lagerten die Hunde ihre Umrisse wie Wappentiere. Mein Vater warf die letzte Plakette auf den Boden.

„Siebenhundertfünf", sagte er, und der Vorarbeiter nickte dazu mit erdiger Grimasse.

Das Lächeln meines Vaters wurde so sanft wie die Zärtlichkeit des Waldes und ging in seine Finger über, mit denen er ohne hinzusehen eine Zigarette drehte, während seine Aufmerksamkeit auf die Gegenwart der Zahlen und das Dunkel der Zukunft gerichtet war.

„Ich bin zufrieden mit dir", sagte er und nahm einen Fünfhunderter aus der Jackentasche. „Da, nimm und mach dir einen schönen Tag."

Ich steckte den Schein ein, auf der Veranda traf ich Estela, mir scheint, da ist keiner, mit dem man sich 'nen schönen Tag machen könnte.

„Ist mir egal", sagt Estela. „Von mir aus kann er platzen", und sie läuft in ihr Zimmer.

Niemand will seinen Namen aussprechen.

11

Dann kam wieder die Zeit der Pflaumen und danach die Zeit der Weintrauben und der Tag, in den Zug zu steigen und durchs Abteilfenster die bleiern-graue Landschaft zu sehen, die in symmetrischen Stufen wuchs, von den Akazien zu den Pappeln und den Eukalyptusbäumen: Dächer, Türmchen, eine Brücke.

Segeln, ohne sich zu bewegen, durch die Zeit.

12

Je-des-Sand-korn-ist-ein-Weg-stein   Sein
    4   8   Schein
In-der-Wüs-te – – – – – – –   Wein
    4   8   10
    Gefällt mir nicht.

Jedes Sandkorn in der Wüste   grüßte
Ist ein Wegstein – – – –   Lüste
    4   8   Küste
– – – – – – – – – – – –
    4   8
– – – – – – – – hin zur Küste?
Mist.

13

„… dass Du ihm ein Telegramm schickst, bevor Du in den Zug steigst, dann holt er Dich ab. Vergiss nicht, dass Du zur Musterung musst und wir hier keine Geburtsurkunde von Dir haben, also musst Du in die Uruguay-Straße und ein Duplikat besorgen. Wenn Du mir versprichst, dass Du es nicht weitersagst, er hat ein Geschenk für Dich, den Dunklen, der Dir so gut gefiel; Roque hat ihn zugeritten, er frisst einem jetzt aus der Hand. Setz ein überraschtes Gesicht auf, ja? Mama sagt, sie mag diese Pension nicht, Du sollst alle Deine Sachen mitnehmen und später in eine andere ziehen. Du bekämst dort nicht gut zu essen und müsstest frieren, und das sei da auch kein guter Umgang für Dich. Keine Ahnung, woher sie das alles weiß, vielleicht erfindet sie es auch nur. Der Preis spielt keine Rolle. Ich weiß nicht, ob Du jetzt sauer bist, aber die Verse, die Du mir geschickt hast, fand ich so schön, dass ich sie in der *Tribuna* habe abdrucken lassen, und obwohl sie nur mit Deinen Initialen veröffentlicht wurden (mehr habe ich nicht gewagt), weiß schon alle Welt, dass Du es bist. Mama hat sie sogar auswendig gelernt und meint, sie seien sehr ‚philosophisch' für Dein Alter, aber was mir am meisten gefällt, ist das, wo es heißt, dass das Leben schwer ist, weil es voller gleicher Wege ist und man nicht weiß, welchen man einschlagen soll. So ist es doch gemeint, nicht? Uns allen hier geht es gut, wir hatten schon ziemlich kaltes Wetter, und der Wald ist ganz kahl, man sieht den Himmel durch die Zweige. Am 9. Juli ist Pferderennen in Atucha, Papas Brauner läuft auch, es wird schon gewettet, hoffentlich kommst du rechtzeitig."

„PS: Rate mal, wer gekommen ist."

14

… Mauricio, der zurückgekehrt war, der endlich wusste, was er wollte, der sich auf den Grund gegangen war (wie er sagte) und sich in zehn Teile geteilt hatte, jedes davon ein Drache, und wie geht's, Kleiner, gib mir die Pfote, ich hab dir 'ne Menge zu erzählen. Er war noch eine Handbreit größer geworden, und mit seinem dicken Schopf, den langen Koteletten und tief liegenden schwarzen Augen sah er aus wie Facundo* oder wie ein Friseur aus den

Bildergeschichten oder beides zugleich, doch vor allem wie Facundo, wie er mich so schweigend musterte, schlau und überheblich, und sich fragte, was von mir nach so langer Zeit noch übrig geblieben sein mochte und wie weit er noch auf mich zählen konnte.

„Sie haben mich fertig gemacht", sagte er dann, „und jetzt sind sie alle zufrieden. Aber komm mit, ich mach ein Foto von dir."

„Ein Foto? Du spinnst."

„Ja, weißt du's denn noch nicht", murmelte er überrascht, und mir schien, als ginge er in Gedanken die Möglichkeiten durch und fragte sich, wie es sein konnte, dass ich von der wichtigsten Neuigkeit in der jüngsten Geschichte des Dorfes noch nichts wusste.

Doch gleich darauf nahm er mich beim Arm, führte mich über den Platz, wir gingen einen Block die Colón-Straße hinunter, und fast gegenüber dem Gemeindeamt zog er einen Schlüssel aus der Tasche, öffnete einen metallenen Rollladen und stieß mich ins Innere eines frisch geweißten Geschäfts, das sich gleich darauf mit Lichtern zu füllen begann, aber das waren keine Lichter wie in allen anderen Läden, sondern grelle Lampen und pilzähnliche Scheinwerfer an den Wänden und der Decke. Er setzte mich auf einen Hocker vor eine weiße Leinwand, und da sah ich die Kamera, die auf ihrem vierrädrigen Stativ wie eine Filmkamera aussah, und Mauricio, dahinter versteckt, streckte mal rechts, mal links den Kopf hervor wie ein Vogel und drehte hier an einer Lampe und dort an einer anderen, kam auf mich zu und drehte mein Gesicht ins Dreiviertelprofil, und dann ertönte seine Stimme von hinter dem Apparat:

„Na, lächle gefälligst, Blödmann."

„Aber weißt du denn wirklich", stammelte ich, „wie man Fotos macht?"

„Die hier weiß das", sagte Mauricio. „Du drückst auf den Auslöser, und das war's."

15

Mauricio drückte auf den Auslöser, und das war's, da kam ich heraus, mit einer Seite des Gesichts in nebulösem Zustand und mit Augen wie erschrockenes Glas. Das war, in Mauricios neuem Sprachgebrauch, ein „Effekt". Ich weiß allerdings, dass einige seiner „Effekte" dafür sorgten, dass sich die bekanntesten und robustesten Persönlichkeiten des Ortes in Luft auflösten. Aber es stimmte: Man akzeptierte ihn jetzt, war zufrieden mit ihm und bereit, seine Jugendsünden zu vergessen. Don Alberto, der immerhin alles bezahlt hatte, präsentierte in seinem Geschäft immer größere und zufriedener dreinschauende Portraits von sich selbst. „Na, seht ihr?", schien er zu sagen. Mauricio war ein Mann, war der beste Fotograf des Ortes, wobei auch klar ist, dass er der einzige war, und ich erschien zur Musterung mit dieser verblüfften Miene auf dem Foto, das mich jetzt aus einem zerknitterten Wehrpass zwischen Stempeln und Landesfarben anschaut, der großen Waffe der Demokratie, wie mein Vater spöttisch sagte, vielleicht, weil er an die Zeit dachte, als ihn, so um 1930, der Gesang der Hymne und die Auferstehung der Toten zum Provinzsenator machten.

16

„Kapierst du? Ich lebte in den Tag hinein, hetzte durch die Gegend, als sei die ganze Welt hinter mir her. Wachte plötzlich in Esquel oder in Salta auf. Wusste nie, was am nächsten Tag sein würde. Ich fühlte mich frei, aber das stimmte nicht. Es war nicht ich selbst, was mich bewegte."

„Was war's denn dann?"

Mauricio lehnt sich über den Billardtisch, überlegt einen Stoß, den er hinterher einen Klassestoß nennen wird.

„Ich weiß nicht, ein Kloß im Hals, etwas, das mich vorwärts trieb, das mir sagte: Hau ab, Bursche, und am nächsten Morgen stand ich ganz früh auf und stieg in den Bus oder ging zu Fuß los, egal wie. Einmal ließ ich die prächtigste Puppe meines Lebens im Bett zurück, ein andres Mal meinen einzigen Koffer. Aber ich war nicht verrückt, verstehst du."

„Und jetzt?"

„Jetzt ist es anders. Alles ist gut gelaufen. Sonst, das sag ich dir, hätte mir der Alte das Atelier nicht gekauft. Jetzt bin ich zur Ruhe gekommen, und die anderen bewegen sich." Er wirft mir einen Seitenblick zu, während er zum nächsten Stoß auf dem grünen Tuch ansetzt. „Verstehst du, Kleiner?"

Mir scheint, ich will nicht verstehen, dass Mauricio sich etwas unendlich Größeres vornimmt als je zuvor, und während er „Schicht" sagt und das Queue ins Gestell an der Wand hängt, sehe ich wieder diese alte Lust auf Abenteuer in seinem Gesicht, etwas Erwartungsvolles, das ihm aus allen Poren dringt.

„Komm, amüsieren wir uns."

17

Man ist gleich am Ende des Ortes, wenn man losgeht. Als wir am Schuppen der Eisenbahn vorbeikommen, sagt Mauricio: „Das sind Nutten, weißt du", und da ist es schon zu spät für mich zum Umkehren. Aus der Dunkelheit dringt krächzende Musik, ein Baum macht Platz, und ein rechteckiger, weißer Fleck taucht auf, die Tür von Doña Carmens Hütte. Mauricio geht mit energischem Schritt hinein, jemand sagt „Kundschaft", und als auch ich eintrete, gibt es eine unentschlossene Sekunde, doch dann geht das Tanzen weiter.

Doña Carmen sitzt rauchend in einem Winkel, und ich höre, wie sie zu Mauricio sagt: „Warum bringst du diesen Blödmann hierher, nachher kommen sich seine Mutter und Großmutter beschweren, ich will keinen Ärger." Mauricio sagt: „Das nehme ich schon auf meine Kappe", und dann redet er so lange auf Doña Carmen ein, bis sich das schnurrbärtige, sonnenverbrannte Gesicht der Alten zu einem zahnlosen Lächeln erhellt und sie zu Rosa sagt:

„Rosa, tanz mit dem Doktorchen."

Ich tanze mit Rosa, der Jüngsten von Doña Carmens Mädchen, die voller Sachen ist, die unter ihrem Kleid rascheln, aber nach ein paar Gläsern Wacholder oder Wermut – ich kann das nicht mehr unterscheiden – kommt sie mir richtig hübsch vor, und dann schiebt uns Mauricio halbtot vor Lachen in ein Zimmer, in dem eine Pritsche steht, und schließt die Tür von außen. Und während ich tue, was ich kann, und Rosa mir dabei hilft und ich denke: „So ist das also", höre ich wie im Traum Mauricios Stimme, die sagt: „Halt die Schnauze, Rotznase", und dann den Lärm einer Schlägerei.

Von der man mir am nächsten Tag erzählt. Der Lastwagenfahrer sagte:

„Ich war zuerst da."

Und Mauricio:

„Halt die Schnauze, Rotznase."

Doch Mauricio hatte von dem Schwarzen in Bahia Blanca gelernt.

Also verdanke ich ihm jetzt etwas, das unverzeihlich ist.

Am nächsten Tag redete mein Vater nicht mit mir.

„Es ist rausgekommen", flüsterte mir Estela ins Ohr.

18

Insgeheim hat sich Mauricio etwas Ungeheures vorgenommen: Er will Künstler sein, sich der Kunst widmen. Er, der nicht einmal ein Jahr Oberschule überstand, der nichts weiter liest als Comics und halbseidene Bücher über „Sexualerziehung", der eine so oberflächliche wie leidenschaftliche Beziehung zur Welt hat, baut sich vor dieser Welt auf und verkündet mit kindlichem Trotz, er wolle die unendliche, schreckliche Schöpfung vervollständigen, und das mit ein paar Fotos aus einem kleinen Kaff an der Südlichen Eisenbahnlinie der Republik Argentinien.

„Du drückst auf den Auslöser und ..." Und? Weiß der Teufel. Er schien so gesund, so vernünftig, und jetzt ist etwas Unheilbares in ihn gefahren. Eine unmerkliche innere Bewegung, eine Sprungfeder, die sich bewegt, die einen Spalt entdeckt und sofort schließt, doch durch diesen Spalt, diese Unachtsamkeit der Seele, dringt etwas Unstillbares und Zerstörerisches ... Was ist das?

„Mauricio, mein Lieber, was ist los mit dir?"

„Lass mich, Alter, du wirst schon sehen. Warte nur ab, wenn ich das erst im Griff habe, ich schwör dir, die ganze Welt wird aufleben, frisch und wie neu geboren."

„Welche Welt? Diese alten Tanten und die dummen, kleinen Mädchen in ihren Erstkommunionskleidern, die zu dir kommen, damit du sie in ihrem Tüll, ihrer Dummheit hübscher aussehen lässt, diese Rekruten ..."

„Das ist doch nur fürs tägliche Brot, Junge, kapierst du das denn nicht? Die Welt, die ist hier drin" – und er tätschelt die Rollei, die ich von da an immer vor seiner Brust baumeln sah. „Man muss sie nur sehen. Die Felder, wenn die Sonne aufgeht, die Typen, die in der Kneipe Würfel spielen, ein hübsches, junges Mädchen, das über den Platz geht, all die Sachen, die für immer verloren gehen, wenn du sie nicht irgendwie festhältst."

„Das ist, wie das Wasser festzuhalten."

„Schreibst du denn nicht auch deine Gedichte? Dir kommt eine Idee, die dir gefällt, und du hältst sie fest, damit sie nicht verloren geht."

„Aber du, womit machst du das? Mit einem mechanischen Gerät, das nicht denkt, das nicht auswählt. Es ist, wie du sagst, du drückst auf den Auslöser, und die

Kamera macht den Rest. Dabei kann doch keine Kunst entstehen."

Seine Miene wurde düster.

„Dann nimm's eben als einen Witz", sagte er grollend.

Er war verletzt. Auf einmal sah er wieder so aus wie als kleiner Junge, wenn er sich auf etwas stürzte, das ihn zurückwies, hatte diesen verbissenen und zugleich schmerzvollen Ausdruck.

„Zeig mir was", sagte ich.

19

Es war derselbe See, an dem wir gefischt und gejagt hatten, in dem wir gebadet hatten und auf dem er in einem Boot abgetrieben war, dieselbe Wasserwelt mit Reihern und Ottern, Schilfrohr und Binsen.

Es war später Nachmittag, die Emulsion hatte jenen nicht greifbaren Widerschein für alle Zeiten festgehalten, das Helldunkel der Abenddämmerung, den Wind und das Wasser, eine kleine Welle bildete sich und blieb unweigerlich versteinert, eine Stockente würde ihr Nest im Schilf niemals erreichen, sie war so unverrückbar geworden wie eine Himmelsrichtung, der Buchstabe eines unbekannten Alphabets, die Binsen, schwarz im Gegenlicht, neigten sich wie ein Chor, die Wolken dehnten sich bis zum Horizont und wirkten wie ein noch größerer See, fast wie ein Meer.

Für einen Amateurfotografen war das ein gutes Foto. Ich versuchte mir vorzustellen, wie es in Sepia in der

Sonntagsbeilage der *Prensa* unter dem Titel „Das Gebet" aussehen würde. Und dennoch ...

Was störte mich daran? Den Ort kannte ich gut. Es war von der Anhöhe aufgenommen worden, die „der Berg" genannt wurde, auf dem Göpelfeld. In der kleinen Bucht, die links zu sehen war, gingen wir nachts mit den Knechten bei Laternenlicht fischen. Auf dem Inselchen dort hinten wurde einmal ein toter Bauer gefunden.

Ich weiß nicht, wieso, dieser vertraute Fleck kam mir ganz plötzlich unbekannt vor, eine Landschaft, aus der man nicht zurückkehrt, weil es schon zu spät und man zu weit weg ist. Die Dunkelheit nimmt in Sekundenschnelle zu, und das Wasser wird immer tiefer. Ein letzter Ort, eine Spiegelung des Herzens, und überall steht der Tod geschrieben.

Ich sah in das gespannte Gesicht Mauricios.

„Was hast du?", fragte er.

„Nichts. Ist es das erste, das du gemacht hast?"

„Ja", brüstete er sich jetzt, da er mein Interesse merkte. „Voriges Jahr, mit einer einfachen Kodak-Box, stell dir das vor."

Ich versuchte es mir vorzustellen, aber es gelang mir nicht. Ich wollte ihm sagen, er solle umkehren, er solle seinen Fuß nicht dorthin setzen, wegen der Nacht, doch es war alles zu absurd. Wir standen in seinem hell erleuchteten Atelier, und die anderen Fotos, die er mir zeigte, waren allesamt mittelmäßig, überladen, prätentiös.

Was für eine Falle, Mauricio, was für ein Scheiß.

Ist eine Kamera nicht wie ein Kopf? Ein schlafloser Kopf, ein Medusenhaupt, das dich ansieht und lähmt.

20

Dinge, die man M. sagen sollte:

Kunst ist eine Anordnung der Formen, die nicht zuvor in ihren Mitteln enthalten ist.

Wenn eine solche Anordnung Kunst wäre, dann wäre der Schöpfer auf jeden Fall der Schöpfer dieser Mittel.

Mister Eastman ist der wahre Urheber aller Fotos, die mit einer Kodak geschossen werden.

Wenn das natürliche Element nicht beherrscht oder getilgt werden kann, dann gibt es keine Kunst, so wie es sie auch nicht in der Natur selbst gibt.

Weshalb widmest du dich nicht der Gitarre, du hast sehr schön gespielt.

Der ästhetische Genuss ist statisch.

Integritas, consonantia, claritas.

Aristoteles. Croce. Joyce.

21

Mauricio:

Ich scheiß auf Crotsche.

Mauricio:

Nein, Alter, hab schon verstanden. Die Kunst ist nur für euch.

Mauricio:

Wenn es jeder beliebige machen kann, dann ist es keine Kunst mehr.

Mauricio:
Wie soll ich's denn verstehen, Kleiner.

Mauricio:
Keine Sorge, ich mach's jetzt nur noch zum Geldverdienen. Und damit der Alte zufrieden ist.

22

„Allgemein schwache Konstitution, ich werde Ihnen ein Stärkungsmittel verschreiben", sagte Doktor Ríos und zwinkerte mir zu. „Das Vaterland braucht auf der Universität genauso Soldaten wie in den Kasernen. Da kommen harte Zeiten auf uns zu, was? Brustumfang nicht ausreichend, den Wehrpass gibt's am Ausgang, schönen Gruß an Ihren Vater. Der nächste Schlappschwanz, bitte sehr!" Die Reihe nackter Männer rückte einen Schritt weiter.

Mauricio wurde einem Regiment in Neuquén zugeteilt, sein Geschäft musste er in Händen des Apothekers Ordóñez zurücklassen, der sich zweimal die Woche darum kümmerte.

„Ein phantasieloser Typ", bemerkte Mauricio später zu mir. „Der macht ein Foto, als sei es ein Röntgenbild. Ein Verkehrsunfall, das ist ein Foto für ihn. Das Licht stößt mit dir zusammen und prallt zurück. Und die Trümmer des Unfalls, das ist das Foto, das der Typ gemacht hat. Alter, ich hab den Laden nicht eingerichtet, damit mich so eine Niete erledigt."

Ordóñez lachte nur:
„Ein Fotograf ist ein Friseur, ein Apotheker. Der Friseur oder ich, wir kommen doch auch nicht auf die Idee, uns als Künstler aufzuspielen."

23

Regimentsfotograf, lach nicht, das ist kein Witz, du hast ja keine Ahnung, wie sie mich anfangs fertig gemacht haben, denn so Typen wie mich nehmen sie schon seit dem Unabhängigkeitskrieg aufs Korn. Die ersten beiden Monate kam ich ständig in den Bau, bis mich schließlich eines Tages die Roli rettete, als man mich abkommandierte, den Garten vom Major in Ordnung zu bringen, der aber so tadellos sauber war wie ein Brett, da war kein Grashalm zu viel oder zu wenig. Das ist die Art, wie sie dich fertig machen, sie tragen dir was auf, das schon erledigt ist, und wenn du anfängst, drüber nachzudenken, meinst du, dass du überschnappen musst. Oder sie lassen dich irgendwo in der Wüste Wache schieben und sagen dir, du darfst ja nicht pennen, und wenn der Feind kommt, musst du auf ihn schießen, aber welcher Feind denn, Alter, da hat's doch nie einen Feind gegeben, und da stehst du die ganze Nacht und denkst, was bin ich doch für ein Blödmann. Bis ich eines Tages auf den Trichter kam und mir sagte, denen werd ich's zeigen, und melde mich beim Leutnant, Herr Leutnant, ich möchte lesen lernen, und der Typ sagt, kannst du denn nicht schon lesen? – ich hab dich doch neulich die Zeitung lesen sehen, und ich antworte, da hab ich nur die Bilderwitze angeschaut, und der Typ fragt weiter, warum kommst du erst jetzt, und ich antworte, weil ich mich geschämt habe, Herr Leutnant. Und so bin ich zu den Analphas in den Unterricht gekommen, jeden Abend haben sie mich aus dem Bau geholt, damit ich in den Unterricht gehen konnte, und ich konnte die Beine ausstrecken, und eh ich's mich versah, war ich derjenige, der seinen Spaß hatte. Kannst dir vorstellen, was für eine Gaudi, dass sie dir alles nochmal beibringen, ich fühlte mich noch mal ganz klein, Em, A, Ma, El, O, Lo, und ich lachte mich halbtot dabei, Kleiner, natürlich nur insgeheim, und anfangs tat ich so, als wenn's mir richtig schwer fiele, ich konnte nicht lernen, das Wort Glo-bus auszusprechen, obwohl der Leutnant einen Globus so groß wie ein Haus an die Tafel malte, und ich las Kür-bis, und wenn der Typ sauer wurde, stellte ich mich dumm und fragte, aber was Sie da gezeichnet haben, ist das denn kein Kürbis?, und die anderen Kerle bepissten sich vor Lachen. Aber dann wurde es richtig gut, weil ich anfing, mich fürs Lesen zu begeistern und von Tag zu Tag besser zu lesen. Ich hatte die anderen Typen bald meilenweit hinter mir gelassen, der Leutnant war richtig gerührt, er gab mich den anderen als Beispiel und sagte, schaut euch den an, der war dümmer als alle anderen, und jetzt liest er fast völlig flüssig, aber was wollte ich dir erzählen?, ach ja, das Gras im Garten des Majors, ich saß also in diesem Garten und überlegte, was ich machen sollte, und wollte schon eine Fichte von einer Seite auf die andere umpflanzen, als die Tochter auftaucht, ein Mädelchen von zwölf, ein süßer Fratz, und ich weiß gar nicht, weshalb ich zu ihr sagte, wart mal einen Moment, ich hol schnell meine Kamera und mach ein Bild von dir. Ich verschoss einen ganzen Film, und die schönste Aufnahme vergrößerte ich zu Hause bei uns im Ort und gab sie dem Major, der sich unheimlich freute darüber, und seit dem Tag bin ich der offizielle Fotograf des Regiments. Ich zeig dir mal ein paar Bilder, der hier auf dem Pferd ist der Major, nein, der da oben, und das hier sind die Rekruten beim Schneeschaufeln, mit einer sechzehner Blende, weil es so hell war, und das da ist die Eselin Domitila, ein Fünfhundertstel, wie sie einen Rekruten tritt, und das hier sind Indios. Für einmal fotografieren lassen nehmen sie zehn Eier, und zwanzig, wenn es ein Mädchen ist, schau mal, was für Titten, und schau, die Poren im Gesicht dieses Indios, und sie lassen sich nicht mehr als drei oder vier Mal ablichten, weil sie meinen, das nutzt sie ab, und wenn du sie zu oft knipst, werden sie zu Geistern. Mann, was für ein Zufall, dass wir uns hier getroffen haben, Kleiner, du fährst also deine Alten besuchen, und ich war grad auf Heimaturlaub dort, bring mich noch zum Bahnsteig, meiner fährt ja früher ab, ja, nach Zapala.

24

Estela:

Was für ein Glück, aber ich wusste ja, dass Du mit Auszeichnung bestehen würdest, für alle Fälle habe ich vor der Jungfrau Maria ein Gelübde getan. Du glaubst ja nicht an solche Sachen, aber sieh nur, wie es geholfen hat. Papa sagt, Privatrecht ist das Allerschwierigste, und dass Du jetzt den Weg frei hast und der jüngste Anwalt der Familie sein wirst. Bei mir ist alles wie immer, ich gehe kaum aus, letzten Monat war ich auf einem Ball im Klub, aber dort kann man nicht mehr hingehen, seit der Vorstand gewechselt hat. Da gehen jetzt zu viele „Leute" hin, weißt

Du. Weißt Du schon, wer geheiratet hat? Deine Lehrerin aus der Fünften, die dicke Reforzo, sie hat den Metzger geheiratet. Man hat mir die Stelle angeboten, aber Papa wollte nicht, er sagt, lieber zahlt er mir das Gehalt. Darum ging es natürlich nicht, aber er will seit den letzten Wahlen mit nichts mehr etwas zu tun haben. Mit dem Bürgermeister grüßt er sich nicht, sie wechseln die Straßenseite, wenn sie sich sehen. Seit Monaten schon müsste er nach Buenos Aires, um eine Schermaschine und einen Traktor zu kaufen, aber er verschiebt es immer wieder; er hat keine Lust, die Zeitung zu lesen oder das Radio aufzudrehen, weil er den Du-weißt-schon-wen nicht hören will. Allerdings kommen jetzt viele Leute von da oben, um seinen Rat einzuholen, und dann reden sie stundenlang an seinem Schreibtisch, und wir Frauen haben da nichts zu melden. Dein Freund M. ist vorige Woche zurückgekommen und hat sofort Krach mit Ordóñez gehabt. Wir sind einmal abends zusammen ins Kino gegangen, und er hat immer nur von seinem Militärdienst geredet; anschließend wollte er mich in sein Atelier mitnehmen und mir Fotos zeigen, die er gemacht hat, ich bin aber nicht mit, weil es schon so spät war. PS: Mama lässt nicht locker, Du sollst zu ihrem Geburtstag schwänzen. Noch was: Verbrenn diesen Brief, für alle Fälle.

25

Paulina, die das Dorf in Brand steckte.

Morgens, wenn sie unterwegs zur Schule ist, mit dieser Art zu gehen, wie es hier noch niemand gesehen hat, treten die Ladenbesitzer an die Türen, und die Frauen, die unterwegs zum Markt sind, geißeln sie mit ihren Blicken.

Am Nachmittag überquert sie schräg den Platz wie ein scharfes Messer, das die von schwülen, begehrlichen Blicken gequälte Luft durchschneidet, Blicke, die an der Haustür der Witwe Grijera abprallen, in deren Pension sie unbezwingbare Zuflucht hat.

So nimmt sie Gestalt an in den Kritzeleien auf den Toiletten im „Roma" und im „Australia".

Ein Geschäftsreisender behauptete, er habe sie in Pehuajó kennen gelernt, und die anderen lachten.

Sonntags heiligt sie die Messe: Ihretwegen wächst die Gemeinde.

Die Kühnsten der Fünftklässler bringen ihr für ein paar Münzen zwecklose Botschaften. Die Mütter verstehen nicht, weshalb man sie von auswärts geholt hat:

„Es gibt doch so viele gut ausgebildete Mädchen hier im Ort, die jetzt alle auf ihren Bräutigam aufpassen müssen, und der Sohn des Bezirksvorstehers Bonomi weiß gar nicht mehr, ob er die Tochter des Doktor Pascuzi noch liebt, aber der Chevrolet der Bezirksverwaltung taucht morgens und nachmittags immer wie zufällig vor dem Tor des Colegio auf."

„Nur nicht übertreiben", sagt Mauricio, „hübsche Beine, hübscher kleiner Hintern und ein vielversprechendes Profil, aber hier oben hat sie nichts drin. Neulich hab ich sie zum Tanzen geholt, wir haben gar nichts geredet, vielleicht ist sie schüchtern. Was meinst du? Ich konnte mich nicht entschließen, ihr an die Wäsche zu gehen, sie ist ja nicht von hier."

26

Mama:

Estela kann sich nicht aufraffen, Dir zu schreiben, sie ist ganz lustlos, ich weiß nicht, was in ihr vorgeht. Vielleicht hätte sie die Stelle annehmen sollen, die man ihr in der Schule angeboten hat, aber Dein Vater wollte es ja nicht. Ich glaube, es würde ihr gut tun, für eine Weile nach Buenos Aires zu gehen. Vielleicht kannst Du sie überreden. Im Ort gibt es Neuigkeiten, ich weiß nicht, ob Du dieses Mädel kennst, das statt Estela die Stelle angenommen hat? Na, „angeblich" geht sie mit M. Und was gibt's Neues bei Dir? Im Mai oder Juni wollen wir kommen, Dein Vater will ein neues Auto kaufen. Er hat die letzten Herefords* gut verkauft, jetzt ist nur noch Jungvieh auf der Weide, das sich gut entwickelt, schade, dass man kaum noch jemanden für die Arbeit findet. Sie wollten ihm die Gewerkschaft hereinbringen, die hat er wieder entlassen, aber an manchen Tagen isst er nichts vor lauter Wut. Wie lange das wohl noch geht! Alle freuen sich über Deine guten Noten, hoffentlich geht es so weiter. PS: Schreib doch mal Estela, sie ist traurig, die Kleine.

27

„Es ist völlig verrückt, Alter, hätte nie gedacht, dass es mich mal so erwischt. Stell dir vor, wie's mir gegangen ist, ich schau sie an, und es wird alles grün vor mir, wie dieses flüssige Porzellan, das sie in den Augen hat. Dann schau dir nur diese Nase an und den anmutigen Hals, stell dir dieses Profil vor, wie es im Gegenlicht zum Horizont schaut. Lach bloß nicht, Kumpel. Jetzt muss ich wieder zur Kamera greifen, aber richtig, denn das ist genau das, was ich gesucht habe, damit heile ich mich von all dem Mist, den ich loswerden muss. Es ist, als ob ich sie neu erschaffen müsste, weißt du, Linie für Linie, genau gleich, aber doch anders. Ich will sie von allen Seiten ablichten, von oben, von unten und von innen. Und was für eine Figur, Kleiner, du weißt schon, ich darf gar nicht dran denken. Nein, anfangs hielt ich sie für ein bisschen beschränkt, aber wenn du ein Weilchen mit ihr geredet hast, dann merkst du's erst. Sie weiß über alles Bescheid, kann sogar Französisch, stell dir vor, was für ein Glücksfall, und dazu hat sie noch Kohle."

„Geld hat dich doch nie interessiert."

„Geld?", brummt mein Vater an diesem Abend beim Essen. „Die Familie besitzt ein Stück Land in der Gegend von Lobos, bis zur Wurzelspitze der letzten Weide verschuldet. Was meinst du, warum sie sie arbeiten schicken?"

Der Blick meiner Mutter ergießt sich in mehreren beschützenden Wellen über den gesenkten Kopf Estelas, die sich mit ihrer Suppe beschäftigt.

28

Im Hintergrund eine Baumgruppe und zur Linken der kleine künstliche See, den sie um die schielende Diana aus Marmor anlegen mussten, damit sie nicht mit Teer bespritzt wurde, und überall das Licht wie eine Wolke aus Blütenstaub. Mauricio hat den Kopf in lächelnder Pose leicht nach hinten geworfen, halb männlich, halb zärtlich, beherrschend und beschützend, während er Paulina den Arm um die Taille legt, die mindestens dreißig Zentimeter Abstand hält, aber den Kopf zu seiner Schulter neigt und deshalb näher wirkt. Die Finger seiner Hand halten sie kräftig fest, doch man ahnt, dass sie an diesen Breitengrad gefesselt sind, diesen einzigen Horizont, und dass nach oben und nach unten eine fürs erste uneinnehmbare Region liegt, an der jeder Eroberungsversuch, spontan oder geplant, scheitern muss, solange Mauricio nicht vom Apotheker Ordóñez jenes andere große Foto machen lässt, auf dem er ein bisschen steifer und viel entschlossener aussieht, dunkelblau oder schwarz gekleidet, und neben ihm ein großer, weißer Schmetterling, der zwischen viel Tüll ein entschlossenes, verdutztes Lächeln voller Liebe lächelt.

29

... Doktor Jacinto Tolosa (jun.), Sohn des ehrenwerten Mitbürgers und Gutsbesitzers, der heute Abend im örtlichen Klub mit einem Empfang geehrt wird, aus dem doppelten glücklichen Anlass seines Universitätsabschlusses und der Veröffentlichung seines ersten Gedichtbandes. (Foto: Mauricio)

30

„Nein, mein Bester, stell dich da hin. Ja, genau, neben deinen Al..., deinen Vater. Danke. Nein, noch eins, wie ihr anstoßt. Moment, Moment, ich mach eins von dir mit Paulina. Beim Tanzen, ja, sonst sehen alle so steif aus. Halt sie ruhig fest, Kumpel, keine Angst. Aber Vorsicht, auch nicht zu viel, haha, ja, genauso, Bruder. Du weißt ja gar nicht, wie ich mich freue, Kleiner, wie ich mich freue."

31

Auf diesen Tag habe ich gewartet. Manches Mal hab ich gedacht, dass ich ihn nicht mehr erleben würde. Jetzt muss ein bisschen Ordnung geschaffen werden. Dieser Mann hat die Menschen verdorben, es gibt keine Moral und keinen Respekt mehr, noch sonst etwas. Ich bin alt, aber du hast einen Platz einzunehmen, einer Linie zu folgen. Du wirst die Partei wechseln, weil die unsre tot ist. Viele Jahre Zwistigkeiten und Verschleiß. Das wird dir von Anfang an einen besonderen Ruf verschaffen, den Leuten gefällt es, wenn die Söhne den Vätern Paroli bieten, natürlich immer mit dem gebotenen Respekt. Wenn du von den überkommenen Werten sprichst, werden sie denken, du meinst mich, leg ein bisschen Gefühl da hinein. In zwei Jahren kann ich dich zum Provinzabgeordneten machen, ohne Druck, denn die, die Druck machen, die kommen nicht weit. Vergiss nicht, der Ball wird zwar in Buenos Aires getreten, doch der andere Fuß, der steht hier. Du musst die Leute gut kennen, die kleinen Bauern, die Einkäufer, die Zwischenhändler, ihre Probleme und Konflikte lösen, Eingesperrte herausholen. Achte nicht drauf, welcher Partei die Häftlinge angehören. Wir werden dir im Ort eine Kanzlei einrichten, ich hab schon alles abgesprochen. Ach ja, sag dem Major Ferriño, ich werde ihm die Mauser-Gewehre schicken, hier haben wir sie nicht gebraucht. Teile ihm mit, dass ich nicht Bevollmächtigter sein möchte, aber dass ich ihm den Doktor Gomara empfehle. Der gehört auch zur Radikalen Partei und wird dein Kanzleikollege sein. Das sag ihm aber nicht. Dass ich ihn morgen Abend zum Essen erwarte, sag ihm. Noch etwas: Schau dir mal die Pachtverträge an, die ihnen der Kerl eingeräumt hat, ich hab sie all die Jahre nicht sehen wollen, ich würde die Ländereien aber gern wieder frei bekommen.

32

Plötzlich wurdest du wieder so merkwürdig, es schien, als könnest du keine Ruhe mehr finden, dein Blick war nach innen gerichtet, du hattest etwas wie ein Asthma, ein Keuchen, du warst in einem Wettlauf mit der Zeit, wolltest als erster ankommen, wegspringen und allein sein am nächsten Montag oder im nächsten Jahr.

Zornig sahst du die Sonne an, die Ordnung, die Theken, die Formulare, du schwitztest im Winter, du hattest etwas wie eine weiße Narbe auf der Stirn, da, wo man dich in Bahía erwischt hatte, einen Keil, du suchtest wieder Streit, verprügeltest einen Betrunkenen, „Die Hand hierher", sagtest du zu einem Gutsherrn und machtest ein Foto von ihm, auf dem er sich die Hoden hält.

Die Bräute und die Kadetten vergilbten im Schaufenster, das Neonlicht verblasste, die Fotoplatten verschimmelten, die Linsen verfaulten wie kranke Augen, der Wurm der Welt schwamm in den Entwicklerbecken, jede gerade Linie wurde krumm, und du griffst dir an den Kopf.

„Ich kann nicht schlafen, Kleiner, keine Ahnung, was mit mir los ist, ich schlafe nicht, ich esse nicht, ich scheiße nicht."

Eines Morgens warteten zwei alte Damen und eine Betschwester auf dich, aber du öffnetest nicht, hattest einen fürchterlichen Kater, und die alte Carmen kurierte dich gerade mit einer kräftigen Brühe von den Fußtritten, die du abbekommen hattest. Ordóñez machte ein Schildchen, auf dem stand: URLAUB

Jetzt ist sie es, die vor mir steht und sagt:

„Sie kennen ihn doch so gut."

Und im Licht des späten Morgens, das klar und schräg durch das Fenster in meine Kanzlei fällt, zittert, ohne zu fallen, eine winzige Träne an jeder Wimper, wie mit dem Pinsel hingemalt auf die gefasste, ergreifende Verzweiflung des Gesichts, das nie zuvor so schön gewesen ist, Paulina, und was, meinen Sie, soll ich jetzt machen.

33

... geben die Vermählung ihrer Tochter Estela mit Doktor Pedro Gomara in der Pfarrkirche bekannt und laden Sie ein ...

„Küss mich ganz fest", sagt Estela, „und wünsch mir viel Glück. Küss mich ganz fest und wünsch mir viel Glück. Ganz fest, viel Glück", weint sie.

Der Hut meiner Mutter bedeckt die ganze Welt.

34

Er fing wieder mit dem Gerede an. Man muss alle Schiffe verbrennen, die Brücken hinter sich abbrechen, versteh das doch endlich. Aber Mauricio, welche Schiffe willst du denn hier verbrennen, dafür fehlt doch die richtige Umgebung, ein Meer.

„Mach dich nicht lustig, Kleiner", sagte er abwesend und finster wie die Nacht. „Mach dich nicht lustig, wir sind Freunde, seit wir Kinder waren, glaub mir, ich bin völlig fertig. Es war falsch, zurückzukommen, nicht jetzt, versteh mich recht, sondern damals, als ich den Laden aufmachte. Früher dachten die Leute, bei mir wäre eine Schraube locker, sie sahen, wie ich in der Gegend herumraste, und ich müsste eigentlich weiter herumrasen, diese Unruhe bringt mich noch um. Vielleicht hat das alles damit zu tun, dass ich als Rotznase mal hingefallen bin, auf den Hinterkopf, und niemand hat gesehen, was drinnen kaputt ging. Du hast ja mitgekriegt, wie das war, dass ich nicht still und ruhig sein konnte, aber du weißt auch nicht, weshalb. Es war einfach so, dass mich plötzlich so ein Drang überfiel, zu schreien und wegzurennen, ich spürte so ein Brennen in der Lunge, von mir aus hätte ich bis La Quiaca* rennen können. Bis ich dieses Foto da machte und ruhiger wurde, ich dachte, vielleicht gibt es einen Ausweg, dass ich den richtigen Blick hatte, weißt du, und dass dies mein Blick war, und der Alte richtete mir das Geschäft ein. Ich wollte ihnen was zurückgeben, zeigen, keine Ahnung, auf jeden Fall die Welt auf kleinen Papierbildchen zeigen, damit sie sie sähen, wie ich sie sah, und merkten, dass sie nicht so einfach war, dass dies seine Kehrseite hatte, die niemand sah. Dann kamst du und hast mich überzeugt, die Finger davon zu lassen, aber nicht ganz, denn als sie kam, ging die Sache von vorne los, oder vielleicht, als ich beim Militär war und das Foto von der Tochter des Majors machte, ich weiß nicht, ob du dich erinnerst. Paulina denkt genau wie du, genau wie Ordóñez, genau wie der Alte, aber es ist nun mal so, Kleiner, es ist nun mal so, dass ich nicht ruhig bleiben kann angesichts dessen, was ich sehe, ich muss was tun, und wenn alle mir sagen, ich soll es lassen, dann fühle ich mich auf einmal wie eingesperrt, und sogar die Dinge stellen sich gegen mich, die Negative kriegen Kratzer, das Licht will nicht richtig sein, lach nicht, ich sag's dir, das Licht will nicht mehr so sein wie früher, es läuft nicht mehr gradlinig, es gleitet von den Dingen ab wie ein klebriger Saft, es ist müde vom Herumirren und nichts kann es aufhalten, die Welt ist verfault, und im Traum zerfalle ich in kleine Stücke und stinke, als sei ich tot. Alle zusammen habt ihr mich fertiggemacht, jawohl. Du, der Alte und Paulina."

Ich schleppte ihn zu Ordóñez, der ihm Brom geben wollte. Mauricio hielt das für einen Witz.

35

Paulina:

a) Jetzt streiten wir nur noch, manchmal glaube ich, dass er mich hasst.

b) Am Anfang war er ganz anders, es machte Spaß, ihn anzusehen, weil er immer so fröhlich war.

c) Mein Pech ist, dass ich ihn liebe. Im März wollten wir die Möbel kaufen.

d) Es gibt Dinge, die eine Frau nicht gestatten kann. Eine Sache ist es, freisinnig zu sein, und ich glaube, ich bin nicht prüde.

e) Er wollte mich nackt fotografieren.

f) Ich weiß gar nicht, weshalb ich Ihnen das alles erzähle. Ich bin allein hier im Ort, Sie sind mein einziger Freund.

36

Nachts macht er die Blende weit auf, und die Sterne bilden auf der Platte ihre perfekten kreisrunden Formen ab, genau wie auf Millionen anderen Platten, keine Nova, kein Komet, kein Untergang von Sternbildern. *Was machst du denn da? Du kommst doch um vor Kälte!* Lass mich in Ruhe, Kleiner, das geht dich nichts an.

Hinter den Bänken des Platzes liegt er auf der Lauer, an den Schlüssellöchern, im Halbdunkel der Kneipen, verlängert sich in den parallelen Linien der Bahngleise, den senkrechten Linien der Binsen, er duckt sich wie ein Jaguar, balanciert auf Straßenlaternen, wird zur Fledermaus auf dem Kirchturm, auf der Suche nach dem Augenblick, wenn die Nacht zum Tag wird, der Pflasterstein zum Glühwürmchen, das Verlangen zu unstillbarem Hass, als wolle er die Welt anhalten und Stück für Stück erfassen, die große Wunde der Zeit heilen, aus der die Menschen bluten, die Fäulnis stoppen, die aus jedem Blick tropft, und dass sich ja keiner bewegt, gleich kommt das Vögelchen raus.

Mauricio, der einst der König aller Spaßvögel war. Jetzt nennen sie ihn nur noch den Verrückten.

37

Ebenfalls bitten wir Euer Ehren zu beachten, dass beim Auslaufen der verfassungswidrig und willkürlich verlängerten Pachtverträge uff was für eine Hitze diese Felder in optimalem Nutzungszustand waren was jetzt nicht mehr der Fall ist denn die Nachlässigkeit der Pächter hat ich sollte das Fenster öffnen in zehn Jahren unrechtmäßiger Nutzung die vorher durchgeführten Verbesserungsmaßnahmen zunichte gemacht weil diese sich auf den bequemen Nießbrauch des Landes beschränkten ohne Fruchtfolge und ohne ich halt's nicht aus und ohne Insektizide oder Düngemittel zu verwenden wunderbarer Abend ist das um hier zu arbeiten der Alte könnte mir eine Klimaanlage einbauen lassen jetzt muss ich noch den Gewinnverlust anbringen und die soziale Funktion des Bodens nein davon hat schon der andere gesprochen was ist denn das für ein Lärm da draußen.

Das hastige Klappern der Absätze hält inne, jetzt wird an die Tür geklopft, eine Stimme bittet jammernd um Einlass, und als ich den Riegel zurückschiebe, ist es Paulina, verstört und aufgelöst, mit zerrissenem Kleid, und fällt in meine Arme.

„Riegeln Sie zu", murmelt sie nur. „Er will mich umbringen."

Ich führe sie zum Sofa, und da ich sie nicht weinen sehen kann, küsse ich sie auf die Augen, und dann auf den Mund, während Mauricio im Dunkeln gegen die Tür tritt und schreit, ich solle herauskommen, bis er schließlich aufgibt und sich auf den Randstein setzt, wo er von Zeit zu Zeit auflacht oder wie ein Betrunkener unverständliches Zeug grölt.

38

Es war das Ehepaar Bibiloni, das nach dem Verlassen des Select in die Colón-Straße einbog und zuerst den Rauch entdeckte, der aus Mauricios Laden drang, und die Flammen, die am Schaufenster leckten. Der Film war schlecht gewesen, und das Publikum freute sich insgeheim über diese außerplanmäßige Vorstellung. Sofort war zu erkennen, dass es sich um ein kräftiges Feuer handelte, das sich seiner Sache sicher war, mit Dutzenden von Armen, die mit spontanem Winken durch die Oberlichter drangen oder mit vollen Händen ein herrliches Orange in den Himmel über der Terrasse warfen. Kommissar Barraza kam, um die Situation in Augenschein zu nehmen, und

jemand drückte ihm eine Axt in die Hand. Das erlaubte zwar, die Tür einzuschlagen, nicht jedoch, hineinzugehen; etwas davon zu sehen, was drinnen geschah, nicht jedoch, es zu verhindern. Kameras und Stative schmolzen dahin, Filmrollen platzten in glühenden Impromptus, Gesichter entflammten und wurden zu Nichts auf den Negativen, und wie es *La Tribuna* am nächsten Tag schrieb, gingen dort sieben Jahre illustrierter Geschichte des Ortes verloren, den Mauricio symbolisch tötete. (Doktor Pascuzis Erklärung)
Als ich mit Paulina im Auto vorbeifuhr, hielt die Freiwillige Feuerwehr drei Gartenschläuche auf die Flammen, die drei Strahlen auf das mächtige mythologische Wesen pinkelten, das zwischen den eingestürzten Balken ein unaufhörliches Wippenspiel aufführte, von Auflodern und Zusammenfallen, von plötzlichen Ausbrüchen auf die Straße, was die Neugierigsten zum Zurückweichen zwang. Es war nichts mehr zu machen. Ich legte meinen Arm um Paulina, die fasziniert zuschaute, und brachte sie zum Gutshaus. Meine Mutter gab ihr einen Baldriantee und brachte sie in Estelas Zimmer unter.

39

Jetzt ist es die Stimme meines Vaters, die frühmorgens auf der Veranda ertönt, ruhig, aber lauter, schneidender als sonst, während er mit einem Mann zu Pferde spricht, der schreit und gestikuliert. Ich stehe auf, ziehe mich wie abwesend an, und als ich hinaustrete und das gelbliche, jetzt bleiche Gesicht von Roque sehe, der mit der Reitpeitsche hinter sich zeigt, in die Ferne, da glaube ich, ich weiß schon alles, was geschehen ist.

Mein Vater startet den Pickup, stößt die rechte Tür auf, ich springe im Laufen hinein, und auf dem Weg trennt uns ein Schweigen, das größer ist als das weite Feld. Eine halbe Stunde später sind wir auf dem Hügel, und am Ufer des Sees stehen Roques Frau und Kinder um etwas, was da liegt, es ist Mauricio mit einem Loch im Schädel und einem Revolver in der Hand.

Hellwach und fest auf ihren drei metallenen Beinen im Sand stehend, glänzt die Rollei in der Morgensonne, und in ihrem blauen Auge spiegelt sich der See.

„Er hätte sich ruhig einen anderen Platz aussuchen können", sagt mein Vater.

40

Es ist derselbe See, an dem wir einst fischten und jagten, in dem wir badeten und wo du in einem Boot abgetrieben wurdest, derselbe Ort, wo wir mit den Knechten bei Laternenlicht fischen gingen und wo du einen Glyptodon gefunden hast. Nur dass diesmal gerade der Tag anbricht und alles sanft und still ist, das Wasser ist glatt und die ersten Sonnenstrahlen dringen durch die Wolken.

Was ich nicht verstehe, Mauricio, ist, warum du lachst und was du mit dem Revolver machst; weshalb du eine Schnur an den Abzug gebunden hast, der zum Auslöser der

Kamera führt, in die ich jetzt zu schauen versuche, um zu sehen, was du machst und was das ist, das dir eine Seite der Schläfe weggeputzt hat.

Das Fotolabor sagt, das Negativ sei beschädigt und man könne keinen besseren Abzug machen. Aber ich denke, du hast diesen Effekt gewollt und einen Grund gehabt, dir die Mühe zu machen, es hinzubekommen, gleichzeitig beides auslösen zu können. Ein einfacher Trick, aber du fandest ihn wohl lustig.

Ich habe dir gesagt, wohin dich dieser Weg führt, aber du wolltest nicht auf mich hören. Ich glaube, ich habe für dich getan, was ich konnte, und diese Entscheidung, die du getroffen hast, ist nicht die beste Art und Weise, mir zu danken. Aber du wirst schon wissen, weshalb du es getan hast.

41

... Fräulein Paulina Rivas und Doktor Jacinto Tolosa (jun.), deren Vermählung gestern in der örtlichen Pfarrkirche gesegnet wurde. Das glückliche Paar wird unsere Gegend verlassen, mit der es so viele angenehme Erinnerungen verbinden, um sich im Bezirk Lobos niederzulassen, wo der junge Anwalt weiter im Dienste der Politik und der landwirtschaftlichen Produktion, diesen beiden Grundlagen für die Größe unseres Landes, seine Gaben von Energie und Patriotismus einsetzen wird, die auch seinen Vater auszeichnen. (Foto: Ordóñez)

Der Träumer

Ester half ihm wie immer beim Aufstehen. Juan wusste nicht genau, wie sie ihn weckte, vielleicht berührte sie sein Gesicht mit der Hand oder gab ihm einen Kuss. Aber auf einmal war er wach, und sie war wie immer an seiner Seite, stand neben dem Bett und redete, auch wenn er nicht verstand, was sie sagte.

Sie schob eine Hand unter seinen Rücken und setzte ihn aufrecht. Dann hob er die Beine aus dem Bett, sagte mehrmals wie ein Kind „Mir ist kalt" und lehnte den Kopf an Esters Brust, während sie ihm den Morgenmantel anzog und ihn in plötzlichen Anfällen von Zärtlichkeit an sich drückte.

Manchmal hatte Ester kalte Hände, weil sie gerade die Wäsche gewaschen hatte. Dann vermied Juan die Berührung, die Kälte verursachte ihm eine Gänsehaut. Aber heute war sie schön warm.

Es war schwierig zu erklären, woher es kam, dass er so empfindlich gegen die Kälte war. Er war im Süden zur Welt gekommen, und obwohl er sich kaum noch an etwas erinnerte, konnte er sich vorstellen, dass er als Kind an die Kälte gewöhnt gewesen war. Dennoch verabscheute er sie, auch in Buenos Aires.

Drei Jahre zuvor, im Winter, war er in Rio gewesen. Da begriff er, dass er die Hälfte der Lebensjahre, die er erwarten konnte, in einem Klima verbracht hatte, das nichts mit ihm zu tun hatte; und dass auf gewisse Weise sein ganzes Leben ein Irrtum war.

„Was ist los, mein kleiner Liebling, ist dir kalt?"

Ester küsste ihn, zog ihm den Kragen des Morgenmantels zurecht und bückte sich, um ihm die Pantoffeln anzuziehen.

In diesem Augenblick erinnerte sich Juan.

Es war etwas, das ihn beißen wollte, das sich um ihn wickelte und ihn beißen und ihn töten wollte. Es war etwas Weiches, das ihn an allen Seiten umhüllte, etwas Weiches, Warmes und Hartnäckiges, das ihn nicht atmen ließ. Es hatte feine Härchen und eine weiche Haut und wollte ihn umbringen. Weshalb? Er war sich nicht sicher, aber er wusste, dass er sich verteidigen musste. Es war ein langsames, schreckliches Spiel, er versuchte sich zu entziehen, aber es gelang ihm nicht, und es gab warme Zähne, die ihn bissen. Da suchte er nach etwas. Juan suchte den Revolver.

„Na komm, mein Kleiner, jetzt gibt's Frühstück."

Ester nahm ihn sanft beim Arm und führte ihn aus dem Zimmer. Auf dem Tischtuch des Esstisches stand schon der Teller mit seinem Apfel, demselben großen Apfel aller Tage, mit grüner, glatter Schale. Das Dessertmesser blitzte neben dem Teller.

Ester setzte ihn hin, strich ihm noch ein letztes Mal

zärtlich über den Nacken und ging in die Küche. Da kochte ein Wasser in einem Kessel, man hörte das unterbrochene Sch-sch des Dampfs und das Kling-Klang des Deckels. Der Duft nach Kaffee kam in sanften, aufeinander folgenden Wellen ins Esszimmer. Ester stellte die Löffel in die Tassen, die Porzellantassen auf das Tablett, und passte dabei auf das Toasteisen über der Gasflamme auf. Juan konnte sich ihre genauen, effizienten Bewegungen vorstellen. Jetzt würde die Frage kommen:

„Bist du fertig, Schatz?"

„Ja, mein Liebling", antwortete Juan.

Er musste noch zwei Stückchen Apfel schneiden, doch wenn sie mit dem Tablett käme, würde er schon das letzte im Mund haben. Die Antwort ging der Zukunft entgegen und würde sie am vorgesehenen Punkt schneiden.

Ester kam mit dem Tablett, den schon gefüllten Tassen, den Toastscheiben, der Butter. Sie lächelte und sah frisch aus, wunderschön.

„Na, bist du jetzt ganz wach, mein kleiner Prinz?"

Juan lächelte unsicher. Ester fand immer wieder ein neues Kosewort, eine nicht vorhergesehene Art und Weise, ihre Liebe zu verströmen.

Es war neun. Das Geräusch des heißen Wassers im Bad nahm ihn einen Moment gefangen. Durch das Fenster war der bewölkte Tag zu sehen, die grauen Dächer. Die Kinder waren in der Schule, sie standen um sieben auf. Ester zog sie an und machte ihnen das Frühstück, während er schlief:

Verzweifelt suchte er den Revolver, doch der Revolver war in der drittobersten Schublade der Kommode, hinter der Leika und den Filmrollen, hinter den Farbbändern der Schreibmaschine, hinter den Kartons mit den Temperafarben, hinter der Dose mit dem Öl, hinter dem Ledertuch, hinter, hinter. Und die Patronen waren woanders, in einem Umschlag.

„Was hast du geträumt, mein Schatz?"

„Ich habe nicht geträumt", antwortete Juan.

Doch der Revolver war auch in seiner Tasche, und während er vorsichtig rang, während er sich wand wie eine Schlange, doch ohne zu kämpfen, ohne zu sprechen, sich einfach drehte, glitt, durch diese Umarmung schlüpfte, versuchte er die Patronen in die Trommel zu schieben, eine nach der anderen, drückte sie mit dem Daumen hinein. Die Patronen waren unterschiedlich und passten nicht hinein oder rutschten zu weit, und er sah nicht, was er tat, seine Hände irrten tastend, suchend umher, wollten die Geste zustande bringen.

„Nichts?"

„Nichts Wichtiges."

Er wusste, dass er sie nicht gänzlich hinters Licht führen konnte. Sie empfing einen Abglanz, einen Widerschein all dessen, was ihm widerfuhr. Keiner von beiden wusste, wie dieser Mechanismus funktionierte.

„Nein, du bist besorgt."

„Das ist nur ein letztes Stück Traum. Es geht schon vorbei."

Er wünschte, dass sie zu reden aufhörte, dass sie ihn nicht unterbräche. Das hier war sehr ernst, sehr schwer. Er musste den ganzen Tag darüber nachdenken, vielleicht mehrere Tage.

Er hatte den Revolver verloren und konnte kaum

noch atmen. Er erstickte, vielleicht würde er sterben. Da drückten seine Hände auch zu. Sie schlossen sich um etwas Weiches, etwas mit warmer Haut und feinen, schwammigen Haaren. Sein Hirn öffnete und schloss sich wie eine Kamerablende. In einer Öffnung erschien das, was ihn umbringen wollte, dieses namenlose, gesichtslose Ding, das ihn von allen Seiten umgab. In einer anderen war Ester, und er war dabei, sie zu erwürgen. Sobald er es begriff, verschwand dieses Bild, er vergaß es und drückte weiter zu.

„Ich gehe nach dem Badewasser schauen", sagte er.

Mit schlurfenden Pantoffeln ging er ins Bad. Er zog sich aus, glitt Stück für Stück ins heiße Wasser, legte sich bis zum Hals hinein. Jetzt konnte er nachdenken, im warmen Wasser, das ihn umgab wie vor seiner Geburt, ohne etwas zu hören, ohne etwas zu fühlen.

Er streckte einen Fuß aus und steckte ihn in den Traum, den gefährlichen Traum. Er hatte Angst davor, ihn gänzlich zu erinnern. Sein Hirn weigerte sich, dort einzutreten, es witterte die Gefahr wie ein Pferd, das ins Wasser gehen soll. Es empfing und verwarf, fast voller Wut, fast voll Verachtung, fertige Sätze, die ihm irgendjemand einblies. (Sich dem Feind stellen. Wer bin ich.) Er riss sich zusammen. Die Eigenständigkeit jenes Flüsterns erschreckte ihn wieder, wie in jener ersten Nacht (waren zwei, drei Jahre vergangen?), nachdem er erwacht war und sich zu beruhigen versucht hatte.

Ester kam herein und brachte seine Hose, seine Strümpfe, sein Hemd, seinen Pullover. Sie hängte alles an den Haken. Lächelnd sah sie ihn an. Er erwiderte ihr Lächeln.

„Es geht einfach nicht, dass du deine Kleider nicht dorthin legst, wo sie hingehören", sagte Ester. „Immer legst du sie auf meine. Ich muss immer erst herumsuchen, wenn ich aufstehe."

„Es ist ein Liebesbeweis", sagte Juan.

Sie lachte geschmeichelt.

„Ich habe es ausprobiert, weißt du. Ich habe meine Sachen immer auf den Stuhl gelegt, und du bist hergegangen und hast deine Hose direkt drauf gelegt. Doch gestern Abend habe ich den Rock über die Hängematte gehängt, und heute Morgen lagen deine Hose und deine anderen Sachen wieder drauf."

„Meine Hose und dein Rock lieben sich in der Nacht", sagte Juan.

Er begriff, dass er sie töten würde, dass er sie, wenn er weiter zudrückte, umbringen würde. Doch jetzt war Ester auch Beatrix, seine erste Frau, und Nora, seine Tochter. Abwechselnd die eine und die andere, und zum Schluss eine unbekannte Frau, die schlaff, gebrochen, in seinen Armen zusammenbrach, und er war wahnsinnig und ein Mörder. Da ließ er los.

„Hast du dir gut die Füße gewaschen?"

„Hab ich."

„Wasch sie nochmal. Sonst hast du wieder Fußpilz und verseuchst damit die ganze Wohnung. Na, mach schon, du hast zu tun und ich auch."

Und er versuchte jener Frau, die ihn voller Todesangst ansah, zu erklären, dass er plötzlich einen Anfall von Wahnsinn erlitten habe, was ihm schon einmal passiert sei, und dass er sie deshalb umzubringen versucht habe, dass er sie jedoch in Wahrheit unendlich liebe. Das war so, sagte er ihr, ich will dir erklären, wie es war.

Er setzte sich in der Badewanne auf, und Ester beugte sich nieder und nahm die Seife, und ihre seidige Mähne streifte seine Wange. Sie seifte ihm die Achseln ein, die Brust, ihre Hand glitt zu seinem Geschlecht hinunter und verhielt dort spielend in warmen Bewegungen.

Es war so, sagte er, ich will es dir erklären. Er nahm einen Krug in die Hand und spürte wieder den Impuls zu töten in den Muskeln, diesen furchtbaren Krampf und den Zwang zu töten, die Zähne zusammengebissen, die Welt, die sich wieder verdunkelte, und er, der wahnsinnig war. Da stieß die Frau einen schrecklichen Schrei aus und floh. Der Krug fiel zu Boden.

„Gut, das reicht", sagte Ester, spülte sich sie Arme ab und trocknete sich die Hände, „jetzt ist keine Zeit mehr für erotische Spielchen. Komm schon raus."

„Ich liebe dich sehr", sagte Juan.

„Danke, aber ich muss einkaufen gehen."

Jetzt war das Wasser fast kalt, und Ester war verschwunden. Juan fuhr sich noch einmal mit der Seife über die Zehen, über die rechteckige Oberfläche, die nie ganz gesund wurde, nie richtig schlimm wurde, weil es eine alltägliche Krankheit war, wie er sich sagte, behandelbar.

Jetzt war das Wasser wirklich kalt.

Der Krug fiel zu Boden und brach in Stücke, dreieckige Stücke weißen Fleisches, und die Frau floh weit ins Haus hinein, das das Haus von Juans Eltern war, als er klein gewesen war. Und aus dem hinteren Teil des Hauses heraus kamen zusammen mehrere Leute gelaufen, unter ihnen sein

Vater (der tot war), und ein paar von ihnen nahmen den Zug, gleich da, um hinzufahren und zu sehen, was für Juan getan werden konnte.

Vielleicht muss ich zu einem Therapeuten gehen, dachte Juan. Aber ich würde zu einer Frau gehen. Nur eine Frau kann verstehen. Doch wie sollte er ihr erklären, dass dies etwas anderes war? Dies ist, dass ich Angst habe, dachte er. Weil ich für drei Tage Arbeit habe, und jedes Mal, wenn es zuhause Geldprobleme gibt, krieg ich einen totalen Schrecken. Das ist es nämlich.

Da ging er auf den Hof hinaus, der eine Kurve beschrieb, und hinten in der Kurve, am Haus, stand seine Mutter und wiegte die kleine Nora, die er hatte umbringen wollen. Seine Mutter war majestätisch und ruhig und wirkte gar nicht erschrocken, sondern nur lächerlich besorgt, dass dies jetzt geschah, „wo so viele fremde Leute hier sind". Da erklärte ihr Juan,

dass er
eigentlich
keine Schuld hatte.

Nachtwache

Jetzt werden Sie gleich kommen, ich werde Ihr Fahrrad auf dem Kies hören, Sie treten langsam in die Pedale und haben das Licht nicht angeschaltet. Sie brauchen kein Licht, Sie erkennen uns, ohne uns zu sehen, mich erkennen Sie am Geruch, wonach riechen Sie, Soldat? Nach Ziegenbock, Herr Leutnant, nach Tulpen, nach allem, was Sie wollen.

Sie werden kommen, es ist Ihre Wache, die ganze Woche haben Sie schon darauf gewartet, nachts können Sie nicht schlafen, Sie müssen Pillen nehmen, heute Nacht brauchen Sie die nicht. Sie denken zu viel nach, Herr Leutnant, Sie werden langsam ganz bleich, Sie werden langsam grün, ich vermute, irgendwas passiert mit Ihnen, aber wer bin ich denn, Sie danach zu fragen.

Ich bin ja auch so, ich denke zuviel nach, aber nachts schlafe ich, und manchmal schlafe ich sogar beim Wachdienst. Jetzt zum Beispiel schlafe ich, liege am Rand des Weges, auf dem Sie kommen werden, auf Ihrem Fahrrad kommen werden.

Ich weiß, dass das schlecht ist, dass ein Wachsoldat nicht schlafen darf, ich muss das Feld beobachten und jede Neuigkeit melden. Aber es gibt halt keine Neuigkeiten, Herr Leutnant, der Feind ist hundertzwanzig Jahre weit fort, hier gibt es nie etwas Neues, und der Himmel ist das Einzige, was sich vom Fleck bewegt. Als ich einschlief, waren die Drei Marien hinter der Fichte, jetzt sind sie über der Landstraße, von wo man die Lastwagen hört.

Das Gewehr lasse ich Ihnen da, ich fasse es nicht mal an, es ist geladen und gesichert. Wenn der Feind käme, ist sowieso nichts zu machen, aber was soll ich Ihnen sagen, Herr Leutnant, die Chinesen und die Russen sind weit weg, ich meine fast, heute Nacht kommen sie nicht mehr.

Ich weiß, es bringt nichts, wenn ich Ihnen sage, dass ich diesmal nicht schuld war, weil mir niemand befohlen hat, die Ameisen im Garten des Obersten zu vernichten. Ich weiß, es bringt nichts, wenn ich Ihnen sage, dass ich gerade diesen Samstag frei hatte und nicht hier Wache schieben musste.

Wer weiß, ob Sie mich lassen, wenn ich es Ihnen erkläre, aber wie soll ich Ihnen erklären, dass mir heute Nacht meine Julia weggenommen wird, man hat sie mir schon weggenommen, sicher hat man sie inzwischen schon durchgevögelt.

Lachen Sie nicht, Herr Leutnant, so wie Sie aussehen, können Sie sich vor den Frauen sicher kaum retten, aber ich hab sie drei Monate lang belagert und mich gut benommen, nur damit jetzt so ein Schnösel in Zivil daherkommt und sie sich schnappt, während ich hier sitze und den Dritten Weltkrieg führe.

Es ist nicht wahr, dass der Feldwebel mir befohlen hat, die Ameisen beim Oberst zu töten. Wenn er das vergessen hat, ist das seine Schuld, aber hier hat der Höhere immer Recht, Sie glauben ihm anstatt mir, und der Faden reißt an der dünnsten Stelle.

Es ist nicht gut, dass man seine Waffe im Gras liegen lässt, sodass sie sich jeder nehmen kann, und dass man sich schlafen legt und an Julia denkt, aber es gibt vieles, was nicht gut ist, und das kümmert auch keinen.

Sie machen sich über mich lustig und sagen, ich diskutiere immer zuviel und sei wohl zum Anwalt geboren, wie alle aus Córdoba, vielleicht, weil Sie mich mal erwischt haben, wie ich das Gesetzbuch las, aber ich bin nicht zum Anwalt geboren und werde Ihnen nicht sagen, in welcher Hütte ich zur Welt kam.

Die Julia hat schon ihre Gründe, was soll sie mit einem Mann für einmal pro Woche anfangen, sie braucht jemand, der sie ausführt und sich mit ihr unterhält und nicht nur eine Runde durch den Park mit ihr dreht und dann ins Bett mit ihr geht.

Also dieser Schnösel da hat einen kleinen Lastwagen, überlegen Sie mal, ich kann ihr gerade mal mit Müh und Not ein Bier spendieren. Zwei Monate ist er schon hinter ihr her, und wenn Sie ein Weilchen drüber nachdenken, kommen Sie auch drauf, dass das Mädel reif ist für einen Typen mit vier Rädern.

Die Drei Marien, Herr Leutnant, sind jetzt schon die Landstraße runter, jetzt stehen sie über dem Hangar, dort hinter den Eukalyptusbäumen, und in einem Weilchen wird der Mond rauskommen.

Inzwischen ist es schon zu spät, um den Bus zu nehmen, da komme ich nicht mal um zwei an, sie hat gesagt, dass sie bis zehn auf mich wartet. Um diese Zeit vögelt sie sicher schon, beißt ins Kissen und stößt kleine Schreie aus.

Sie müssen jetzt kommen, denn ich hab keine Lust mehr, Grillen zu zählen und den Geräuschen der Viecher im Gras zuzuhören.

Was hätte es den Feldwebel denn gekostet, die Wahrheit zu sagen?

Es ist nicht leicht, eine neue Frau zu finden, wenn man ein Neger mit dicken Lippen ist. Nein, Herr Leutnant. Du bist doch ein Neger mit dicken Lippen, ja oder nein? Ja, Herr Leutnant, und deshalb sage ich ja auch, dass es nicht leicht ist.

Jetzt höre ich Sie, glaub ich.

Sie kommen langsam den Hang herunter, ohne die Pedale zu treten, aber die Reifen quietschen auf dem Kies. Sie fahren über die Kanalbrücke, und die Holzbohlen machen Plop-plop. Hier müssen Sie ein bisschen treten, weil Sie Schwung verloren haben, ein oder zwei Mal, und dann geht's wieder von allein, in sanften S-Kurven, um keinen Lärm zu machen.

Ich brauche die Augen nicht zu öffnen, um zu wissen, dass Sie ohne Licht kommen und ohne zu rauchen, der helle Himmel reicht Ihnen, und für alle Fälle zählen Sie die Pfosten des Drahtgitters: Denn Sie denken immer an alles, und manchmal glaube ich, dass Sie zu viel denken und deshalb nachts nicht schlafen können.

Ich dagegen kann überall schlafen.

Jetzt sind Sie nur noch zwanzig Meter entfernt, und

weil Sie mich nicht sehen, halten Sie nach mir Ausschau. Die S-Kurven werden ein bisschen weiter. Sie wollen nicht auf die Bremse treten und nicht anhalten, bevor Sie mich sehen. Vielleicht fangen Sie an, misstrauisch zu werden. Vielleicht denken Sie, dieser Neger mit den dicken Lippen hat sich versteckt und lauert Ihnen hinter einem Pfosten auf. Wie können Sie so etwas denken, Herr Leutnant! Sehen Sie nicht, dass ich hier liege, dass ich einfach nur eingeschlafen bin, während ich an die Ameisen dachte? Es gab ja auch keine Neuigkeiten, was soll man machen.

Jetzt haben Sie mich endlich gesehen, jetzt halten Sie an, bremsen das Fahrrad mit einem Fuß, steigen ab und legen es auf den Weg. Ganz vorsichtig, damit nichts daran kaputtgeht. Ich höre Sie nicht mehr, aber ich bin sicher, dass Sie in meine Richtung kommen, während Sie mit dem Fuß nach den Zweigen tasten, und jeden Augenblick werden Sie den Karabiner entdecken.

Er gehört Ihnen, Herr Leutnant, ich weiß, man lässt seine Waffe nicht herumliegen, aber wenn man schläft, vergisst man auf so etwas. Sie öffnen das Gewehrschloss, kaum hört man das metallene Geräusch, ziehen es ganz langsam nach hinten, die Patrone fällt seitlich heraus in Ihre Hand, jetzt nehmen Sie das Magazin ab. Sie stecken die Patrone hinein und zählen nach, für alle Fälle. Sind es fünf, Herr Leutnant? Es sind fünf. Jetzt können Sie den Karabiner wieder hinlegen und das Magazin in Ihre Tasche stecken.

Sie kommen näher und stehen vor meinem Gesicht, Sie sind so nahe, dass ich das Leder Ihrer Stiefel rieche. Das ist der schlimmste Moment, weil ich nicht weiß, ob Sie mir einen Tritt ins Gesicht verpassen werden oder ob Sie das tun, was Sie neulich getan haben, als Sie den Kumpel Landívar schlafend fanden. Ich würde mir verdammt gern das Gesicht mit dem Arm bedecken, aber ich nehme mich zusammen. Ich weiß nicht, was ich mit den Augen machen soll, damit sie sich nicht bewegen, ich habe ein Gefühl, als riesle mir Sand zwischen die Lider. Entspann dich, Neger, bleib ganz ruhig.

Sie knien nieder und schauen mich an, ich habe nichts, nicht einmal eine Patronentasche habe ich bei mir, Sie können mich gern durchsuchen. Ich bin nur ein Typ, der eingeschlafen ist.

Jetzt stehen Sie auf.

Sie gehen weg.

Aber Sie werden wiederkommen.

Hundert Meter weiter fordert Sie Cornejo zum Stehenbleiben auf, und Sie geben sich zu erkennen und reden kurz mit Cornejo. Noch einmal hundert Meter, und Sampietro bellt Sie mit seiner Hundestimme an. Das sind gute Soldaten, Gehorsam und Mut, und außerdem haben sie mit Ihnen gerechnet.

Jetzt sind Sie am anderen Ende des Feldes und müssen umdrehen. In fünf Minuten sind Sie wieder hier.

Der Himmel sieht wunderbar aus, Herr Leutnant, und das Gras riecht köstlich. Ich wette, Julia schläft jetzt, schön in die Arme des Kerls gekuschelt. Wird nicht leicht sein, eine wie sie noch mal zu finden.

Jetzt kann man Sie schon hören, Herr Leutnant, es hört sich gut an, wie Sie Curupaity singen und „Für den Bock gibt's nichts Schöneres als die Ziege". Da sind Sie schon an Cornejo vorbei und kommen heran wie der Blitz, sind nur noch fünfzig Meter weit weg.

Ich träume von dem, was mir Landívar erzählt hat, dass Sie ihm den Karabiner entladen und auf dem Rückweg mit dem Fahrrad angefahren haben und ihm dann ein paar Ohrfeigen und eine Woche Arrest verpasst haben, weil er eingeschlafen war, seine Waffe verloren hatte und ein Versager war. Ja, wer hat denn dem auch gesagt, dass er so verschnarcht sein soll, wenn er auf Wache ist.

Aber ich bin nicht wie Landívar, ich liege Ihnen sozusagen quer im Weg. Ein verquerer Neger, Herr Leutnant, ein verquerer Neger aus Córdoba, wie Sie selbst gesagt haben.

Sie singen sehr schön, Herr Leutnant, wenn ich eine Stimme hätte wie Sie, hätte man mir vielleicht die Julia nicht weggenommen. Wenn Sie ab und zu ein bisschen falsch singen, dann wohl deshalb, weil Sie schreien und weil Sie mich jetzt lieber wach hätten, wie es ein guter Wachsoldat sein muss.

Aber wenn ich bleibe, wo ich bin, dann brechen Sie mir sicher die Rippen, so schnell, wie Sie fahren, und bei der Wut, die Sie auf mich haben.

Also stell ich mich Ihnen in den Weg.

Denn jetzt bin ich wach, Herr Leutnant, jetzt stehe ich, Sie hören mich nicht, jetzt ziele ich auf Sie, warum lachen Sie, Herr Leutnant, jetzt lege ich auf Sie an, ich kenne Sie nicht, befehle Ihnen zu halten, jetzt habe ich den Finger am Druckpunkt, wie man es mir auf dem Schießplatz gezeigt hat, halt da, mein Bursche, noch ein bisschen weiter, und schon speit es Feuer auf die Stirn, und während Sie die Arme heben und in einem „S" zu schlingern anfangen, das nicht enden will, und während alle Hunde dieser Welt zu bellen beginnen, habe ich schon durchgeladen, und noch einmal speit es Feuer, obwohl ich jetzt nicht auf Sie ziele, sondern auf die Drei Marien, wer weiß, vielleicht reicht es ja bis dorthin.

Und wer will jetzt sagen, dass ich Ihnen nicht Halt! befohlen habe, wie es sich gehört, und dass Sie nicht geantwortet haben, und dass ich nicht einen Warnschuss abgegeben habe, wie es Vorschrift ist, und dass ich dann nicht einen verdächtigen Unbekannten erschossen habe, der sich mit dem Fahrrad auf mich stürzte. Auch wenn dieser Unbekannte Sie selbst sind, Herr Leutnant, und jetzt, Herr Leutnant, hier im Gras nach Luft schnappen und ein paar schwache Schreie ausstoßen, während ich Sie abtaste, als wären Sie eine Frau, als wären Sie die Julia, und das Magazin finde, das Sie mir abgenommen haben, und es den Hang hinunterschmeiße, bevor die anderen Wachen kommen, bleich vom Mondlicht und vom Schrecken.

Wenn Sie noch ein bisschen mehr Zeit hätten, was Sie aber nicht haben, dann würde ich Ihnen das mit dem anderen Magazin erklären, das ich mir zwischen die Beine gehängt habe, na, Sie wissen schon, wo.

Iren jagen einen Kater

Der Knabe, den sie später den Kater nannten, erschien, ohne dass man ihn angekündigt oder vorgestellt hätte, an der Nordwand des Schulhofs, während der letzten Pause vor dem Abendbrot. Niemand wusste, wielange er schon neben dem Fenster des Korridors kauerte, der zu den Schlafsälen führte. Eigentlich hatte er dort nichts verloren, denn es war Ende April, und der Unterricht hatte schon einen ganzen Monat zuvor begonnen und das letzte Licht des trostlosen Herbstes verschlungen, der von langen und ermüdenden Regenperioden unterbrochen wurde. Die Dunkelheit brach gerade an, der Schulhof war sehr groß, er beanspruchte genau das Herz des riesigen Gebäudes, das im zweiten Jahrzehnt des Jahrhunderts von barmherzigen irischen Damen errichtet worden war. Das Zwielicht also und die Weite des Raumes, den nicht einmal einhundertunddreißig spielende Schüler zu verkleinern vermochten, erklären, dass niemand ihn sah; dies und die zurückhaltende Natur des eben Angekommenen selbst, die ihn dazu trieb, entfernt und verborgen zu bleiben, mit seinem grauen Gesicht und seinem grauen Kittel an der glatten Fläche der am weitesten vom Speisesaal entfernten Wand, der in den letzten zwanzig Minuten die Spiele mit den Murmeln, Steinen und Stöckchen sich unmerklich genähert hatten.

Der Knabe schien krank zu sein, sein Gesicht sah aus wie eine unreife, mit Asche bestreute Zitrone. Er war noch keine zwölf Jahre alt und sehr mager, und die Ersten, die sich ihm näherten, sahen, dass seine Augen fiebrig glänzten. Er hatte eine seltsame, kaum menschliche Art sich zu bewegen, sie bestand aus plötzlichen Anfällen aufbrausender Leidenschaft oder was es auch sein mochte, gepaart mit einem kaum wahrnehmbaren sich Entziehen, Entfliehen eines scheuen, verschlagenen Körpers. Er war hochgewachsen und konnte dennoch viel kleiner aussehen, dank einer einzigen Bewegung der Hüfte oder der Schultern, so als besitze er trotz seiner mageren Statur keine Knochen. All dies wirkte beunruhigend und abstoßend.

Dieser Knabe, den sie später den Kater nennen sollten und der in wenigen Stunden einen so unerwarteten Teil seiner katzenhaften Natur enthüllen würde, war fast den ganzen Tag gereist und auch die Nacht und den Tag zuvor, denn er lebte weit weg, mit einer Mutter, die langsam alt wurde, zu der die Brücken der Zuneigung zerbrochen waren und die ihn, indem sie ihn hier abgab, ein zweites Mal zur Welt brachte, die Nabelschnur durchschnitt, blutleer und trocken wie ein toter Ast, und sich seiner für immer entledigte. Wohl gelang es ihr in letzter Minute, als sie ihn bei Pater Fagan im Rektorat abgab, ein paar Tränen zu vergießen und ihn zärtlich zu küssen, doch der Knabe ließ sich davon nicht täuschen, er selbst weinte auch ein wenig, er küsste sie und wusste dabei doch ganz genau, dass solche Gesten abseits des Augenblicks oder des Ortes, der sie hervorruft, nicht viel bedeuten.

Was im Kopf des Knaben vorherrschte, war eine hartnäckige Erinnerung an schlammige Wege in honiggelbem Licht, an vorbeihuschende Häuschen und Baumreihen, die wie die Mauern bombardierter Städte aussahen; denn all dies war während der langen Zugfahrt ständig vor seinen Augen abgelaufen und hatte sich so sehr in seinen Geist gesenkt, dass er sogar noch nachts, während er durchgerüttelt auf der Holzbank des Waggons zweiter Klasse schlief, von dieser äußerst kargen Kombination von Elementen geträumt hatte, dieser ungeheuer armen und eintönigen Landschaft, in der er fühlte, wie all seine Vorstellungen und Träume von Entfernung, von seltsamen und unbekannten Dingen und faszinierenden Menschen sich in einem einzigen Augenblick in nichts auflösten. Was dies betraf, so hatte seine Ernüchterung inzwischen das Ausmaß der endlosen Ebene angenommen, und dies war mehr, als er mit seinen Gedanken zu begreifen wagte.

Dringendere Anforderungen retteten ihn dann bald. Pater Fagan übergab ihn Pater Gormally, und Pater Gormally brachte ihn an den Rand des zwischen Mauern versunkenen Hofes, der, tief wie ein Brunnen, an allen vier Seiten von den hohen Wänden umgeben war, die hoch oben in eine Metallplatte dunkelnden Himmels schnitten – diese schrecklichen, steil aufragenden, Schwindel erregenden Wände – und zeigte ihm die hundertdreißig spielenden Iren, und als er wieder auf die vertikalen Wände sah, befiel ihn, der nie etwas anderes gesehen hatte als das flache Land mit seinen hingeduckten Ansammlungen von Hütten, ein Gefühl von totaler Angst, von Grauen und Einsamkeit. Dies war nichts als ein Ausbruch reinen Gefühls, der ihm jedes einzelne Haar auf seiner Haut zu Berge stehen ließ, ähnlich dem, was das Fell eines Pferdes spüren muss, wenn es am Horizont den Tiger wittert. Vielleicht begriff er, dass er kurz davor war, die Menschen seiner Rasse kennenzulernen, der sein Vater nicht angehörte und von der seine Mutter nichts weiter war als eine abgeschnittene Strähne. Er fürchtete sie heftig, so wie er sich selbst fürchtete, diese versteckten Seiten seines Wesens, die sich bisher nur in flüchtigen Formen gezeigt hatten, wie in seinen Träumen oder seinen rätselhaften Wutanfällen oder der seltsamen Ausdrucksweise, mit der er manchmal anscheinend ganz gewöhnliche Dinge sagte, die jedoch seine Mutter so sehr beunruhigte.

Auf den ersten Blick sahen sie allerdings völlig harmlos aus, diese sommersprossigen, rothaarigen Bauernjungen mit den schmutzigen Zähnen und Fingernägeln, den von Murmeln ausgebeulten Taschen, braunen, auf die Knöchel gerutschten Strümpfen und gelben Stiefeln Marke „Patria", deren Spitzen völlig abgewetzt waren von der Angewohnheit, Steine zu kicken, Dosen und Fußbälle, Pflanzen, Baumwurzeln und sogar noch ihren eigenen Schatten; starke, feste Beine, gut beschuht mit diesen zum Treten und Jagen wie geschaffenen schweren Stiefeln, die er instinktiv auf seine Knöchel oder auf die weichen Teile seiner Knie zielen sah, wo das Wasser sich sammelt und eine wochenlange Schwellung hervorruft.

Auf jeden Fall war er jetzt da, der Kater, in die Enge getrieben vor einem Fenster, und natürlich war das erste, was Mulligan, anscheinend der Anführer der Gruppe, sagte, als er ihn dort hingekauert sah, wie bereit zum Sprung, und doch ohne springen oder kämpfen oder auch nur reden zu wollen, das erste, was gesagt wurde, vielleicht in seiner Sprache, vielleicht in der Sprache seiner Mutter, die er intuitiv verstand, was Mulligan sagte, war:

„He, der sieht aus wie ein Kater",

und als er genügend Zustimmung und Lachen geerntet hatte und der Spitzname für immer an dem Knaben hängen geblieben war, der ab jetzt der Kater hieß, wie ein Schnitt ins Herz oder in das, was für Strafe und Spott am empfänglichsten war, das sich auf jeden Fall wie eine Wunde öffnete, um das Messer zu empfangen (denn die Wunde ist da, bevor das Messer da ist, das Weiche vor dem Harten, das Fleisch vor der Klinge), als er auf diese Weise gezeichnet war und endlich wusste, wer er war, sagte jemand, es mochte Carmody, Delaney oder Murtagh sein:

„Wie heißt du, Bursche?",

und steckte so das Terrain ab, fest für sie und unbekannt für ihn, denn er konnte sich denken, dass eine so einfache Frage einen versteckten Sinn hatte und deshalb überhaupt keine einfache Frage war, sondern eine sehr entscheidende, die ihn in seiner Gesamtheit in Frage stellte und die er genau überlegen musste, bevor er sie beantwortete, bevor er, wie er es dann tat, einen vorsichtigen, versöhnlichen Kurs einschlug, bevor er sagte:

„O'Hara", wie er dann sagte.

Doch der angebotene Name wollte nicht einsinken,

trieb einfach nur so dahin, wie ein weggeworfener Apfel oder eine verfaulte Kartoffel im Fluss treiben. Sie warfen ihn zurück, voll erbitterter Verachtung:

„Der nicht. Dein wirklicher Name",

so als sei er für sie durchsichtig. Da sagte er:

„Bugnicourt",

welches tatsächlich der Name seines Vaters war, den er nie geliebt, noch auch nur gut gekannt hatte, ein Mann, der für immer im Treibsand bitterer Erinnerung und Demütigung verloren war, sein Andenken von den Männern zertreten, die ihm folgten, ein ruheloses Gespenst, das vielleicht durch die Löcher seiner Bitternis die Frau beobachtete, die seine Frau gewesen war, um plötzlich, ohne Erklärung, zur Dorfhure zu werden, doch eine barmherzige Hure, eine richtige katholische Hure, die eine Goldkette mit einem Medaillon der Jungfrau Maria um den Hals trug.

„Was ist das denn für ein Name? Bist du Pole?" – und gleich darauf, voll dunklen Verdachts: „Jude?"

„Nein", rief er da. „Ich bin kein Jude". Tief verletzt fühlte er zum ersten Mal diesen Drang, blind zu kratzen, was sich derart äußerte, dass er leicht die Finger krümmte, als verberge er sie und ziehe sie ein, bis er die Schärfe der Nägel in den Handflächen fühlte.

„O'Hara ist deine Mutter?", fragten sie.

„Ja."

„Woher stammt sie?"

„Aus Cork. Cork in Irland."

„Korken", übersetzte Mullahy, der sich in Erdkunde auskannte, „ein Korken im Arsch", während sich der Kater unruhig im Halbdunkel bewegte. Und dann machte er, plötzlich entschlossen, seinen ersten Punkt, seinen ersten erfolgreichen Zug angesichts der bevorstehenden Schlacht und der unausweichlichen Frage.

„Meine Mutter ist eine Nutte", sagte er ohne weitere Gefühlsregung und hielt sie so ein Weilchen auf, ließ sie vor Entsetzen erstarren, ungläubig oder insgeheim neidisch auf diese Kühnheit, die es ihm gestattete, so etwas zu sagen, etwas, das fähig war, den Himmel zu erschüttern, in dem mit ihren großen, weichen Flügeln die unantastbaren Mütter schwebten, und sie in einer furchtbaren Katastrophe abstürzen zu lassen.

„Habt ihr das gehört", murmelte Kiernan und unterbrach forschend das allgemeine Erschrecken, das Schweigen, die sich öffnende Kluft, die nur ein Anführer überwinden konnte.

„Na gut, Kater", sagte Mulligan. „Na gut, Kater", sagte er. „Das gefällt mir. Du bist der abgebrühteste Pole, Franzmann oder Jude, den ich kenne. Jetzt musst du nur noch mit einem von uns kämpfen, dann lassen wir dich in Ruhe und bei uns bleiben und vergessen sogar deine Alte, auch wenn sie wie eine Stute rammelt."

„Ich will nicht kämpfen", antwortete der Kater. „Ich bin müde."

„Mit mir musst du nicht kämpfen, Kater, ich könnte dich sogar noch fertigmachen, wenn man mir eine Hand festbindet. Du wirst mit Rositer kämpfen, der hat zwar ganz gute Beinarbeit, aber kann mit links überhaupt nicht zuschlagen und ist eigentlich ein ziemliches Weichei."

„Lasst mich in Ruhe", sagte der Kater. „Ich will mit überhaupt niemandem kämpfen."

„Aber wenn wir dir eine verpassen, Kater", sagte Mulligan wieder. „Wenn ich dir eine verpasse. Du willst doch nicht wie ein Jammerlappen aussehen, oder? Und außerdem müssen wir wissen, an welchen Platz in unserer Rangordnung wir dich setzen, oder glaubst du etwa, dass das hier ein Saustall ist?"

„Ich weiß nicht", sagte der Kater, und plötzlich sahen sie in seinem Gesicht ein seltsames Lächeln, träumerisch und aschfahl. „Können wir das nicht bis morgen aufschieben?", überraschte er sie noch einmal.

Sie schienen sich zu beratschlagen, ohne etwas zu sagen, die Fragen und Antworten gingen hin und her in einem Augenzwinkern, einem Wangenzucken, einer langen, hitzigen Diskussion ohne Worte, bis ein gemeinsamer Entschluss entstand, nicht als Ergebnis einer demokratischen Abstimmung, sondern des Gewichts und der Autorität, die durch ihre üblichen Kanäle flossen, bis die letzten Wirbel anderer Meinungen sich auflösten und der See fügsamen Einverständnisses seine unschuldige, friedliche Oberfläche zeigte.

„Also gut", sagte Carmody, denn diesmal war er es, der gegenüber der raubeinigen Impulsivität Mulligans den Ausschlag gab. „Also gut" – verwirrt, weil er nicht wusste, weshalb er nachgab, wenn nicht wegen des Stachels des Neuen, Unerwarteten und deshalb, im Blick auf die Zukunft, mit etwas Teuflischem Getränkten. Jetzt war er auf jeden Fall der Hüter des Willens der Allgemeinheit und entschlossen, diesen durchzusetzen.

Doch andere wurden unruhig, so diszipliniert sie auch diesen Willen der Allgemeinheit annehmen mochten.

Nur jemand, der so absolut anders als sie war, mehr noch, jemand, der tatsächlich die Eigenschaften eines Katers besaß, konnte es erreichen, dass ein Kampf vertagt wurde. Deshalb, so dachten sie, war dies kein Spiel mehr, wenn es denn jemals eines gewesen war.

Und so geschah es, dass Carmody, nachdem er seine Meinung durchgesetzt hatte, an Prestige verlor, in einem trügerischen Gleichgewicht verharrte und sich verlassen und unfähig fühlte, irgendetwas von dem zu verhindern, was jetzt folgen mochte. Denn dies ist die Natur ungewisser Siege, die mit dem dunklen Schlag des Herzens gewonnen werden.

Mulligan spürte die Flutwelle zu ihm zurückströmen, diese starke Strömung, die das Ansehen ausmacht.

„He, Kater", sagte er. „He, weshalb kommst du denn so spät in die Schule?"

Der Kater sah ihn direkt an, und etwas wie ein Ascheteilchen, ein winziger Funken schien in jedem seiner Augen aufzuglühen.

„Ich war krank", antwortete er,

und jetzt wichen sie zurück, als hätten sie Angst, ihn zu berühren. Der Kater spürte es, ein flüchtiges Lächeln spielte wieder auf seinem mageren, hungrigen Gesicht; mit erstaunlicher Intuition stürzte er sich auf dieses Stückchen Glück, riss es an sich, jonglierte damit wie mit einem Ball an einer Gummischnur.

„Grind", sagte er, schüttelte den Kopf und zeigte es ihnen. „Wenn mich einer anfasst, geht's ihm schlecht." Dabei fasste er sich an den Kopf, machte sich mit beißendem Spott über sich selbst lustig.

Wieder wichen sie zurück, ohne den Blick abzuwenden, und im Licht der Dämmerung meinten sie auf dem Kopf des Katers gelbe und graue Flecken zu sehen, und Collins versicherte später, sie seien wie schmutzige Watte oder Distelblüten gewesen. Da begriffen alle, dass die Sache schwieriger würde, als sie gedacht hatten, denn dem menschlichen Herz widerstrebt es, auf schwärende Wunden oder verborgene Gebrechen einzuschlagen, und die Art des Hindernisses, das sie jetzt zurückhielt, war mehr oder weniger von derselben Beschaffenheit wie die, die verhindert oder in den alten levitischen Zeiten verhindert hat, dass ein Mann seine Frau an bestimmten Tagen berührte.

Mit gesenktem Kopf unterstrich der Kater seinen Vorteil, lachte dabei in sich hinein und beobachtete sie leidenschaftslos aus seinen nach oben gerichteten Augen, wählte diesen oder jenen für die zukünftigen Tage der Abrechnung und Katerspiele, denn er verachtete keineswegs die Jagd und wusste auch, wie die Zeiten sich ändern können.

Die Fäuste öffneten sich, Wellen dahin geschwundenen Vergnügens, wahrhaftiger, jetzt geraubter Erregung stiegen wie kleine Rauchwolken an den schwindelerregend hohen Mauern empor. Mitten in diese Verblüffung erklang die Glocke und rief zum Abendessen. Lustlos stellten sie sich an der Wand des Speisesaals auf, unter den hervorstehenden, blutunterlaufenen Augen des diensthabenden Erziehers, den sie – mit sicherem Gespür für jedweden Makel – das Walross nannten, wegen jener beiden Eckzähne, die wie zwei lange Kreidestücke immer zu sehen waren, auch wenn er den Mund schloss. Ohne dass es ihm jemand zeigte, fand der Kater seinen Platz in der Reihe, und dieser Platz, den er ohne vorheriges Probieren fand, passte genau zu ihm, so dass er jetzt unauffällig zwischen Allen und O'Higgins stand, auch wenn die ganze Reihe seine ungestrafte Gegenwart wie eine Kränkung empfand.

Nach dem Gebet aß der Kater langsam. Unter der Lampe mit dem grünen Schirm, zwischen den Fliesen und auf den Tischen aus Marmor, in dieser kränklichen, geisterhaften Weiße, die dem Speisesaal das Aussehen einer Krankenstation gab, wurde sein Aussehen nicht besser. Er sah noch kränker, fremder und grauer aus, unangenehm anzuschauen, strahlte er diese entsetzliche Gewissheit aus, dass man nicht er sein konnte, unter keinen Umständen und durch keine Anstrengung der Phantasie, während man Dashwood oder Murtagh oder Kelly sein konnte, fast ohne es zu wollen, wie es tatsächlich manchmal geschah. Seine Andersartigkeit war ekelerregend, und die sechs Knaben, die mit ihm am letzten Tisch saßen, den er mit derselben Bestimmtheit ausgewählt hatte wie seinen Platz in der Reihe, wollten sich kaum zum Essen entschließen. Der neue Kittel des Katers glänzte metallen und grünlich, er trug eine schwarze Krawatte, und der Kragen seines Hemdes war zerknittert. Doch was diejenigen, die sich tatsächlich trauten, ihn zu mustern, am meisten erschreckte, war der lange, lange Hals und die Art und Weise, wie er sich in Falten legte, wenn er plötzlich den Kopf wandte, und dazu noch der gespenstische, hässliche Schatten eines grauen Schnurrbarts. Der Kater war hässlich.

Dann waren die Teller und Becher leer, und alle leeren Augen starrten nach vorn, und auf ein einziges Zeichen des Walrosses erstarb jede Unterhaltung. Nach außen hin war nichts geschehen. Doch hatte sich tief in der Seele der Herde selbst gerade ein Wandel vollzogen. Lautlos, zwischen dem ersten und dem siebten Bissen beinahe kalter, weißlicher, klumpiger Grütze, die Abend für Abend das Volk am Leben erhielt, waren seine Anführer gestürzt worden, durch einen Vorgang, der selbst ihnen unbekannt war. Mulligan und Carmody wussten es, auch wenn keiner ein Wort sagte. Sie hatten versagt, vor ihren eigenen Leuten, und andere, noch Unbekannte, würden ihren Platz einnehmen. So musste es sein. Das Volk war nicht gebunden durch das Wort, das in einem Augenblick der Schwäche von einem sentimentalen Verlierer wie Carmody gegeben worden war.

Erriet es der Kater? Kaum hatte er den letzten Löffelvoll hinunter geschlungen, da begannen sich seine Füße geräuschlos zu bewegen, trampelten den Boden in einem auf der Stelle tretenden Trapp-Trapp-Trapp, wie ein Radrennfahrer im Training oder ein Boxer, der sich auf die vor ihm liegende große Zukunft vorbereitet, sich in den Strom der Ereignisse werfend, immer weiter gezogen von seiner eigenen Unruhe, auf der Hatz durch einen gedämpften Albtraum.

Das Walross spürte es auch, während es im verstummten Speisesaal umherging, sein Gesicht wurde immer röter, es verspürte den Drang, etwas zu sagen, roch dunkel die mörderische Luft, entbrannte vor Wut, bis es sich schließlich vor allen aufbaute und ihnen entgegenspie:

„Benehmt euch ja anständig, oder ich brech euch alle Knochen!"

Und gab sich so einer schweigsamen Lächerlichkeit preis.

Sie gingen auf den Schulhof und in den Abend hinaus und stellten sich wieder in Reih und Glied auf. Es war eine Botschaft von den Feldern hinter den hohen Mauern in der Luft, ein süßlicher Duft, den der Kater roch. Da sah er zum Himmel hinauf, der genau in diesem Augenblick, sieben Uhr abends, Ende April 1939, ein majestätisches Kreuz des Südens und ein mächtiges Argo-Schiff zeigte.

Der Boden aber war aus Stein, große graue oder blaue Schieferplatten, vom Fußgetrappel der Generationen bis zu einem wunderbaren Feinschliff zarter Äderchen poliert. Sie erstreckten sich bis weithin zu den eleganten Bögen der Kreuzgänge vor den Klassenzimmern, die sich fast weiß gegen das Meer von Schatten abhoben, das dahinter begann. Irgendwann am Tag hatte es geregnet, in den Vertiefungen der Steinplatten standen noch Wasserpfützen, und der Kater patschte mit den Sohlen seiner neuen Stiefel hinein, während das Walross noch von etwas zurückgehalten wurde und nicht den Befehl zum Wegtreten gab, und für einen Augenblick sah es so aus, als würde er noch einmal zu sprechen anfangen, doch dann zuckte er schließlich die Schultern, gab den Befehl, und der Kater sprang.

Er sprang, manche sagen: Er flog über ihre Köpfe, stieg vielleicht fast zwei Meter in die Luft, und die Kraft seines brennenden Impulses warf ihn nach vorn wie in einem Traum, er glitt fünf, zehn Meter weit, segelte auf seinem schwebenden Kittel, bis er schließlich die Platten berührte und die Stahlspitzen seiner Stiefel dem schlafenden Stein einen Funkenregen entrissen, einen doppelten Feuerstrahl, wofür er mehr als einmal an diesem langen Abend bewundert wurde, als er schon für immer verschwunden zu sein schien. Hitziger Kater! Dein wahnsinniger Coup bebt noch in meiner Erinnerung nach, denn ich war einer von ihnen.

Doch was war mehr der Bewunderung wert, dieser wahnsinnige Sprung oder die ruhige Entschlossenheit, mit der Irland seine Krieger an die Front schickte! Mühelos setzten sie sich in Bewegung, beinahe im Marschtempo, Dolan an der Spitze, Geraghty in der Mitte, der kleine, aber pfiffige Murtagh als Nachhut. Diese einzige und einfache Bewegung blockierte alle möglichen Auswege und war nach vorn hin nicht zu erkennen, unter dem wieder aufgenommenen Hin und Her des Himmel-und-Hölle, dem unschuldigen Murmelspiel und den Unterhaltungen, die alles überdeckten, so dass nicht einmal die kundigen Augen des Walrosses (immer auf der Suche nach etwas, das besondere Strafe verdiente) mehr sahen als diesen wild gewordenen neuen Burschen, den Kater, der wie ein Blitz schräg auf den rechten Bogengang zulief.

Irgendwo auf dem Hof war der Klang der Mundharmonika zu hören, die Ryan schrill und fröhlich spielte wie eine Querflöte im Krieg, um das Kampfesfieber noch anzuheizen. Links lief Murtagh eine kurze Strecke, gerade genug, um den Gang vor den Klassenzimmern zu versperren, und er kam genau rechtzeitig, um den Schatten des Katers fünfzig Meter weit entfernt am gegenüber liegenden Ende auszumachen.

Hier kostete der Kater den ersten Bissen eines bittern Dilemmas. Zu seiner Rechten lag die offene Tür der Kapelle, aus der ein kränklicher Geruch nach Zedernholz, Kerzen und welken Blumen drang. Er warf einen Blick hinein und sah einen greisen Priester vor dem Altar knien und ein Gebet murmeln oder vielleicht laut schlafen, mit geschlossenen Augen. Zu seiner Linken der lange Gang, mit einer Glastür, die ins Rektorat führte, und dem geduckten Schatten Murtaghs im Gegenlicht. Und vor ihm eine Treppe, die sich in der Dunkelheit verlor. Blind stieg er hinauf.

Murtagh öffnete ein Fenster des Gangs und machte mit nach oben gerichtetem Daumen Geraghty ein Zeichen, der seelenruhig in der Mitte des Schulhofs wartete. Geraghty gab die Nachricht durch anonyme Boten an Dolan weiter, der sehr weit hinten geblieben war, auf der rechten Seite des weiten Halbkreises der Jäger, und auf dem sich lautlos der Adler der Befehlsgewalt niedergelassen hatte. Dolan dachte nach und gab seine Befehle. Er schickte Winscabbage, der dumm war, doch einen breiten Rücken hatte, um die Kreuzung zu bewachen, die den Kater so sehr hatte zögern lassen, und ihm um jeden Preis den Rückweg abzuschneiden. Dann schickte er Murtagh ein Zeichen, er solle seine eigenen Entscheidungen treffen, und Murtagh rief den kleinen Dashwood und befahl ihm, dort zu bleiben und zu schreien, wenn der Kater kam, denn der kleine Dashwood konnte gegen niemanden kämpfen, war jedoch fähig, die Dämonen des Heulens selbst zu vertreiben. Als all dies getan war, zog sich die gesamte Linie zurück, während sich die Anführer versammelten, um sich zu besprechen und den Rat von Heiligfuß einzuholen.

Heiligfuß Walker hatte ein Bein, das kürzer war als das andere und in einem ungeheuer hohen Stiefel steckte, starr und leblos wie ein toter Stamm, den er beim Gehen hinter sich herschleifte, und ein scharf geschnittenes, olivfarbenes, edles Gesicht mit wissenden Augen. Er war kein Anführer und konnte auch nie einer sein, auch wenn er versicherte, er stamme von Königen ab und nicht von armen Bauern aus Suipacha, doch die konzentrierte Dichte seiner Ideen zog ihn aus dem Kreis des Mitleids, in dem andere einfache arme Teufel – ein Epileptiker und ein Albino, zwei andere Klumpfüße und ein Taubstummer – herumkrochen.

Heiligfuß hatte mehr als genug Zeit zum Nachdenken, während die anderen Fußball oder Hurling spielten, und die Anführer mussten ihm zuhören.

„Er wird zum Schlafsaal hinaufgehen", prophezeite er, als sähe er den Kater tatsächlich vor sich, „und dann nach hinten laufen."

„Und danach?"

„Könnte er in unserem Rücken auftauchen. Wenn wir ihn runterkommen lassen, haben wir verloren. Dann wird er zu einem von uns."

„Wir müssen ihn oben halten", entschied Murtagh.

Dolan schickte Scally und Lynch, um die beiden anderen Ausgänge zum Hof zu überwachen.

Der Kater saß jetzt in einer Falle. Vier Seiten, vier Winkel, vier Treppen, vier Ausgänge, alle bewacht. Sich vorsichtig in der Dunkelheit bewegend, fand er einen Treppenabsatz und eine kleine Holztür, die auf die Empore führte. Er schaute hindurch und sah wieder den Altar, den reglosen Priester, den blutenden, abstoßenden Christus und die zwei Erzengel mit blauen Federn, die elektrische Kerzenleuchter trugen. Auf der Empore waren im Halbdunkel die Umrisse einer Orgel zu erkennen und Glasrosetten, durch die man in einen Teil des Abendhimmels hinaussehen konnte. Doch irgendetwas außerhalb seiner eigenen Kontrolle ließ den Kater in Bewegung bleiben; er wich zurück, stieg weiter nach oben und fand sich wieder am Scheideweg. Zu seiner Linken lag eine lange Reihe von Türen, die auf einen Gang hinausgingen; zu seiner Rechten ein Schlafsaal mit zwei Reihen weißer Betten. Er kauerte nieder, überlegte und schlich dann vorsichtig durch den leeren Schlafsaal, zwischen der endlosen Flucht der Betten hindurch. Es gab kein Licht, außer von zwei kleinen Fünfundzwanzig-Watt-Birnen, die fünfzig Schritt weit auseinander lagen, wie zwei große, durchsichtige Blutstropfen. Der Kater schaute aus einem der Fenster und sah einen Park im Sternenlicht, dunkle Fichten und Araukarien, das Eingangstor, durch das er mit seiner Mutter gekommen war, und weiter entfernt den gepflasterten weißen Weg und das Eisenbahnsignal, das von rot auf grün sprang. Da liegt also der Süden, dachte er, aber nicht genau der Süden. Er senkte den Blick auf den Kiesweg: Der Abstand war sieben oder achtmal die Länge seines Körpers, und außerdem wollte er nicht in den Süden zurückkehren. Jetzt versuchte er sich an das Aussehen des Gebäudes zu erinnern, als er es am Nachmittag zum ersten Mal erblickt hatte, aber es gelang ihm nicht, und er verfluchte das Gefühl der Leere, das diese Erinnerung ausblendete. Seine Mutter war in einem weit entfernten Zug unterwegs in ihr Dorf.

Auf dem Schulhof lief das Walross hektisch hin und her und verfolgte die Verfolgung, forderte einen Anteil an der unsichtbaren Zeremonie, doch jede verdächtige Bewegung erwies sich als Teil eines harmlosen Spiels, und wenn er stehen blieb, um nachzufragen, wurde er mit anderen, unschuldigen Fragen festgehalten, die ehrerbietig, wie es sich gehörte, an eine erwachsene Respektsperson gestellt wurden, ihm Zeit und Aufmerksamkeit raubten, seine Initiative behinderten und ihn auf diese Weise nicht den Ort ausfindig machen ließen, wo das Böse stattfand. Auch darin war die Gemeinschaft schlau, ihre Zivilbevölkerung lenkte den Feind oder Eindringling ab. Und so entdeckte das Walross nichts und begriff, dass es nichts entdecken würde, außer es könnte im Geiste den Anführer ausmachen, doch kaum dachte es an Carmody, da sah es diesen, vier Schritte entfernt, das Kärtchen des Torpedofisches gegen ein Kärtchen des Fußballers Bernabé Ferreyra tauschen, und gleich darauf sah es Mulligan an der Wand mit seiner offenen Handfläche auf dem Boden den Abstand zu den geworfenen Kärtchen messen. Also fluchte das Walross leise, denn es wusste, dass es noch eine ganze Stunde warten musste, bevor die Glocke zum Rosenkranzgebet geläutet werden konnte, und fluchte noch einmal auf das schmuddelige Licht des Schulhofs und auf diese frommen, geizigen alten Tanten von der Barmherzigen Gesellschaft des Heiligen Josef. Da brach in der Mitte des Hofes eine Scheinprügelei los. Im Schutz dieses Tumults ergossen sich Dolan und seine Komplizen über die hintere Treppe, während Murtagh und die Seinen nach links schwenkten, gefolgt von der Mundharmonika, die abwechselnd mit Feingefühl *Mother Machree* und mit kühnem Schwung *Wear on the Green* spielte.

Oben schlich der Kater weiter, bis er wieder in einem

rechten Winkel stand, auf einem Absatz, von dem aus er in den Schatten hinabschaute und einen Entschluss zu fassen versuchte. Unvermittelt beschloss er, die Verteidigung dort zu probieren, und stürzte wie ein Wasserfall nach unten.

Von der Mitte des Hofes aus, wo die gespielte Rauferei durch die Gegenwart des Walrosses schnell in sich zusammenbrach, sah die Szene so aus: Zuerst hörte man einen schrillen Schrei, dann einen kurzen Zusammenstoß, und gleich darauf kam der kleine Dashwood herausgeschossen, wobei er wie ein wahnsinnig gewordener junger Hund um sich trat und jaulte. Sofort bildete sich ein Kreis um ihn, und da sahen alle das Zeichen des Katers: eine Reihe tiefer paralleler, blutender Kratzer auf seiner rechten Wange. McClusky und Daly nahmen schweigend seinen Platz ein, während andere ihn zum Wasserhahn schleppten, um ihm das Gesicht zu waschen, wobei sie ihn ein ums andre Mal sagen hörten:

„Ich hab ihm eine verpasst! Ich hab ihm eine verpasst! Glaubt ihr mir etwa nicht?"

Die Nachricht machte die Runde: Der Kater hatte zugeschlagen. Jetzt waren die Gesichter düster, doch niemand ließ den Mut sinken.

Nachdem er Dashwood angegriffen und übel zugerichtet hatte, zog sich der Kater wieder zurück. Der Kampf war jetzt in ihm selbst, ergoss sich in sein Blut in unaufhörlichem, unaufhaltsamem Strömen. Er roch seinen eigenen Geruch, säuerlich, feuchtheiß, nicht menschlich, so wie der, den ein Blitz hinterlässt, wenn er auf die Erde niederfährt, und er spürte ein beinahe unerträgliches Verlangen zu töten und zu fliehen, anzugreifen und noch einmal zuzuschlagen und wieder zu fliehen, eine Begierde, die sein Hirn überflutete und ihn dunklen Strömungen auslieferte, die ungelenkt durch seinen Körper flossen. Er fühlte sich nach vorn getragen und zurückgeworfen, er duckte sich und warf sich hinein und versteckte sich und griff erneut an, ohne auch nur einen Augenblick zu überlegen, schwamm in dieser mächtigen Strömung aus Angst und Hass, während er einen weiteren Gang und eine weitere Flucht von Türen hinter sich ließ, die er zu öffnen versuchte und verschlossen fand, außer einer, unter der Licht hervordrang und sanfte, einlullende Musik, und die er nicht versuchen wollte. Weiter vorn hörte er Fußgetrappel, er machte sich rund und rollte in eine Toilette, in den Gestank einer Latrine, und hörte gedämpfte, erregte Stimmen vorbeikommen: „Hier lang, hier muss er vorbeigekommen sein." Der Kater erriet, dass sie gleich wieder zurückkommen würden, seine Nasenflügel begannen zu flattern, er kam zu dem Entschluss: Hier nicht, und schlüpfte hinaus, bevor das Netz sich endgültig schloss.

Sie sahen ihn, wandten sich ohne Eile um, als seien sie sicher, dass er ihnen jetzt nicht mehr entkommen könne. Diese gemächliche Bewegung erschreckte den Kater mehr als ein direkter Angriff, und noch bevor er wieder sprang, begriff er auch, weshalb: Sie hatten auf dem Absatz einen Posten hinterlassen. Es waren zwei, und sie warteten wie ein Bollwerk auf ihn, ungerührt, breitbeinig und mit erhobenen Fäusten. „Komm, Kätzchen", sagte einer der beiden. „Komm schon, mein Kleiner, jetzt heißt es kämpfen." Er sah die Bresche zwischen ihnen und warf sich hinein, und diese einfache Bewegung erwischte sie wieder unvorbereitet, denn es waren zwei Schlägertypen, die sich keine andere Art des Kämpfens vorstellen konnten.

Der Kater fiel auf den rechten Ellbogen, und der Knochen schickte einen sofort ausstrahlenden Schmerz durch seinen gesamten Körper. Die Verfolger hatten sich auf seine Beine gestürzt und schlugen nicht nur auf ihn, sondern auch gegenseitig aufeinander ein. Jetzt stand der Kater wieder und schleifte einen hinter sich her, der an seinem Kittel hing, während die anderen in höchstem Tempo angelaufen kamen. Der Kater machte eine einzige Bewegung mit dem Kopf, und sein Stirnknochen traf auf weiches Fleisch, das eine Wange oder ein Auge sein konnte. Der andere Junge schrie nicht und ließ auch nicht den Kittel los, bis der zerriss, und dieses große Stück grauer Stoff wurde Katzenschwanz genannt und von da an im Triumphzug wie eine Trophäe herumgetragen, eine Standarte, eine Ankündigung des nächsten Sieges.

Aber der Kater war frei und lief auf eine Tür zu, und hinter der Tür in einen weiteren, halbdunklen Saal mit zwei Bettenreihen, und während er lief, erhoben sich nacheinander aus den Betten geisterhafte Schatten, die sich aufsetzten und ihm mit hohlen Augen nachsahen wie Tote, die aus ihren Gräbern steigen. Da ließen seine genagelten Stiefel wieder zwei Funkenregen auf dem Mosaikfußboden der Krankenstation sprühen, und zum ersten Mal kam es ihm vor, dass dies alles nicht wirklich geschah, doch blieb er nicht stehen, ein neuer Panikanfall löste noch einen Riesensatz aus, und so erreichte er die vierte Ecke hoch oben auf der Welt.

Im Schulhof hatte sich das Walross Dashwoods bemächtigt und schüttelte ihn, ohne aber zu erreichen, dass der redete oder wenigstens aufhörte, die absurde Erfindung zu stammeln, er habe sich an einer Wand gestoßen. Er ließ ihn in der Mitte des Hofes stehen und dachte einen Augenblick lang daran, Dillon zu Hilfe zu rufen, der jetzt in seinem Zimmer sein musste und Krimis las oder auf seinem alten Grammophon Walzer hörte, rief ihn dann aber doch nicht. Das kann ich selbst in Ordnung bringen, dachte er. Und dann: Ich werd's ihnen schon zeigen, worauf er sich in einem der Schlafsäle auf die Lauer legte, bis er einen Schatten sah, der lautlos den Gang entlang kam, zehn Schritte vor ihm. Er lief hinterher, packte Murphy am Hals und ohrfeigte ihn in der Dunkelheit. Murphy heulte los, und das Walross ohrfeigte ihn nochmals.

„Da habt ihr also euren Spaß, was? Wo sind die anderen alle?"

„Wer denn?", jaulte Murphy. „Wer denn überhaupt?"

„Stell dich nicht blöd. Die hinter dem Neuen her sind."

„Ich hab keine Ahnung", schrie Murphy. „Ich muss mich für den Segen umziehen."

„Ach ja?", sagte das Walross und verpasste ihm eine Kopfnuss.

„Pater Keven wartet auf mich!", kreischte Murphy.

„Ach ja?", sagte das Walross wieder, und da echote eine andere Stimme neben ihm: „Ach ja!", und er sah das kantige Kinn und die eiskalten Augen von Pater Keven, der ihn, die Stola in der Hand, von der Sakristeitür her ansah. „Kommen Sie morgen zu mir ins Rektorat", wobei er sanft seinen misshandelten Messdiener tätschelte.

Dolan und sein Generalstab warteten auf dem vierten Treppenabsatz. Sie hörten den Tumult auf der Krankenstation, und plötzlich platzte der Kater durch die Tür, blieb stehen und sah sie an.

„Hallo", sagte Dolan, der nicht groß, aber stark war und graue Augen in einem massiven, quadratischen Gesicht wie von einer Bulldogge hatte, mit einer blonden Haarlocke, die ihm in die Stirn fiel und die er immer, wenn er sprach, wegschüttelte. „Hallo", sagte er nur.

„Ich geb auf", keuchte der Kater.

Als sie das hörten, lachten alle laut los.

„Ich kämpfe, mit wem ihr wollt", sagte er.

„Es wird nicht mehr gekämpft", sagte Dolan. „Wir haben dir eine Chance gegeben, aber du wolltest ja nicht. Weißt du, was es jetzt gibt? Wir ziehen dich aus bis auf die Knochen."

„Einer von euch muss als erster zuschlagen", meinte der Kater. „Lasst mich mit dem kämpfen."

„Warum?"

„Damit ihr seht, dass ich vor keinem von euch Angst habe."

Wieder lachten sie, und dennoch, ein Keil war in diese fest geschlossene Front gedrungen, die Herausforderung hing wie ein rotes Tuch, und die Gruppe begann, sich in Einzelne aufzulösen, die sich wie vorher leise berieten, während der Kater sich bewegte, ohne sich zu bewegen, fast unmerklich und geschmeidig und grau auf eine dunkle Tür zuglitt, langsam und doch schnell seine Lage verbesserte, an seinem Rücken die harte Wand spürte, die ihm eine neue Sicherheit gab, das Versprechen eines doppelten Sprungs, doch ohne die Augen von Dolan zu lassen, der jetzt einen Augenblick zögerte, und dies reichte, dass einer nach vorn sprang und sagte:

„Lasst mich",

und bevor Dolan etwas dagegen sagen konnte, gab es einen großen Applaus, der nur vom Kater selbst unterbrochen wurde. Der hob die Hand und befahl gleichsam den anderen zurückzuweichen, was diese fast unwillig taten, weil sie einen absurden Strahl von Autorität auf sich niedergehen spürten, der plötzlich vom Kater ausging, der endlich die Deckung hochgenommen hatte, sich provozierend ruhig nach allen Regeln der Kunst aufbaute, und da sahen alle den guten Stil und die wohlüberlegte Haltung, die linke Faust fast wie unabsichtlich ausgestreckt, den Rücken der rechten leicht an den Nasenflügel unter die hellwachen Augen gelegt, sahen, wie der Kater ein ums andre Mal Sullivan zu umkreisen begann, bis sein Rücken vor der dunklen Leere der Tür war, und dann einfach rückwärts ging und verschwand und ihnen den letzten, aber unglaublichsten Streich dieses Abends spielte.

Jener letzte Zufluchtsort war die Waschküche, ein großer quadratischer, stickiger Raum mit einer einzigen Tür und einem Fenster, vor dem dunkle Baumkronen zu sehen waren. In seiner Mitte erhob sich eine riesige Waschmaschine. Ihre kupfernen Zylinder glänzten sanft in dem Licht, das von den Bergen von Bettlaken gespeichert und gespiegelt wurde, die sich vom Boden bis zur Decke stapelten und einen säuerlichen Geruch nach Schlaf, Schweiß und einsamen nächtlichen Praktiken verströmten. Der Kater stolperte, stürzte, schlug einen Purzelbaum und glitt, zum Gespenst geworden, ans Fenster, hinter sich die heiße Welle der Verfolger, die auf einmal den Raum mit dem ohrenbetäubenden Lärm von Schreien und Schritten füllten. Fast in einer einzigen Bewegung zog er den Riegel zurück und sprang aufs Fensterbrett hinaus. Eine Hand hielt ihn fest, doch da machte er schon einen Satz in die schwindelerregende Dunkelheit.

Zehn Minuten vor der Zeit läutete das Walross die Glocke, die zum Segen rief, und begann, die ganze Schule beinahe mit Gewalt in die Kapelle zu treiben, wobei er in aufgeregter Eile die Reihe der Schüler auf- und ablief, knurrte und knuffte, „Los, na los doch", ohne sich noch mit dem Durchzählen aufzuhalten, „Beeilt euch, schlaft nicht ein", während Nachzügler und Entmutigte der Verfolgungsjagd im Laufschritt zurückkehrten und sich einreihten, ohne verhört zu werden, weil morgen auch noch Zeit dafür sein würde, für die Zuweisung von Schuld und Strafe, die diesmal, das versprach er sich mit zusammengebissenen Zähnen, die Steine erzittern lassen würde, „Schneller, habe ich gesagt", und verpasste dem Letzten eine Kopfnuss, während vorn am Altar Murphy die Kerzen entzündete, Pater Keven in goldenem Glanz eintrat, misstrauisch zur Tür blickend, und Dillon mit schläfrigem, benommenem Gesicht, sich die Krawatte festzurrend, die Treppe herunterkam, um seine Schicht anzutreten.

„Ich erklär's dir später", sagte das Walross zu ihm und begann, dem Kater nachzusteigen.

Unter dem Fenster der Waschküche stand ein Brennholzschuppen mit einem Wellblechdach, das unter dem Aufprall des Katers wie ein Kanonenschlag dröhnte und die nächtliche Luft mit Vogelgekreische und entferntem Hundegebell erfüllte. Als er sich aufrichtete, spürte er, dass er sich den Knöchel verstaucht hatte, und erinnerte sich an die Hand, die ihn festgehalten und ihn aus dem Gleichgewicht gebracht hatte. Vorsichtig rutschte er die Wand des Verschlags hinab, sah die weißen Gesichter seiner Verfolger hoch oben im Fenster, und während er auf einen hohen Drahtzaun zu humpelte, hörte er die Glocke, die zum Segen rief wie die sanfte Stimme Gottes oder diese anderen süßen Stimmen, die manchmal in Träumen zu hören sind, sogar in den Träumen eines Katers.

Mitten auf dem dunklen Schulhof hatte man den kleinen Dashwood völlig vergessen. Er wusste, dass die Jagd weiterging, denn er hatte die Anführer nicht zurückkehren sehen. Einen Augenblick lang wollte er zur Kapelle rennen, sich hinknien und mit den anderen beten, seine Stimme zum warmen, rhythmischen Chor gesellen, der jetzt in sanften, beruhigenden Wellen zum Lob der heiligen Jungfrau Maria aus der Tür drang. Doch hatte ihn niemand von seiner Pflicht entbunden. Außerdem war er im Kampf verwundet worden und wollte wissen, wie der enden würde. Er unterdrückte seine Ängste und begann im weitläufigen Gebäude umherzugehen, auf der Suche nach einem Signal oder Geräusch.

Von der Waschküche aus sah Dolan, wie der Kater sich im Schatten entfernte. Hinter ihm wurden Bettlaken zu einem langen Seil geknüpft, während Murtagh und andere die Treppe hinunterrannten und in vielleicht dreißig Sekunden unten aus der Tür kommen würden. Der Kampf war noch nicht zu Ende.

Verbittert saß Walker auf einem Haufen Bettlaken, schwieg düster vor sich hin und schimpfte in sich hinein. Aus reinem Instinkt, dank einer rastlosen, treffsicheren Phantasie, hatte er es geschafft, im richtigen Moment am Schauplatz der Schlacht zu sein, nur damit dieser Haufen von Idioten diese nicht zustandebringen sollte. Er konnte nicht laufen, wie es Murtagh getan hatte, er konnte nicht fliegen, wie es genau in diesem Augenblick Dolan tat, er konnte nur nachdenken. Er würde mehr als fünf Minuten brauchen, um die Treppe hinunter und nach draußen zu gelangen. Sein Gesicht verzog sich zu einer Grimasse innerer Pein, als ihm klar wurde, dass die Götter sich wieder einmal gegen ihn verschworen hatten.

Der Kater versuchte nicht über den Zaun zu klettern. Ein einziger Blick, den er mit seinem verletzten Knöchel tat, wobei der Schmerz Teil seines Gesichtsfelds wurde, zeigte ihm, dass dies keinen Sinn hatte. Außerdem lag hinter dem Zaun die Welt und sein Zuhause, wohin er nicht zurück wollte. Er zog es vor, sein Glück hier zu versuchen. Er streckte sich hinter einem Stapel Kisten aus, legte sein Gesicht auf das weiche, kühle Gras und sah durch die Ritzen zwischen den Kisten, wie die Krieger sich über das Feld verteilten, von vorn und von hinten, und dann Dolan, der wie eine riesige Nachtspinne an seinem silberglänzenden Strang aus Betttüchern herunterschwebte. Von den Fenstern der Kapelle her kam ein sanftes Gemurmel seltsamer Worte, die vielleicht trösten und beruhigen sollten:

Turris eburnea
                              –Pray for us!

Doch der Kater fühlte sich weder getröstet noch beruhigt.

Der kleine Dashwood hatte seinen Weg zum vorderen Eingangstor gefunden und lief in den dunklen Park voller Kiefern und Araukarien hinaus. Jetzt zitterte er ein wenig, weil er völlig allein war in einer Außenwelt, deren Regeln er nicht kannte. Nie hatte er sich so weit hinaus getraut. Mit einem Schlag überfiel ihn eine starke Sehnsucht nach seiner Mutter. Nichts weiter war zu hören als das dumpfe Rumpeln eines Lastwagens auf der Landstraße oder das hellere Quietschen der Reifen eines Autos, bis plötzlich alle Kröten auf einmal zu quaken begannen. Er bog nach links ab und sang dabei auch vor sich hin, ganz leise, um keine Angst zu haben.

Die Jäger waren in einem weiten Halbkreis ausgeschwärmt, dessen Enden an den Zaun stießen. Dolan befahl ihnen anzuhalten, während er das Gelände inspizierte. Zu seiner Linken sah er einen großen Wassertank auf Zementstelzen, aus dem das überschüssige Wasser plätschernd in einer Pfütze zusammenfloss; in der Mitte dunkles Gebüsch; zu seiner Rechten einen Stapel Kisten. An irgendeinem Ort in diesem Halbkreis von siebzig Metern Durchmesser musste sich der Kater versteckt halten, doch durften sie nicht auf ihn zudrängen, sondern mussten in freiem Gelände einen Sperrgürtel legen, bis sie eine Methode fanden, mit der sie ihn aus seinem Versteck locken konnten. Er setzte sich ins Gras, steckte sich eine Zigarette an und dachte nach.

In der Kapelle hob Pater Keven die Monstranz einem schläfrigen Publikum entgegen. Er war ein schroffer Mann mit einem Magengeschwür, das vor allem während der Heiligen Messe an ihm nagte, was zweifellos mit dem krankmachenden Geruch des Weihrauchs zu tun hatte. Der Erzieher Dillon schaute auf die Uhr und postierte sich am Eingang.

Das Walross folgte dem Weg der Jagd in entgegengesetzter Richtung. Auf dem Treppenabsatz vor der Waschküche lief es, ohne ihn zu sehen, an einem Schatten vorbei, der dort in der Dunkelheit kauerte. Das war Walker, der sich das Hirn genügend zermartert hatte und sich aufs neue von einer wilden Gewissheit geleitet fühlte, die ihn sofort wieder in Bewegung setzte und dazu brachte, sein Bein, nutzlos und schwer wie eine Schuld, die Treppe hinabzuschleifen, wobei er sich am Geländer festhielt und sich Stufe um Stufe fallen ließ.

Als das Walross die Krankenstation betrat, setzten sich die Kranken in ihren Betten auf, in einer Woge von Zeigefingern und Ausrufen, die es natürlich in die falsche Richtung schickten, und als sie es verschwinden sahen, drängten sie sich wieder an ein Seitenfenster, das es ihnen erlaubte, etwas von dem zu beobachten, was unten geschah. Das Walross stieg auf der anderen Seite des Gebäudes nach unten, lief ins Freie und irrte unschlüssig in Richtung auf das verwaiste Schlagballfeld.

Der Kater sah die Lichter in der Kapelle erlöschen, dann das verendende Flackern der Altarkerzen. Er spürte eine Welle der Bewegung nach oben, eine warme Lebensströmung, die durch ihre vorbestimmten Kanäle Richtung Schlaf emporstieg und ihn allein ließ, ihn und seine Feinde, diesen dunklen Kreis, der von Zeit zu Zeit von der Glut einer Zigarette angezeigt wurde. Ein plötzlicher Lichtstrahl glitt die oberen Fenster des Schlafsaals entlang. Da gab Dolan den Befehl, und eine lockere Kette von Kundschaftern begann sich auf das Versteck des Katers zuzubewegen, während die anderen auf freiem Feld abwarteten.

Der Kater schaute Richtung Osten und sah einen Fleck aschfahlen Lichts zwischen den unteren Ästen der Bäume. Der Mond ging auf. Seine Hand umklammerte einen Stein von der Größe eines Apfels, während die Panik wieder in seinem Blut zu galoppieren begann.

Im Park irrte Dashwood todmüde umher. Sein schönes Gesicht war durch den Prankenhieb des Katers entstellt, es war angeschwollen und schmerzte. Von Zeit zu Zeit hatte er gemeint, das Echo der Jagd zu hören, einen Ruf, einen einzelnen Akkord der Harmonika, er hatte sich jedoch jedes Mal getäuscht. Das Glockengeläut des Segens lag weit zurück, unter den Erinnerungen des Gestern und der Vergangenheit überhaupt. Dieser Einschnitt im Strom der Wirklichkeit erschreckte ihn: Urplötzlich verspürte er Lust, zum Weg hin zu laufen und nicht zurückzukehren, niemals mehr. Das Schulgebäude erhob sich wie ein großer, dunkler Drache mit seinem glänzenden Gebiss aus den Lichtern der Schlafsäle. Er wünschte sich, dass ihn seine Mutter ins Bett brächte. Auf einmal wurde er sehr traurig und setzte sich ins Gras, steckte die Hand in seine Hose und begann sich zu streicheln. Das verschaffte ihm Trost, eine Art unbestimmten Glücks, als schwebe er hoch oben über den Feldern und Dörfern, leicht wie ein Chajá-Vogel, der sein Gefieder im Sonnenlicht und in den hohen Wolken badet, ein sanftes Vergnügen, das nie zu Ende ging, denn er war noch zu jung dafür, aber jetzt machte es ihm nichts mehr aus, dass der Drache mit seinen gelben Zähnen auf ihn zukam und ihn verschlingen wollte.

Die Flugbahn des Steins war zentimetergenau bemessen. Mit scharfem Pfeifen flog er durch die Nacht, ohne dass ihn jemand hörte außer dem Kater, bis er mit lautem Platschen in die Pfütze unter dem Wassertank schlug. Da wollte niemand mehr die Befehle und Flüche Dolans hören, der Kreis verschmolz zu einer einzigen Angriffsfront und das Netz löste sich in einer einzigen Welle von Erregung und Wut auf. Da begann sogar die Harmonika die ersten Takte der Attacke der Leichten Brigade zu spielen und erfreute damit selbst das Herz des Katers, der jetzt schon unsichtbar zum Holzschuppen robbte, die nur angelehnte Tür aufstieß und ins Dunkel tauchte, das nach Feuchtigkeit und Sägespänen roch, nach Gespött und Unterschlupf.

Dort erwischte ihn sein Schicksal. Die Tür öffnete sich mit einem Schlag oder einem Schrei: Da war Walker, im Gegenlicht des Mondes, und zog seinen heiligen Fuß und seinen sengenden Atem hinter sich her, während sein Gesicht im Lichte der offen vor ihm liegenden Wahrheit erstrahlte. Der Kater befahl sich zu springen, doch er stöhnte stattdessen nur auf, gefangen in der abergläubischen Aura, die sein Henker verströmte und die es vorsah, dass der Schwerfälligste und Langsamste von allen, der, der weder laufen noch fliegen konnte, ihn zu seiner Beute machte.

Als Richard Enright, dreiundzwanzig Jahre alt und höhnisch das Walross genannt, zum Ort des Geschehens kam, war die Schlacht schon geschlagen, gewonnen und verloren. Die Schatten der Krieger huschten nach und nach durch die Eingänge des schlafenden Gebäudes. Der Mond schien auf die fast gefühllose Figur des Knaben, den sie von da an den Kater nannten und der jetzt im Gras lag und Worte stammelte, die Enright nicht einmal zu verstehen versuchte. Der Erzieher betrachtete ihn, sah, wie schrecklich er zugerichtet war, und wusste, dass er jetzt einer von ihnen geworden war. Die Feindschaft des Blutes war weggewaschen, jetzt blieben alle anderen Feindschaften. In zehn Tagen, in einem Monat, würde er wirklich zu einer Raubkatze geworden sein, die verlockenden Vögelchen nachstellte. In einem dunklen Gang würde er ihnen auflauern, hinter einer Toilettentür, in einem Gebüsch versteckt, und er würde zuschlagen. Wenn man ihm Fußballstiefel gab, würde er Knöchel zerschmettern; wenn man ihm einen Hurling-Schläger gab, würde er auf die Knie zielen. Mit ein bisschen Freiheit, mit ein bisschen Glück, mit ein bisschen fiebrigem Verlangen, mit dem Widerschein des Schlachtenruhms würde der Adler der obersten Führung für eine Weile auf ihn niedergehen. Und dennoch wusste Enright, dass des Katers Seele für immer verwundet und gebrandmarkt war. Er versuchte sich vorzustellen, wie er sein würde, wenn er ein Mann wäre, versuchte, ein allgemeineres Prinzip zu finden. Doch er schaffte es nicht, er war nicht klug genug dazu, und schließlich und endlich ging es ihn auch nichts an.

„Komm schon, Kleiner", sagte er, nahm seine Hand, um ihm beim Aufstehen zu helfen, und hielt dem starren, blutigen Blick stand, mit dem ihn der Kater aus einem Auge ansah. „Komm schon", und klopfte ihm auf den Rücken, so wie ihm die anderen morgen, nächste Woche auf den Rücken klopfen würden. „Scheint ja, du weißt nicht mehr, wo der Schlafsaal ist."

Der Kater schluchzte kurz auf, dann zog er die Hand zurück.

„Ich kann allein gehen", sagte er.

Umzug

Stell dir vor, wie wir uns amüsiert haben, der Umzug war das Letzte, aber wir haben uns trotzdem amüsiert. Ángel hat sich ein paar lange Federbüsche besorgt, er sagt, die hat er von der Insel mitgebracht und dass sie auf einer Pflanze wachsen, die sahen aber aus wie Straußenfedern. Hinterher habe ich gesehen, dass sie an einem Kiosk für zwanzig Eier pro Stück verkauft wurden, was für ein Beschiss, stell dir vor, diese Dinger wachsen auf den Bäumen, und die Typen verkaufen sie für zwanzig Möpse.

Es war wahnsinnig kalt, aber trotzdem waren die Mädels auf den Umzugswagen fast nackt, ich sag immer, diese kleinen Schlampen tun fast alles, um sich auszuziehen. Ángel und ich fingen an, ihnen mit den Federbüschen über die Beine zu streichen, kannst dir vorstellen, was das für ein Spaß war. Den Mädels gefiel das, aber ein paar von ihnen setzten ernste Gesichter auf, um sich nichts anmerken zu lassen, sag mal, Alter, wem gefällt es nicht, wenn man ihn ein bisschen kitzelt. Ein Großmaul, der einen Pickup voller Blumen fuhr, sagte zu Ángel, mach das doch bei deiner Großmutter, und Ángel zog ihm den Federbusch durchs Gesicht. Der Typ wollte schon aussteigen, aber als er unsere Gesichter sah, drehte er schnell das Fenster hoch und ließ die Kleine vorn auf der Motorhaube sitzen, und Ángel zerbrach ihr drei Federbüsche zwischen den Beinen, er drehte voll auf.

Aber das Allerbeste war, als der Inder kam, in einem uralten Ford. Dieser Inder war ganz nackt, bis auf eine winzige Unterhose und einen Turban auf der Birne mit einem göttlichen Stein drauf, ich kann dir sagen. Er saß mit gekreuzten Beinen auf der Motorhaube, das hatte er wohl im Kino gesehen. Mit einer Hand hielt er sich den Bauch und mit der anderen berührte er den Stein vor seiner Birne und dann die Brust und grüßte, wobei er leise in irgendeiner komischen Sprache vor sich hinmurmelte. Aber das Beste, was dieser Inder tat, war, dass er an jeder Straßenecke einen Schluck aus einem Fläschchen nahm, ein Streichholz anzündete und riesige Flammen spuckte.

Als Ángel das sah, drehte er völlig durch und fing an, ihm hinterher zu laufen. Ich sagte zu ihm, lass den Scheiß, schau mal, die Mädels, aber Ángel hörte nicht drauf, der Inder faszinierte ihn total, er starrte ihn von oben bis unten an, als sei er Nélida Roca. Da wusste ich, dass er irgendeinen Scheiß bauen würde, weil Ángel alles ist, außer dem, was sein Name bedeutet, ein Engel nämlich.

Ehe ich's mich versah, waren wir vor der Ehrentribüne, der Inder mit seinem Ford und daneben Ángel und ich dahinter. Als der Inder die Ehrentribüne sieht, auf der der Gouverneur sitzt, wirft er den Kopf zurück und nimmt einen doppelten Schluck Sprit, sieht zum Himmel hinauf und hält sich das Streichholz vor den Mund. Und da sehe ich, wie Ángel den Federbusch hebt und ihn genau am Adamsapfel berührt, und der Inder fängt an, Feuer zu spucken, dass es ihm noch zu den Augen rauskommt, und es riecht nach gegrilltem Fleisch, das kannst du dir nicht vorstellen, der Inder scheint in Flammen zu stehen, und ich mach Platz für die Feuerwehr, das heißt, ich hau ab. Und auf der andern Straßenseite sehe ich, wie der Inder hinter Ángel herrennt, wobei er nicht mehr in dieser komischen Sprache redet, sondern schreit, du Hurensohn, du Hurensohn, und Gott sei Dank erwischt er ihn nicht, sonst hätte er ihn umgebracht. Nach einer Weile treffe ich mich mit Ángel am Bahnhof, und Ángel tut so, als rede er in dieser komischen Sprache, und wir machen uns fast nass vor Lachen, Alter, stell dir vor, was für ein Spaß.

Notiz

„Die irdischen Dienste" ist eine neue Erzählung, obwohl sie den Titel meines vorigen Buches trägt. Sie führt „Iren jagen einen Kater" weiter und geht anderen Geschichten voraus.

„Briefe" ist über einige seiner Personen mit „Fotos" verwandt. Ich habe einiges Tatsachenmaterial verwendet, das ich der Großzügigkeit Jorge Sarudianskys verdanke.

RJW

Briefe

Als ihr Papa den Ford T verkaufte, den Ford A kaufte, machte Estela Pipi ins Bett. Ihre Mama gab ihr keinen Nachtisch und war den ganzen Tag lang sauer. Estela drückte sich in den Ecken herum, malte mit dem Finger auf die Wände und sah von Zeit zu Zeit zu ihr hinauf, doch Mama war immer noch sauer, und der Nachmittag zog sich in die Länge, ohne dass Papa kam und sie von ihrem Leiden erlöste. Hinter dem Fenster und dem Kattunvorhang wurden die Wolken golden, rosafarben. Sie lief auf die Veranda hinaus. Die Sonne war schon untergegangen, als der Vorarbeiter in der Akazienallee auftauchte und bald darauf in schnellem Trab die Knechte kamen, die Pferde auf die Koppel ließen, hinten in der Scheune eine Petroleumlampe anzündeten und Eimer voll Wasser von der Pumpe holten.

Endlich sah sie ihn kommen und neben dem zweiten Kasuarinenbaum absatteln, ein dunklerer Schatten im großen Schatten. Caspio schnaubte unter dem Wasserstrahl des Schlauches, und die Stimme des Mannes: Ruhig, alter Gaul, verdammt noch mal.

Estela wartete mit einem eingefrorenen Weinen, das bereit war, erlöst zu werden, doch er hob sie nicht auf seinen Arm wie sonst immer, sondern strich ihr nur im Vorbeigehen über den Kopf, Hallo, Küken, und ging schnell ins Wohnzimmer, wo ihre Mutter den Roman zuschlug, die Wange hinhielt und

„Sie hat's dir sicher schon erzählt",

doch Jacinto Tolosa wollte gar nichts erzählt bekommen, und Estela schlüpfte hinter ihm her, stieß dabei gegen die Möbel und starrte mit herausfordernden Augen ihre Mutter an, bis ein kurzes Rennen sie außerhalb ihrer Reichweite und zum Schreibtisch brachte, wo die Sachen waren: die silberne Trense und die Getreideproben, die Winchester-Büchse, der Lageplan der Felder des Gutes sowie vergilbte Fotos alter Stiere mit großen Geschlechtsteilen an den blendend weißen Wänden. Der Vorarbeiter wartete an der Tür, ins Licht blinzelnd, und Tolosa: Er solle Cipriano rufen, er wolle ihm seinen Lohn auszahlen. Und der große, dunkle Mann:

„Ja aber warum denn, Herr?"

Damit er lerne, nicht liederlich und verschwenderisch zu sein, er habe ihm in einer Woche zwei Kälber sterben lassen und er solle ihm jetzt bloß nicht damit kommen, sein Pferd sei so schwer zu lenken. Unterschreib die Quittung.

„Wegen mir braucht's das nicht."

Dann mach halt ein Kreuz, und Cipriano beugte sich nieder, machte sein Kreuz und steckte die vierzig Pesos in den Hosenträger.

„Mama ist böse", sagte Estela.

Er hob sie auf seine Knie und sagte ihr all die Sachen, die Estela hören wollte. Am Sonntag wollten sie eine Spazierfahrt mit dem neuen Auto machen, niemand war so gut wie ihr Papa, auch wenn er Cipriano hinausgeworfen hatte, der sie einmal auf dem Heuwender aufs Feld mitgenommen hatte.

Aber damals hat einem keiner was geschenkt, Hochwürden. Ich habe das Land nicht mehr für tausend Pesos die Meile kaufen können oder bei den Indios eine Herde Schimmel gegen den halben Bezirk Maipú eintauschen können. Das waren noch Zeiten! Ich habe lange gebraucht, um zu begreifen, dass mein Erzeuger, er möge in Frieden ruhen, ein ziemlicher Hallodri war. Das Jahr 89 war für ihn ein Jahr des Pechs: Ich wurde geboren, und die Krise kam. Sie erwischte ihn mit ein paar Papieren in der Hand, nicht gerade vielen, aber er wurde den Schrecken nicht mehr los, die Angst sah man ihm an den Augen an, und immer kriegte man von ihm zu hören, dass er da beinahe sein ganzes Vermögen verloren hätte, das schließlich gerade dafür reichte, Don Juan und mir eine Ausbildung zu geben und die Mädchen zu verheiraten. Noch 1902 konnte er in Tornquist jede Menge Land für dreißig Pesos das Hektar kaufen. Aber nicht doch, das war unmoralisch, die Spekulation war der Teufel in Person, der den Leuten in die Glieder gefahren war. Unaufhörlich redete er von einer neuen Krise, schließlich sehnte er sie mehr herbei als alles andere auf der Welt, und weil die Krise nicht kam, war er am Ende seiner Tage völlig verbittert. Wissen Sie, was seine letzten Worte waren? „Ihr werdet schon sehen."

Pater Trelles nahm die Spielkarten zwischen Daumen und Mittelfinger leicht in die Hand und ließ sie mit Affengeschwindigkeit auf- und abgleiten.

„Er war ein Mann ohne Glauben."

Tolosa lachte noch einmal und zwinkerte im Geiste mit einem Auge, während er den stahlharten Kiefer, das kurz geschorene, aschgraue Haar betrachtete, das großartige Leben, das in Augen und Händen konzentriert war. Wie macht man es, diese Kraft aufzubringen? Der Glaube, zweifellos. Wenn die bösen Zungen nicht logen, dann war Pater Trelles der Held des verbissensten Glaubensaktes in der Geschichte der Kirche.

Sie verstehen nicht, Hochwürden. Als ich hierher kam, gab es nicht einmal Zäune. Ich musste endlos kämpfen, bis man mir Besitztitel anerkannt hat, Grenzsteine. Das erste und einzige Mal, dass mir mein Beruf nützlich war.

„Es ist schon so, Herr Doktor", sekundierte der Geschäftsführer der Bank, „man versteht eigentlich gar nicht, weshalb man sich in einer Ecke wie der hier niederlässt."

Vielleicht verstehen Sie das nicht, Bianucci, weil Sie mit Papieren zu tun haben, letztlich nur mit etwas, das im Kopf vorhanden ist. Und außerdem lassen Sie sich nicht nieder, sondern werden geschickt. Aber wenn man das Land, den Boden im Blut hat ...

„Das stimmt", sagte nachdenklich der Major, der seinen Vermouth in sehr kleinen Schlucken trank und dazu von einem Teller Happen aß: zu jeder Muschel ein kurzer, wohlüberlegter Satz. „Das Land", eine Muschel, „unser Land lässt sich nur", noch eine Muschel, „vom seinem Boden her verstehen."

Er holte tief Luft.

Der Priester begann das Abendsymptom zu verspüren und ließ den Blick mit wachsender Wehmut über den Platz schweifen, der sich vom zweiten Stock des *Fénix* aus vollständig überblicken ließ. Jetzt um acht Uhr war noch ein wenig Licht am Himmel, und gegen dieses Licht stach schwarz und scharf das Gerüst hervor, das wie ein Schmetterlingskokon die geliebte Form der im Bau befindlichen Kirche einschloss. Diese erhob sich auf dem Phantom der alten Kirche, die ein rätselhafter Brand bis auf die Grundmauern vernichtet hatte.

„Auch die Zukunft hat ihre Ruinen", seufzte er und erhob sich. „Wieviel habe ich verloren?"

„Zwei Kisten", ließ ihn der Geschäftsführer wissen.

„Schreiben Sie's mir an."

Auf dem Platz traf Pater Trelles auf Bibiano, der stumm und auch nicht ganz richtig im Kopf war und wie immer vor ihm herumzutanzen und mit dem Finger auf ihn zu zeigen begann.

„Vade retro", sagte der Priester, während er durch die Lichtkegel der Straßenlaternen schritt. Die Steinplatten waren voll von irre taumelnden Käfern, kleinen Viechern, die rasend schnell wuchsen, vielleicht an einem einzigen Tag. Sie knackten unter den Schuhen. Krrratsch, wie der unsichtbare Scherzbold, der bei seinem Vorbeikommen vom Balkon des Bürgerklubs herunterfurzte. „Freimaurernest", murmelte er und fasste nach dem Revolver, den er, wie allgemein bekannt war, im Gürtel trug.

„Und dagegen ist kein Kraut gewachsen, Herr Major. Wenn man abwartet, bis die Krise kommt, dann tut man nichts anderes, als sie hervorzurufen. Was fehlt, sind Entscheidungen."

Der Major war inzwischen bei den Oliven angelangt.

„Ich glaube", ein Zahnstocherstich, „dass sich so, wie die Dinge sich entwickeln", noch ein Zahnstocherstich, „etwas ändern muss."

Einmal in der Woche, nach dem Pokerspiel im Ort, hatte Doktor Tolosa das schmerzhafte Gefühl, dass er zuviel geredet hatte oder – vielleicht – mit Leuten, die nicht auf seinem Niveau waren. Nur im Pfarrer spürte er jemand Ebenbürtigen, doch gab es zu viele Dinge, die zwischen ihnen standen. All dies machte ihm die Rückkehr im Ford mit fast achtzig Sachen auf dem Sandweg leichter:

Dessen Hupe eines Nachmittags in der Einfahrt erklang, während ein Knecht lief, um das Tor zu öffnen, durch das er in einer Staubwolke hereinfuhr, um Dampfwolken ausstoßend vor dem Haus zu halten.

„Irigoyen*, das Gürteltier*, ist gestürzt worden!", rief ihr Papa und küsste und umarmte sie beide. Estela hob er so hoch wie nie zuvor, als wolle er sie die Welt von der Höhe seines bronzefarbenen Gesichts aus betrachten lassen, das durch das Lächeln jetzt weich aussah, und von den Augen her, die dunklen Steinen glichen und in die sie sich so gern versenkte.

Ob sie es mit Petersilie und Paprika essen würden wie die Knechte? Er musste ganz laut lachen, aber als er sie auf den Boden setzte, gab er ihr einen Fünf-Peso-Schein, den ihre Mutter sofort konfiszierte:

„Für die Spardose."

An jenem Abend kamen alle Autos, Estela hörte von

ihrem Zimmer aus die Flut der Stimmen, die um etwas zu bitten schienen, und dann die einsame Stimme ihres Vaters, der nein sagte: Die einzelnen Wörter fielen wie die Steine in einen Brunnen: Ehrgeiz, Vaterland, der prasselnde Applaus, durch das Bettlaken gedämpft, das Lavendelparfüm, die Hände ihrer Mutter.

Die begonnen hatte, zuzunehmen und spät aufzustehen. Sie lief, in große geblümte Morgenmäntel gehüllt, mit völlig abwesendem Blick durchs Haus und schien immer an etwas anderes zu denken. Sie rauchte jetzt nicht mehr, nicht einmal mehr hinter Papas Rücken. Staunend hörte Estela sie singen:

Zu Füßen eines Rosenstocks in Blüte
hast du mir einen Schwur getan ...

Doktor Gerardo Nieves kam sie fast jede Woche besuchen. Sie schlossen sich im Schlafzimmer ein und saßen dann in den Sesseln auf der Veranda, unter den duftenden Glyzinien, wo sie bis zum Sonnenuntergang von Leuten redeten, die sie nicht kannte: einer Señorita Aire und einer Señora Cati. Es kam Estela so vor, als wenn sie dann ganz traurig würden, und sie überlegte, ob sie alles ihrem Papa erzählen sollte, der immer zu Pferde auf den Feldern unterwegs war und abends staubbedeckt heimkam. Doch dann fragte sie ihn nur, ob ihre Mutter krank sei.

Tolosa musterte sie ernst und nachdenklich.

„Nächsten Monat geht es ihr wieder gut", sagte er.

An einem Sommertag tat Estela die verbotenen Dinge: am Morgen barfuß im taunassen Gras, in der prallen Sonne, heiße Pflaumen am Nachmittag, die Puppe verloren, in der Nacht dann das Fieber, bei dem sie träumte, ihre Mutter stürbe, stürbe, stürbe.

Aber nein, Felisa, daran wirst du nicht sterben, obwohl es sicher besser sein wird, die Dinge so zu belassen, zwei Kinder, ein Pärchen, die Pflicht erfüllt, ohne die demografischen Standards zu verändern, denn wie sagt dein Mann immer, zehn Millionen Argentinier sind genug für dreißig Millionen Kühe, und weshalb ist er denn nicht hier? Aber sie zog es vor, ihn nicht dabei zu haben, das nimmt ihn sehr mit, nimmt ihn mit?, und außerdem gab es eine wichtige Sitzung des Komitees. Danke, Gerardo, sie nahm seine Hand.

Soll ich noch mehr Wasser heiß machen, Herr Doktor? Nein, Herminia, es ist alles in bester Ordnung, und jetzt, Felisa, solltest du ein bisschen schlafen, und sie schloss langsam und fast unwillkürlich, mit einem Anflug stiller Befriedigung unter der immer noch geröteten Gesichtshaut, die Augen, ohne noch das Geräusch des Autos zu hören, das langsamer als sonst näherkam, sich durch die Nacht vortastete, denn es stimmte: Jacinto Tolosa sank der Mut angesichts von Sachen, die er nicht selbst in der Hand hatte.

Und was sagte der alte Baum, Küken? Geheimnisvoll, der dunkle Schicksalsbaum, wie ein Zauberer, jedes Blatt zeichnete sich scharf dunkelblau ab und würde weiß werden, aschfarben werden, doch da stand er, still und stumm, als gäbe es keine Sonne, die ihn sonst mit einer Million von Lichtlein in Brand setzte, uuusch, bevor du den Wind kommen spürtest, doch an diesem Tag nicht, Komm dein Brüderchen kennenlernen, nein, das Gesichtchen mit dem schweißnassen Haar, nein, kleine Ratte, nein, bis sie schließlich nachgab und so tat als ob.

Alles würde sie vergessen, außer den Baum – Ulme, Silberpappel? –, der am 7. Januar 1931 mit seinem schwarzen Herzen ihr Gefühl begleitete, denn er gehörte ihr, auch wenn er auf dem Hügel der Moussompes stand: Dort trieb sie sich nämlich herum, und irgendwie musste ihr Domingo Moussompes ihre untröstliche Traurigkeit angesehen haben, denn er stieg mit beiden Händen voller Weizen von der Dreschmaschine und schüttete ihn Estela in den Schoß, und Estela knabberte, als hätte sie nie etwas anderes getan. Und Lidia Moussompes kam auch, und sie setzten sich, ohne zu reden, nebeneinander ins Gras am Zaun, wo einmal pro Jahr, doch nie in der Fülle des Sommers, Jacinto Tolosa erschien, um zu sagen:

„Und?",

um zu hören:

„Jetzt noch nicht, Herr Doktor",

um stehen zu bleiben und auf das Stück Land zu sehen, das Domingo Moussompes zwischen Maisstrohbart und Weizenstrohhut in seinem harten Schädel hatte:

Zweiundsiepzig Hektar die Zäun sin gut sieben Faden auf beide Seiten die Fosten alle fufzehn Meter und die Kopfseite: Das Haus hat zwei Räum und ne Küche neue Wände die gen nicht mal mit der Axt kapputt, die Erde ist gut alles wächst was man anflanst.

Dieser Hügel ließ Tolosas Blut kochen. Keine Frau hat sein Blut je so zum Kochen gebracht; nicht einmal Felisa, Gerardo. Obwohl ich bestätigen kann, dass dieser Mann, den man so verleumdet hat, dem Partei und Provinz aber so viel verdanken, nie Augen und Gedanken für eine andere Frau außer der eigenen gehabt hat, und der auf seine Weise ein wahrer Christ war, auch wenn er nie zu mir zum Beichten kam.

Ich habe wirklich gedacht, Hochwürden, dass das jetzt anders würde, dass diese Leute nicht noch einmal drankommen, aber Sie sehen ja, die Gürteltierbande will schon wieder an die Fleischtöpfe, und wir werden sogar hier bei uns verlieren, um wieviel, Argañaraz?"

„Zweihundert Stimmen", antwortete der Kommissar und kaute auf seinem Asthma und seiner Zigarre, aber es wurden schließlich dreihundert. Zum Glück wurden die Wahlen für ungültig erklärt, der Korruption und der Demagogie ein Riegel vorgeschoben, und jetzt haben wir mit wieviel Stimmen gewonnen, Argañaraz?

„Mit vierhundert."

Ein Wunder, bestätigte der Pfarrer. Betrug, verleumdete die *Tribuna* zwölf Stunden, bevor die Setzkästen zerschlagen wurden. Der Kommissar ließ den Fall untersuchen: Es waren Leute von auswärts gewesen. Ortega ging sich beschweren und beschimpfte ihn unflätig.

„Seien Sie nicht so schlecht erzogen", schalt ihn Argañaraz. „Was ist das für eine Sprache für einen Redakteur, einen gebildeten Mann."

Ein paar Kugeln verirrten sich eines Abends durchs Fenster des Bürgerklubs, als es gerade keine Veranstaltung gab und niemand außer Ortega, Doktor Nieves und Don Alberto Irigorri, dem Inhaber des Kaufhauses ‚El Progreso', anwesend waren. Das gesellschaftliche Leben nahm nach diesem unglückseligen Zwischenfall deutlich ab.

„Die machen uns jetzt fertig, Ortega", gab Gerardo Nieves zu. „Was werden Sie schreiben?"

„Absatteln bis es aufklart." Das war die Überschrift des Leitartikels, mit dem die *Tribuna* in die Arena zurückkehrte, ohne nach den schmerzlichen Geschehnissen, die allgemein bekannt sind, auch nur ein Quäntchen Kampfgeist verloren zu haben.

„Das Werk verantwortungsloser Kerle", urteilte Tolosa.

Don Alberto sagte nichts. Wochenlang hatte er Ohrensausen und machte Gesten, als wolle er Spinnweben wegwischen. Ihn interessierte das Kartenspiel mehr als die Politik. Er hatte aufgehört, in den Bürgerklub zu gehen, als Irigoyen ihm diese persönliche Beleidigung antat, die Filiale der Nationalbank direkt gegenüber seinem Geschäft zu eröffnen, und die Leute aus dem Ort begannen, ihr Geld abzuziehen. Aus purer Langeweile kam er wieder, als seine Frau der Hebamme unter den Händen wegstarb. Letztlich hatte auch Uriburu* ihn verraten: Die Bank florierte, und oft genug sah er Bianucci „wie einen Ladenbesitzer" selbstzufrieden in der Tür stehen, durch die Leute mit Stiefeln und Sandalen, Silbergürtel und Stoffgürtel ein- und ausgingen.

„Dummköpfe", murmelte er.

Tolosa lachte nur.

„Aber die machen das richtig, mein Freund. Das Land verändert sich. Die Leute werden ihr Geld nicht auf ewig unter der Matratze aufbewahren."

Dreißig Jahre lang hatten sie es in Don Albertos Geschäft aufbewahrt, und nie hatte jemandem auch nur ein Centavo gefehlt. Jetzt gab es immer weniger Vertrauen,

Papiere ersetzten das gegebene Wort. Er hängte ein Schild auf: „Kein Kredit für Kunden anderer Häuser". Bianucci verriet ihm unter dem Siegel der Verschwiegenheit die Höhe aller Guthaben: eine Million zweihunderttausend Pesos im April 1932.

Die Zahl ging unter in dem riesigen Warenlager, in das Estela immer mit offenem Mund eintrat, fest die Hand ihres Vaters haltend, unter den aufeinanderfolgenden Schichten von Helligkeit, Halbschatten, Nacht, wo Zaumzeug, Töpfe, ein Boot und ganz hoch oben ein Bett schwammen.

Tolosa trank eine Sangria, während im Verlauf der Unterhaltung seine Einkaufsliste immer länger wurde. Ein Fass Maschinenöl, eins mit Benzin. Ihr Kleiner kann also schon laufen. Das Krätzemittel hat nicht so gut gewirkt.

„Schert die Wolle, schadet nicht der Krätze", scherzte Don Alberto.

Geben Sie mir diesmal Cooper. Meiner beginnt jetzt zu krabbeln. Zehn Rollen San Martín.

Wollen Sie Moussompes einzäunen?

Erwähnen Sie den bloß nicht. Eine Tüte Salz, und eine mit Keksen.

Der Bleistift ging hin und her, addierte.

„Mir scheint, da fehlt noch etwas, Herr Doktor."

„Eine Grenadine", sagte Tolosa und tat so, als sähe er nicht das Grübchen, das sich rechtzeitig auf Estelas Wange bildete. Dann tauchte ein Geldschein auf: „Fürs Naschen."

Estela steckte ihn ein und schwor drei Kreuze, kein Wort davon zu sagen.

Für fünf Pesos gibts nicht viel, der eintönige Rhythmus stieg durch den Boden zu den Beinen auf, zum

Herzen, zu jedem dröhnenden Stück Holz oder klirrender Fensterscheibe. Ihre Mutter wickelte den kleinen Jacinto auf der grau-schwarzen Decke mit weißen und roten Streifen, aber Estela kletterte auf das obere Bett und knipste das gelbe Licht in dem matten Glasballon aus und wieder an und wieder aus. Die dunkel werdende Landschaft drang in das Schlafwagenabteil, in ihren Kopf. Gewiegt, bis sie etwas Vergessenes fand: Cipriano nahm sie auf dem Heuwender mit, ihr Vater ließ sie auf den Knien reiten, sie schlief hochoben im Bett von Don Albertos Laden. Eine Stimme rief nach ihr und löste sich in Nebelschwaden auf: Dort unten hinter den Wasserstreifen auf dem Fenster lagen die Felder im Morgenlicht. Die Telefonleitungen gingen auf und nieder. Adiós, Kuh. Adiós, Weidetor. Amsel. Ihre Mutter putzte sich die Zähne und rief mehrmals ihren Namen mit vollem Mund, worauf das kleine Mädchen rücklings herunterkam, dünne Beinchen, kleiner Hintern, der unter dem Nachthemd hervorstand. Der Spiegel streckte ihr über dem merkwürdigen Waschbecken, das man hinterher verstauen konnte, die Zunge heraus. Wasserhahn aus Bronze, Hin- und Hergeschüttel, ihr Körper zitterte vor Schreck im Durchgang vom Schlaf- zum Speisewagen, als der nach Gras riechende Wind von draußen hereinpfiff. Mama ganz grün, Jacinto ein einziger Flunsch, die Welt glänzte in der Kaffeekanne und auf der Tischdecke, den Schienen nebenan, die der Zug plötzlich verschluckte und wieder ausspuckte, und in der Ferne drangen aus dem Nebel Brücken, Signale, Schornsteine, der geballte Lärm des Bahnhofs und Millionen Menschen.

„Ist mir ganz egal", sagte Lidia. „Mein Papa wird mich viel weiter mitnehmen", während ihr Estela in der

Verschwiegenheit der Siesta die Schuhe von „Les Bébés" zeigte, das Kleid von „Harrod's", das farbige Foto und strahlende Erinnerungen an Aufzüge, Leuchtreklamen und Straßenbahnen, die Domingo Moussompes nur mit Mühe bewältigen konnte. Aber natürlich würde er sie noch weiter mitnehmen, nach Santa Fe, wo die Felder weiter waren, die Güter größer. Er kannte all dies auf hundert Meilen im Umkreis:

und vielleicht hätt ich bleim solln als ich mit der Armee vom Estrugamou dort war der sein Winterquartier dort gehabt hat, und die wollten mich als Vorarbeiter für ein Gut und Kapo der Armee, hab ich aba nich gemacht wegen meinem Bruder Felipe B. Moussompes den achtete ich wie meinen Vatter weil uns der aufgezogen hat

Aber gab es da auch Aufzüge? Moussompes kratzte sich den Nacken. Na, die musste es wohl geben. Da hatte sich viel getan, seit er dort gewesen war, 1911. Sicher hatten sie inzwischen Aufzüge in den größten Häusern, was meinst du, Benedita?

Benedita saß am Herd, rührte mit einer Hand die Suppe um und hielt mit der anderen den Säugling an die Brust.

„Muss wohl so sein."

Lidia musste sich zufrieden geben. Die Geschwister wollten auch ein Stück vom Vater haben, der müde war und essen und sich dann im anderen Raum hinlegen wollte, wo dann später diese Geräusche losgingen: ihr Vater, der keuchte, und ihre Mutter, die stöhnte, oder vielleicht war es umgekehrt. Domingo Moussompes hatte spät geheiratet und war schon so um die fünfundvierzig, aber noch gut beieinander und im Bett wie ein junger Mann. Benedita war brünstiger als eine rossige Stute. Lidia verstand diese Dinge nicht, die sehr lustig sein mussten, denn ihr Vater lachte sich halb tot; und ein bisschen schmutzig, denn Benedita: er solle still sein, da sind doch die Kinder. Da wurde es noch schlimmer. Er fing an zu singen:

Mach schon, der Mai ist gekommen
Gab eine Stallmagd zu wissen

Benedita brachte den Säugling ins Schlafzimmer und blieb lange weg, um den Mann nicht zu hören:

Und sollte dir ein Stierhorn sprießen,
Lass ihm die Zügel schießen

Er kannte viele Lieder, doch alle hatten denselben Schluss, langgezogen, energisch und triumphierend:

Aber du darfst nichts vergießen,
Dann kannst du es richtig genieeeeeßen

Moussompes hob das Glas mit dem Wein:
„Klatscht Beifall, Kinder."
Die Kinder klatschten begeistert, und er ging Benedita beruhigen, die ihm den Rücken zuwandte und seine Hände abwehrte, Lass das, du Strolch, bis sie vor Kitzeln nicht mehr konnte: die Suppe fliegt runter! Es war Zeit zu essen, ins Bett zu gehen, dieses: Ah! Ah! zu hören, das ihre Mama jede Nacht machte, zu schlafen und von einer Straßenbahn zu träumen, die durch die Felder fährt und genauso aussieht

wie das Auto von Estelas Papa, doch viel länger und mit vielen kleinen Fenstern.

Wer hat das erste Loch in das Verdeck des Ford gemacht? Der Glühstab zerbrach zwischen den Fingern: tschak, tschak. Der Glühstab war gelb, und wenn man ihn bog, zerbrach er ganz plötzlich: tschik. Estela war's.

Das machte nichts. Eines Morgens brachten sie den geschlossenen Chevrolet, und Don Alberto holte den Ford ab, auch wenn er ihn nicht brauchte (wie er sagte) und ihn nur haben wollte, um den Kleinen auszufahren. Mauricio hatte seine Mutter nicht gekannt, er war schon fast vier und immer in den Händen von Dienstmädchen gewesen. Don Alberto wusste nicht, wie er sein väterliches Gewissen beruhigen sollte. Er besprach jede Einzelheit mit der Toten, die ihm im Traum erschien, doch alles blieb unbefriedigend. Das derzeitige Kindermädchen zum Beispiel war sauber und fröhlich, vergaß jedoch manchmal, Mauricio zu essen zu geben. Was tun? Die Tote war eindeutig: Er solle mit ihr schlafen. Don Alberto gehorchte, folgsam und verängstigt. Die Dinge wurden besser, ohne sich nach außen hin zu verändern. Der Herr und das Dienstmädchen siezten sich auch weiterhin.

„Vergeben Sie mir, Herr Pfarrer, ich habe gesündigt."

„Mal sehen, was hast du denn gemacht?", fragte Pfarrer Trelles und hob sie auf seine Knie.

Estela, die Böse, grub tief und niedergeschmettert in den trüben Erinnerungen ihres Lebens: zerbrochenes Spielzeug ihres Bruders, geheime Verwünschungen ihrer Mutter, bis zu diesem weißen Steinchen, das auf Jacintos Kopf pulsierte, atmete.

Das hätte schlimm ausgehen können, gab der Beichtvater zu, und seit wann spielten Mädchen überhaupt das Steinchen-Spiel?, doch da weinte Estela, das Steinchen ging über Jacintos wehrlosem Kopf auf und nieder, und Jacinto würde sterben, auch wenn er da so ruhig in seiner Wiege saß, während der Pfarrer, letztes Mittel, aus seinen schwarzen Tiefen ein Bonbon zog und es ihr gegen jenes Steinchen austauschte.

„Du warst noch nicht bei Verstand", entschied er. „Zwei Avemarias, ein Salve. Weißt du, wie man sie betet?"

„Ja", antwortete Estela weinerlich.

„Jetzt bist du bei Verstand. Lauf", einen Klaps in den Nacken, noch einen auf den Po, und fort war sie, das Bonbon fest in der Hand und die Seele hell und frisch gewaschen, Salve, wie ein strahlendweißes Tüchlein.

So gut konnte alles sein: Sie hatte nichts Besonderes getan, um den Verstand zu bekommen, er kam ganz einfach, hinter dem letzten Gatter, durch das die Laune ihres Vaters eine nach der anderen die Kühe trieb; nachdem ihre Nase diese letzte kleine Kurve gemacht hatte und Schwester Genoveva ihr Kinn hob: Was für hübsche Augen. Genauso einfach, genauso glückselig empfing sie Jesus.

„Ich brech gleich zusammen", sagte Lidia Moussompes und sah ganz bleich aus, während sie nach der Schokolade noch die Torte verschlang, und Estela verstand sie vollkommen. Unzertrennlich, wie sie waren, einten sie Fesselballons und Flugzeuge über blauen Meeren auf Fibelseiten: Landzungen, Halbinseln, Buchten, Berge, Ebenen, Geruch nach Schultafeln, letztes Drüberpusten, Unterrichtslektionen:

1. Lerchen fängt man mit Augengläsern.
(ESTELA: Papa, was sind Augengläser?
LIDIA: Papa, was sind Lerchen?)
2. Das Wasser mit Salz ist genauso wie Blut, und den Verwundeten, die auf dem Schlachtfeld Salzwasser trinken, geht es für gewöhnlich besser.
3. Das Schlimmste ist es zu sterben, ohne die Sünden zu bereuen, doch wenn man früh genug zur Jungfrau betet, dann hilft sie: wie dem Selbstmörder, der von einer Brücke sprang, unterwegs ein Bußgebet sprach und in den Himmel kam. So wie diesen gab es viele bewiesene Fälle.

Hochgewachsen, Estela Tolosa, knochig und spöttisch. Lidia Moussompes rundlich, rotbackig, mit immer mehr Sommersprossen und schmalen, grünen Augen. Im Mai brachten sie alle mit großem Eifer der Jungfrau Maria, unserer Mutter, Blumen dar. Im Juni kam der Zeppelin und flog wieder fort. Oktober: Gott der Herzen.

Aber sei nicht dauernd mit ihr zusammen, nicht dass du bei der Freundschaft draufzahlst. Vom Grenzstein nach hierzu könnt ihr machen, was ihr wollt. Ins Gutshaus gehst du mir nicht, dann ist nur noch irgendwann was weggekommen, und den Ersten, der fragen kommt, jag ich mit der Flinte vom Hof. Nein, mein Schätzchen, Papa ist nicht böse, nur ein bisschen zornich, zor-nich sagte Moussompes, dass es einigen so gut geht, und er, er weiß nicht, wie's weitergeht, denn wenn er Weizen sät, dann geht der Preis in den Keller, und wenn er auf dem Markt Vieh kaufte, dann schaffte er es nie, es fett zu machen und zum Schlachten zu schicken, wo ohnehin die Geier von Liniers* auf ihn warteten.

Aber hatten sie sich früher beklagt? Nein. Hatten sie gespart? Kaum. Hatten sie Instandhaltungen durchgeführt? Nicht einen Pfahl. Gaben sie den tatsächlich Verantwortlichen die Schuld? Auch das nicht. Die Schuld hatten die, die ein bisschen Ordnung geschaffen, das Land aus der Pleite geholt hatten, und man wird sie weiter beschimpfen, wenn auf allen öffentlichen Plätzen ein Denkmal für jeden Volksverführer steht.

„Trotzdem tut es einem in der Seele weh", sagte der Auktionator.

Natürlich tat sie einem in der Seele weh, Despervásquez, diese Armut, die plötzlich in den Hütten einkehrte, das Elend der bankrotten Güter, die Wucherzinsen und Verluste und Kosten, und Monopole wie das von Bunge und Born*. Und Sie sprachen, dort in der Roma-Bar, etwas aus, was nicht mehr als ein Wunsch war, eine vage Idee von legalen, gerechten Dingen.

„Wir sind alle im gleichen Pferch, Herr Doktor" – und Tolosa wurde ein bisschen zornig.

Nicht alle. Das sagen Sie nur, weil Sie sich betroffen fühlen. Die wollen dem Fleischexporteur noch die alten Ochsen andrehen, die der Konquistador Juan de Garay mitgebracht hat, als ob die Engländer blöd wären, stimmt's, Lynch? Ja, ja, ich weiß, dass Sie kein Engländer sind, das brauchen Sie mir nicht jedes Mal zu sagen.

Der Strohhut in Lynchs Hand spielte mit einer einsamen Fliege, die sich in seinem riesigen, runden, roten Gesicht niederzulassen versuchte. Seelenruhig trank er einen White Horse und mischte sich, mit Frachtpapieren beschäftigt, nicht in die kleinen Streitereien.

Hörte jemand, dass Tolosa sich beklagte? Er verlor mehr als irgendjemand anderer, aber er vertraute auf die moralischen Reserven der Nation. Wenn dieser Gewittersturm vorbei war, würden die Unvorbereiteten, die Emporkömmlinge, die Abenteurer verschwunden sein, und es würden die übrig bleiben, die schon immer dasein mussten, jene, die ihre Wurzeln in der Geschichte und eine Vision für die Zukunft besaßen.

Der Vorarbeiter kam herein und blinzelte in das Halbdunkel der Bar, das Gesicht staubbedeckt, am Handgelenk die Reitpeitsche.

„Wir laden jetzt, Don Jacinto."

„Na, los dann", sagte Tolosa, und Lynch stand mit ihm auf. „Sie bleiben, Despervásquez?"

Der Vieheinkäufer klopfte dem Auktionator abwesend auf den Rücken und setzte sich beim Hinausgehen den Panamahut auf. Hinter dem Platz am Ende der Straße zog eine gelbe Staubwolke Richtung Bahnstation: Herde 132, 240 Jungbullen, 529 Kilo Lebendgewicht pro Kopf, Herkunft: Hacienda „La Felisa".

Was hatte Herminia unter dem Kleid? Wenn sie aus ihrem Zimmer kam und den Innenhof in Richtung Küche überquerte, legte sich Jacinto auf die Fliesen, um zu schauen, oder er lauerte ihr auf und schlüpfte mit einem Satz darunter, ohne jemals einen Blick des Geheimnisses zu erhaschen. Señora, sehen Sie nur das Kind. Doch Felisa sah nicht. Zu jener Zeit begann sie Herzrasen zu bekommen, Schwindelanfälle, die eine oder andere Ohnmacht, die Gerardo nicht zu diagnostizieren wusste. Vielleicht litt sie an Nervenschwäche, an einer Traurigkeit, die sich nachmittags verschlimmerte, wenn sie bis zum letzten Rot des Sonnenuntergangs sitzen blieb und dem Wachsen der Stille zuhörte.

„Du solltest nach Buenos Aires fahren und einen richtigen Arzt konsultieren", meinte Tolosa.

„Fahr hin und bleib gleich dort, Felisa", gab Gerardo zurück. „Das hier war nie was für dich."

Die beiden Männer beschossen sich mit Granaten voller Groll und Verachtung auf einem Schlachtfeld, wo es zu spät war, Gerardo, zu spät, um das Land, die Provinz, zu verlassen, die, das ist schon gesagt, die argentinischen Frauen nicht lieben. Es kümmerte sie nichts weiter mehr als die Zukunft ihrer Kinder.

Doch darum kümmerte sich Tolosa, zeichnete mit farbigem Stift die Neuerwerbungen in den Plan ein, der von Anbeginn an die Felder einbezog, die benachbart waren und doch dazu gehörten: Fünfhundert Hektar der Mädchen – seiner Schwestern –, die er seit 1920 verwaltete und jederzeit kaufen konnte, weil seine Schwestern alt waren und nur ihm trauten; außerdem der isolierte Flecken des verstorbenen Rosales, über den er mit der Witwe inmitten ihrer Kinderschar und ihrer Habseligkeiten direkt auf dem Bahnhof verhandelt hatte; und das Stück Land, um das er zur Zeit der Radikalen jahrelang zugunsten des tauben italienischen Bauern ohne Familie vor Gericht gestritten hatte, der auf Geheiß des neuen Richters umziehen musste, nachdem er klar und deutlich und auf gut argentinisch die Höhe der Entschädigung oder Schenkung zu hören bekommen hatte. Alles ganz sauber, geordnet, gewachsen, ohne andere Gläubiger als die Bank, die schließlich dafür da war, oder? Bianucci lächelte mit vom Fett des Grillfleischs glänzendem Schnauzbart am endlos langen, mit Tischtüchern, Wimpeln und Flaschen bedeckten Tisch, während im Hintergrund die Lassowettkämpfe der Knechte Staub aufwirbelten.

„Kosten Sie dieses Fleisch, Morán", sagte Tolosa, und der Bürgermeister kostete, lobte verzückt, verfiel in patriotische Ergüsse.

Die Unterhaltungen schwollen an, der Klatsch der Damen und die Spiele der Kinder, bis man zu den Trinksprüchen kam und ein junges Bürschlein mit steifem Kragen aufstand, ein Papier in der Hand, und „Señoras y Señores" sagte. Der Kommissar stoppte ihn mit einem Faustschlag auf den Tisch:

„Zum Teufel, der Doktor soll reden!"

Die Señoras glucksten hinter vorgehaltener Hand und schielten zum Pfarrer hinüber, der aber mit lautem Lachen den Ausbruch dieses Barbaren vergab, Mein Sohn, was für ein schmutziges Mundwerk.

Plötzlich hörte man Gelächter hinter den Eukalyptusbäumen.

Ich akzeptiere, meine Herrschaften, weil man mich so nachdrücklich bittet, die Grenzen meiner Bescheidenheit zu überschreiten. Ich akzeptiere, weil wir Zeiten erleben, in denen das Land, die Provinz, die Partei die Hilfe eines jeden Sohnes braucht. Ich akzeptiere, weil ich nach diesem Opfer mit höher erhobener Stirn an den Platz zurückkehren werde, auf den ich immer stolz war: an die Pflugschar.

Die Hüte flogen in die Höhe. Über dem Meer des Beifalls schoss der Kommissar seinen Revolver ab. Anschließend bat Doktor Tolosa die Wähler seines Wahlkreises, für ihn als Senator zu stimmen, und die Wähler stimmten für ihn, begeistert und beharrlich und angespornt durch eine Welle patriotischer Gesänge, die sogar die Gräber der Toten erschütterte: Die hätten gewiss auch für ihn stimmen wollen. Barmherzige Seelen sorgten dafür, dass diese Wünsche aus dem Jenseits befriedigt werden konnten.

Jetzt reiste er zweimal die Woche nach La Plata, hielt im Parlament ein Nickerchen oder eine kleine Rede, verkehrte mit Großgrundbesitzern und sogar dem Geschäftsführer der Fleischexportfirma. Seine Bullen wurden dabei auch immer gebildeter. Sie lernten genau das richtige Gewicht auf die Waage zu bringen und siebzig Prozent als *chilled* in den Exportpapieren. Nachts träumten sie von einer Bildungsreise in die Smithfield-Fleischwarenfabrik.

„Es ist mir ein Rätsel, Herr Doktor", sagte Despervásquez mit vorsichtigem Spott. „Hier kriegt niemand mehr als achtzig Pesos pro Stück, und es sind genau solche Bullen wie Ihre."

Tolosa bekam hundert, doch der Minister Duhau hundertzwanzig. Die Hierarchie wurde strikt eingehalten. Ich habe einfach den Glauben nicht verloren, Hochwürden. Als es so aussah, als wolle alles zusammenbrechen, als die Skeptiker zweifelten, als es im Innersten der Partei selbst nach Verrat aussah, da glaubte ich weiter an unser Land.

Seine Augen schlossen sich, und die Welt drehte sich weiter. So wie in jenem Tango, so wollte Jacinto sterben. In einem Doppeldecker bis ans Ende der Welt fliegen und sich schließlich unter dem Beifall aller in einem Riesenfeuerwerk über dem Platz auflösen, und Mama weint, aber Estela kommt um vor Neid. Jacintos Flugzeuge waren eine dreimotorige Junkers aus Blei, ein englisches Wasserflugzeug, ein Doppeldecker zum Aufziehen. Immer kämpften sie gegeneinander. Auch wenn er sie weit auseinanderhielt, schossen sie am Ende doch aufeinander oder stießen in der Luft zusammen und stürzten, rote Flammen schlagend, zu Boden.

„Du lässt sie ja extra zusammenstoßen", sagte das Dummerchen.

Sie hatte über wichtigere Dinge nachzudenken, seit die Mutter Oberin mit fliegendem Kruzifix aus Silber in die Klasse gekommen war, um zu erklären, dass der Krieg furchtbar war, doch das Heidentum noch schlimmer, und dass außerdem die Neger angefangen hätten, indem sie zwei Italiener töteten und bei lebendigem Leibe auffraßen, und sie bat sie, Jesus zur Errettung der Welt Bußtaten darzubringen. Estelas Bußtaten:

a) Sie verzichtete auf den Nachtisch. (Das Mädel ist krank.)

b) Sie schenkte Jacinto ihre *Billiken*-Puppe, die der sofort in tausend Stücke schlug.

c) Sie trat in der Pause absichtlich aufs Seil.

d) Ein Steinchen im Schuh.

e) Sie träumte nächtelang von einem riesigen Neger, der sie mit einer Gabel in der Hand verfolgte.

„Das zählt nicht", tadelte Schwester Ursula. „Und du?"
„Ich?", fragte Lidia. „Ich?"
„Ich bin der Graf Tschano", sagte Jacinto triumphierend. „Ich bin der Italobalbo."

Don Alberto Irigorri zerriss der erste Kanonenschuss,

der in Madrid abgefeuert wurde, das Herz. Beim zehnten hatte er sich wieder erholt. Er prophezeite schlimmere Katastrophen, den Zusammenbruch einer Zivilisation der falschen Versprechungen, gefälschten Papiere und Nationalbanken. Unterdessen hatte er seine Augen aufs Eisen geworfen, das die Welt regieren würde. Er hortete haufenweise Schrott, Drahtrollen, Werkzeugkästen. Das war seine Geheimwaffe gegen Bianucci.

„Das Gold wird das Eisen besiegen", ärgerte ihn Doktor Nieves.

„Sie sind ein guter Mensch, Gerardo", erwiderte der Ladenbesitzer, „aber davon verstehen Sie nichts."

Die Radikalen waren in die Politik zurückgekehrt, zum Kampfsold, der *Tribuna* (zweite Generation) zufolge. Gerardo schrieb Felisa einen langen Brief. Er hatte sie insgeheim immer geliebt. Jetzt würde er Dinge tun, die sie beide auf ewig voneinander trennen würden: Sie würde es verstehen.

Tolosa ertrug schweigend die Angriffe, die sein früherer Freund im Rat gegen ihn führte. Eines Nachmittags betrat er die Roma-Bar, als Nieves gerade herauskam. Beim Kreuzen der Blicke hielt der Senator, – so unparteiische Zeugen, – einen Sekundenbruchteil länger stand als sein Gegner. Dennoch war er bedrückt wegen des Undanks der Zeiten, Hochwürden. Hatten sie das Land nicht vorangebracht? Blühte die Landwirtschaft nicht wie in ihren besten Tagen? Aber die Geschichte hat die Seele einer Hure: Sie mag die Großmäuler, die Nutzlosen, die Unfähigen.

Ein bisschen nur, und sie würden es nicht sehen. Und noch einmal ein bisschen, und sie würden es sehen, tröstete sich der Pfarrer auf seine alte, rätselhafte Weise und setzte seinen Rundgang um den Platz fort, während er mit dem Konzept seiner Predigt rang. Die Maurer hatten die letzten Gerüste abgebaut, und das auferstandene Gotteshaus leitete einen zweihundertjährigen Glanz ein, Zeugnis des Glaubens, der in Euren Herzen nistet. Verdammt, was musste ich mich mit diesen dummen Bauern rumärgern: Sie wollten eine Kirche, aber ihre Taschen wollten sie nicht öffnen, bis Gott Heuschrecken und Hagel schickte. Schluss damit. Der in Euren großzügigen Herzen nistet. Der elende Schuppen, in dem Eure Großeltern. Ts-Ts. Der bescheidene Ort der Besinnung und Anbetung, den Eure Vorfahren erbauten, um unter Tränen, Opfern und Überfällen von Barbaren Gott zu huldigen. Unterbrich mich nicht, Juana. Ja, die Kerzen auf den Hauptaltar, die Blumen habe ich dir schon gesagt. Er beherbergte den Vorbeimarsch vieler Generationen unter dem gütigen Blick der Gründer. Mal sehen. Der Señor Echandi, der unter dieser Grabplatte ruht. Die Señorita Anzoátegui, deren sanftes Lächeln wir hier in der ersten Reihe sehen möchten, so wie wir es so viele Jahre leuchten sahen. Aber o weh. Leuchten sage ich im weiten Kreis, wo ihre demütige Barmherzigkeit regierte, geschwängert, nein, überhäuft von. Aber wehe, wenn man ihnen an die Tasche ging, Krämerseelen, Heuchler, wehe, wenn es um Barmherzigkeit und milde Gaben ging, dann war Gott in einer Krippe geboren, und ihr hättet ihn dort für alle Ewigkeit gelassen, in euren weißen Sarkophagen, Schlangenbrut! Hm, ein bisschen heftig. Vor allem, wenn der Bischof zur Einweihung käme.

Aber hatten sie nicht, Herr, Deinen Diener gezwungen,

zum Feuer zu greifen, hast Du nicht selbst ihm die Fackel in die Hand gedrückt, musste er nicht Deine Messe im Regen, im Schlamm auf dem Platz lesen, ein Rufer in der Wüste? Und hast Du da nicht wieder seine Zunge entflammt, hast Du nicht Seuchen, Tod und Verderben heraufbeschworen, bis ihre Herzen sich erweichten und die Pharisäer zahlten und die Steuereintreiber zahlten und Du ein würdiges Haus bekamst?

Die Tauben pickten auf den Beeten des sonnenüberfluteten Platzes. Er fühlte sich wohl in seiner Haut in diesem April, auch wenn die Predigt nicht zustande kommen wollte. Welches waren die Worte? Pfarrer Trelles bat den Herrn, er möge ihm die Zunge zähmen, er möge ihn diesmal demütig und schlicht machen, wie diese Kinder da, die jetzt auf ihn zugelaufen kamen, wobei sie, ach, die Blumen in den Beeten zertraten.

„Mein Papa lässt fragen", keuchte Lidia Moussompes, „ob es nicht auch geht, dass er Ihnen ein Lamm schickt."

Der Pfarrer spürte tief im Inneren wieder die Bitternis der biblischen Propheten, bis er dem Mädchen die Hand auf den Kopf legte. Friede.

„Sag ihm, Gott braucht kein Lamm und auch kein Buschel Weizen. Dass er ihn persönlich am Sonntag in der Kirche braucht. Dass er kein Atheist, kein Ketzer, kein Abtrünniger sein soll." Scheiße, fluchte er im Stillen. „Kannst du das behalten?"

„Ja", sagte Lidia.

Estela:

„Mein Papa kann das auch behalten. Meine Mama näht sich schon ein schwarzes Kleid."

Würde er die richtigen Worte finden? Die Sache war noch nicht entschieden, als er auf die Kanzel trat und zu seinen Füßen des Volkes Atem spürte: purpurrote Flecken und goldene Schulterstücke, Schleier und Schultertücher der Frauen, ein Meer gesenkter Köpfe bis ganz hinten, wo die einfachen Leute in der Nähe der Tür standen, den Hut zwischen den Beinen. Das wachsame Auge der *Tribuna* vermerkte im Geiste die Stille. Suchte ein passendes Beiwort und fand es nicht. Der Pfarrer sah die Engel, mit Dreizacken und elektrischen Leuchtern bewaffnet, die dann flackerten, als seien sie Kerzen. Felisa beugte sich bis zum Boden nieder: Vielleicht würde dieser fürchterliche Mann niemanden aus seiner Chronik der Blindheit und Sünde erwähnen. Tolosa hob überrascht das Gesicht. Der Reporter sah eine Fliege. War das das passende Beiwort? Die Glühbirnchen züngelten, entzündeten das Gesicht von Pater Trelles. Tolosa stand auf, als dieser Stier von Mann ungeheuer langsam über dem Rand der Kanzel zusammenbrach, wobei er genau vier Silben sprach.

Für Tolosa wachsen die Menschen, wenn sie sterben, und Bianucci, der unaufhörlich ein Kartenspiel mischte: So ist das Leben. Die Spieltische im *Fénix* waren an diesem Abend verwaist, und eine bedrückende Stille lastete auf dem Platz, trotz der Menschen, die sich vor der Kirchentür drängten.

„Sie bahren ihn gerade auf", murmelte der Kommissar.

Morán kam erschüttert, die Tränen zurückhaltend.

„Mit allen Ehren, Herr Senator", sagte er und ließ sich in einen Sessel fallen. „Ich habe die höchsten Ehren angeordnet."

Die Ehre war in seinem Leben, seinen Taten. Trinken Sie was, Morán.

Wieder waren die Totenglocken zu hören.

„Weiß man inzwischen, was er gesagt hat?"

Es gab zwei Versionen. Einige hatten ihn ‚Jesus Amen' sagen hören. Andere hatten ‚Jerusalem' verstanden. Morán erklärte beides: Die Aufregung, nach fünfzehn Jahren unaufhörlichen Kampfes sein Werk vollendet zu sehen, war zuviel für dieses große Herz gewesen.

„Ein Pfundskerl von einem Pfarrer, ein wahrer Gaucho-Pfarrer", zitierte Bianucci den Filmtitel.

Tolosa war betroffen. Über Wochen sprach er fast nicht. Frühmorgens ritt er los, um auf dem Gut nach dem Rechten zu sehen, aber einmal übersah er einen gerissenen Draht, ein anderes Mal ein totes Schaf in einem Binsenfeld. Es kamen bedrückte Tage, kurz und grau. Jedes Weidetor, jedes Feld hatte eine lange Geschichte: Das konnte man früher in einem Galoppritt umrunden, Hochwürden. Heute braucht man einen ganzen Tag. Und dennoch, sie war besser, jene Zeit, man atmete anders, selbst die Luft schien sauberer. Seine Wehmut wurde größer, als er an Moussompes' Hof vorbeiritt, der fast schon eine Insel war, von drei Seiten eingekreist, ein Stachel im Herzen seines Landes. Was hatte er ihm nicht alles angeboten dafür, alles zwecklos, immer nur dieses blöde Gekrächze am Pflugsterz:

„Noch ein Jährchen, Herr Doktor."

Das war schon fast undankbar.

Eines Abends ritt Tolosa zur Scheune statt zum Kasuarinenbaum. Celestino erschrak, als er ihn von dem

Pferd steigen sah, das er nie einem Knecht in die Hand gegeben hatte, nicht einmal zum Hufeschälen.

Wasch du ihn. Heute abend gibst du ihm Hafer und morgen schickst du ihn auf die Weide.

„Sie wollen ihn nicht mehr satteln, Herr?"

Tolosa antwortete nicht. Zu Fuß ging er zu den Häusern hinüber, und vom nächsten Tag an fuhr er nur noch mit dem Auto.

Lo Valvo? Sei still, sagte das Dummerchen. Supici Sedes? Estela langweilte sich, doch Jacinto begann, die Luft anzuhalten, sobald die Staubwolke am Horizont auftauchte, und atmete nicht aus, bis das dröhnende Röhren des Rennwagens vorbei war, an dem jedes Blech vibrierte und in dem eine Figur saß, die so starr aussah wie ein großer, schwarzer Automat voller Staub und Öl, mit einer Schutzbrille vor dem Gesicht. Die Rennfahrer schauten nach vorn, auf einen Strich, der hundert, zweihundert, tausend Kilometer vor ihnen lag. Risati? So möchte ich sterben, jubelte Jacinto. Seine kaputten Flugzeuge rosteten auf langweiligen Schlachtfeldern. Auch er war ins Lager der Rennwagen gewechselt.

Sie erwarteten den Pulk der Rennfahrer außerhalb des Ortes, dort, wo der alte Weg sich gabelte: Ein Arm führte zum Gutshaus; ein Irrtum direkt in den Ort. Tolosa schaute, rechnete, manchmal mit der Uhr in der Hand. Noch weit entfernt, hinter jenen staubigen Blitzen, näherte sich der Fahrdamm. Das Land, das wir aufbauen, Hochwürden, von Straßen durchzogen, mit Brücken, Tankstellen. Seine Traurigkeit verschwand; er wurde wiedergeboren wie der Phönix aus der Asche. Die Schlagbäume fielen, die

Kühe schnupperten an den Viehrosten. Das war ein neuer Glaubensakt, denn das Leben geht weiter, Felisa, nichts kann es aufhalten.

„Das ist es ja gerade", sagte sie und kreuzte das Besteck auf dem Teller, den sie nicht angerührt hatte.

Tolosa seufzte, entzündete eine Zigarette. Auch er hatte keine Lust mehr zu essen. Das Dienstmädchen trug ab.

„Von rechts, Töchterchen", murmelte Felisa; und dann: „Sie lernen es nie."

Du gibst ihnen ja auch keine Zeit dazu, wollte Tolosa sagen, schwieg jedoch. Felisas Augen waren feucht. An diesem Abend hatte sie schon wieder einen Landstreicher gesehen, der im blutroten Sonnenuntergang die Schienen entlang marschierte. Es war schrecklich. Nein, niemand wollte, dass sie umkämen, aber konnten sie nicht woanders dahinwandern? Jacinto schlief, sein Gesicht verschwamm mit dem des entführten, ermordeten Jungen: Die Zeitung *Crítica* kam heimlich ins Haus. Felisa wurde die Angst nicht mehr los, verriegelte die Türen mit Eisenstangen, wachte nachts auf und ging ins Kinderschlafzimmer, wo sie meinte, ein Geräusch gehört zu haben. In zwei Monaten wechselte sie dreimal das Dienstmädchen; alle waren Komplizen. Schließlich nahm sich Gott der Sache an: Gancedo erhängte sich im Gefängnis. Doch Felisa entdeckte noch einen Knecht, der den Fotos des Monsters ähnlich sah. Tolosa entließ ihn.

„Es ist eine schwere Zeit", diagnostizierte der junge Doktor Pascuzi. „Das geht schon vorüber."

Mit dieser wissenschaftlichen Leistung begann er die berufliche Karriere, die ihm so viel Wertschätzung von Seiten der Bevölkerung einbringen sollte.

Estela? Die hatte sich „entwickelt", wie ihre Mutter es artig auszudrücken pflegte. Tolosa wollte gar keine Einzelheiten wissen, doch er bemerkte zufrieden leise geführte Gespräche, überraschende Vertraulichkeiten, das Ende eines alten Krieges.

Auf der Landkarte der 6. Klasse waren keine Fesselballons mehr. Die Hand der Schwester Anunziata löste Tag für Tag die Grenzen auf, ungerührt, als der Kreidestrich über Paris hinausging, zittrig, als er von Albanien nach Griechenland hinunterführte. Estela litt in Dünkirchen. Sie war Krankenschwester, und die deutschen Panzer nahmen sie gefangen, während sie den letzten sterbenden Offizier im Arm hielt. Ihr unheimliches Heldentum ließ den Angreifer zurückschrecken, der die Kampfhandlungen einstellte, bis der Engländer seinen letzten Atemzug getan hatte. Die Panzer fuhren in zwei Reihen auf, und sie ging stolz und unbezwungen durch das Spalier der Soldaten, die die Gewehre präsentierten. Doch all dies kümmerte sie nicht, denn ihr Herz war mit dem blonden jungen Mann gegangen, und sie würde nie einen anderen lieben.

Lidia stieß sie in die Seite.

„Ché", ein Murmeln.

Schwester Anunziata wiederholte ihre Frage.

„Obere Seite plus untere Seite mal Höhe", sagte Estela. „Zum Quadrat."

Es war das letzte Jahr, das sie zusammen verbrachten. Moussompes hatte entschieden, dass Lidia in La Plata weiter zur Schule gehen sollte, denn dort wissen sie mehr als hier, war sie doch der oberste Spross der Kiefer, diese Pfeilspitze oder Hand des Ertrinkenden, die er ausstrecken wollte, auch wenn alle anderen vor die Hunde gingen, Benedita, die Kleinen und er selbst. Lidia beugte sich unter dieser Last. Sie fehlte im ganzen Jahr kein einziges Mal:

Bis zu dem Augustmorgen, an dem die Schafe zu gebären begannen, bei klarem, ruhigem Himmel trotz der Kälte, und sie mit ihrer Mutter hinausging, um Moussompes zu helfen, der einen Knecht gebraucht hätte, und zum Horizont schaute, wo nach Mittag hin ein olivfarbener Streifen erschien, der um zwei Uhr nachmittags, als Lidia das erste Lämmchen nach Hause brachte, breit und schwarz geworden war, und die schweren, kalten Tropfen zu fallen begannen, und Moussompes, beeilt euch, verdammt noch mal, beeilt euch, während seine Hände im Bauch der Tiere verschwanden und zogen, während die Weide schon voller Blöken war im strömenden, grauen Regen. Sie krepieren mir alle, verflucht, denen, die liegen blieben, Fußtritte gebend, versuchte er, sie zu den Gebäuden zu treiben, in den Schutz der Bäume, doch die Tiere drehten nur stur ihr Hinterteil in den Wind und blieben wie angewurzelt im Unwetter stehen, während es Nacht wurde, und wenn ich zwei Knechte hätte und der Wind drehen würde, der aber nicht drehte, obwohl Lidia darum betete, während sie unter dem Prasseln auf dem Wellblechdach das Essen machte und sah, wie die schwarzen Flecken auf der Wand immer größer wurden und aussahen wie eine Landkarte, den letzten Säugling in Sicherheit brachte, der weinte, weil er mit der Nase unter einem Loch im Dach stand, und Jesus mein, lass meinem Papa nichts passieren, lass die Schafe nicht sterben, bis Benedita hereinkam, gelb, stumm, und sich durchnässt, still auf einem Schemel setzte und zum Fenster hin sah, zu den violetten Schlangen der Blitze, den Tropfen, die über Pfannen und Apfelsinenschalen liefen, den Pfützen auf dem Lehmboden, für immer verwirrt, als Lidia, Mutter ihrer Mutter, ihr einen Teller Suppe brachte, sich um die Kleinen kümmerte und sich einen Sack über den Kopf stülpte, aber Domingo Moussompes, Geh rein, zum Teufel, völlig außer sich, Es fehlt noch, dass du todkrank wirst, mit den Armen fuchtelnd im Regen, in den sich wie Nadeln Schnee mischte, Das hat mir gerade noch gefehlt, lief mit der Laterne hin und her, und Lidia stolperte zum Akazienwäldchen zurück, wo sich gerade einmal fünf Schafe niederduckten und lustlos ihre Lämmer ableckten, immer mit dem Hintern zum Wind, der erst im Morgengrauen drehte:

als Domingo Moussompes schließlich im trüben Licht den Haufen toter Schafe sah, den er schon geahnt hatte, und auch hereinkam, langsam, riesig und schwankend, die beiden schlaflosen Blicke passierte, bis er das Bett erreichte, wo er sich bäuchlings niederlegte und hemmungslos zu weinen begann.

Und am selben Nachmittag erschien Tolosa ein letztes Mal am Zaun, wo die kleinen Häute trockneten, sprach wie ein Freund mit ihm, und Moussompes war schon dabei, das Geld zu nehmen und nach Norden zu gehen, wo die großen Güter waren, denn er hatte immer schon gesagt, wenn er mal weggehen müsse, dann nach Santa Fe, das war das Beste seinem Geschmack nach, die Ländereien größer, überall das beste Heu, und außerdem hatte er dort diesen baskischen Freund, Martiren, der ihn schon 1911 als Vorarbeiter behalten wollte, als er ihm das Vieh brachte.

Tolosa sah, wie der Blick des Mannes in die Ferne

schweifte und dann wieder zu sich selbst zurückkehrte, zu einem harten Kern aus Trotz, Verstocktheit, Verbohrtheit.

„Haben Sie vielen Dank, Herr Doktor", und häutete weiter.

„Aber was wollen Sie, mein Freund", knurrte Bianucci, legte den Kopf schief und strich sich den Schnurrbart. „Schön wär's, wenn ich aller Welt einen Kredit geben könnte."

Wozu war dann die Bank da? Bianucci unterdrückte ein Lachen in seinen blauen, hervorstehenden Augen.

„Schauen Sie mal, Moussompes, ich will ganz offen mit Ihnen reden. Es gibt keinen einzigen Peso. Alle Kreditlinien sind geschlossen."

Aber waren sie wirklich geschlossen? Nein, meine Herren Gemeinderäte. Hier habe ich Kopien von zwei Beschlüssen, mit denen Kredite von je fünfzigtausend Pesos für diese Person bewilligt werden, deren Einfluss in allen Bereichen der Gemeinde verheerend und verderblich ist.

Der Herr Präsident machte den Redner darauf aufmerksam, dass er nicht zum Thema sprach.

mehr als einmal habe ich Ihre ehrenwerte Aufmerksamkeit darauf gelenkt, ohne irgendwelche Hoffnung, von denen gehört zu werden, die im Grunde Komplizen und Nutznießer von Manipulationen sind wie der, durch die die Nationalstraße verlegt wurde

Der Herr Präsident machte den Redner darauf aufmerksam, dass er nicht zum Thema sprach.

von ihrer eigentlichen Route, um sie vor seinem Gut vorbeizuführen und am Ortseingang die erste Tankstelle zu errichten; dessen Vieh zu Preisen gehandelt wird,

Der Herr Präsident machte den Redner darauf aufmerksam, dass er nicht zum Thema sprach.

die die einfachen Anwohner der Region niemals gewährt bekommen; der es geschafft hat, jegliche Opposition zum Schweigen zu bringen, indem er durch einen bekannten Strohmann die einzige Zeitung gekauft hat, und dass er heute den Bürgermeister, die Polizei und diese ehrenwerte Körperschaft in der Hand hat

Der Herr Präsident bat den Redner, den für den Rat beleidigenden Ausdruck zurückzuziehen.

und es in seiner Schamlosigkeit erreicht hat, durch einen anderen bekannten Strohmann die Ausschreibung zum Pflastern von zwölf Straßenblocks des Zentrums mit Finanzierung durch die Bank zu gewinnen und den Kredit und obendrein den Gewinn aus dem Bauvorhaben einstreicht.

Der Herr Präsident erklärte, dass der Redner jetzt zwar zur Sache sprach, jedoch die in der Geschäftsordnung festgesetzte Zeit zu Ende war, weshalb die Sitzung geschlossen wurde.

„Doktor Gerardo Nieves konnte seine Anschuldigungen nicht belegen", schrieb die *Tribuna*. Doch in der Roma-Bar beglückwünschte ihn Don Alberto überschwänglich.

„Kein Pardon mit der Bank", sagte er mit einem Seitenblick auf Bianucci, der an einem anderen Tisch seinen Kaffee trank.

Jetzt kamen sie natürlich alle zu ihm, die 1928 so schnell wie möglich ihr Geld bei ihm abgehoben hatten. Aber er konnte keinen einzigen Centavo erübrigen, so sehr es ihm auch von Herzen leid tat. Mit den letzten Blechstücken und galvanisierten Rohren, die er auftreiben konnte, brachte er den Berg aus Eisen zustande, auf den er sich setzen wollte, um die ganze Katastrophe zu betrachten. Er bedauerte sehr.

Eine warme Sonne drang an dem Morgen vom Balkon her in das Notariat herein, als Moussompes erschien, um den Schriftsatz für die Hypothek auf seine Felder zu unterschreiben: 1200 Pesos zu zehn Prozent, im voraus zu bezahlen.

„Sie können es sich noch anders überlegen", sagte der Auktionator, der darauf bestanden hatte, ihn zu begleiten. „Ich an Ihrer Stelle würde nicht unterschreiben."

Aber was sollte er machen, Despervásquez. Wenn er nicht unterschrieb, konnte er die Tochter nicht auswärts auf die Schule schicken. Er wollte den Kindern einen guten Start ermöglichen, sie nicht im Rinderpferch sitzen lassen. Das war das Erbe, das er ihnen geben würde, wenigstens der Lidia,

Die versprach, jede Woche zu schreiben, aber Estela: jeden Tag, und sie lachten und ordneten sich gegenseitig das Haar oder den Knoten, während die Kleinen ihre Schwester am Rock zupften und Moussompes der Bahnsteig gehörte. An diesem Tag trug er sogar einen Hut. Der Telegrafist machte Scherze und schielte nach dem Mädchen mit dem hohen Busen und den glänzenden Augen, Wie kam es, Don Domingo, dass er ihn nicht sonntags zum Matetrinken zu sich nach Hause eingeladen hatte, und Moussompes: Wer gut geraten ist, macht keine Fehler.

Jetzt gab es keine Hühnerkäfige und Milchkannen mehr zu verladen. Beim ersten Glockenschlag begannen die raschen Küsse und die Tränen. Moussompes bahnte sich einen Weg in die Gruppe, und Lidia verschwand in seinen Armen. Dann stieg sie in den Waggon, tauchte am Fenster wieder auf, als es sich in Bewegung setzte. Sie war glücklich, ihr war nach Weinen zumute, und mit einem Mal sah sie überrascht am Bahnübergang das leere Sulky an den Zaun gebunden stehen.

Estela ging zurück zum Platz. Die Blätter der Platanen wurden gelb, bald würden sie beginnen abzufallen. Der weiße Ford ihres Vaters stand vor dem *Fénix*. Sie trat ein und setzte sich, um auf ihn zu warten: Die Hitze der eben beendeten Siesta hing noch in den Polstern, und ich möchte Dir sagen, dass ich mich dieses Jahr sehr langweile hier im Ort, obwohl einige der Lehrer fantastisch sind, der Geschichtslehrer ist süß, er bringt Zeitschriften mit und liest sie im Unterricht vor, und in Erdkunde haben wir einen stotternden Alten, den wir immer alle aufziehen. Weißt Du, wer mir eine Liebeserklärung gemacht hat? Der Sohn von Morán. Drei Tage hat er sich's überlegt, und die Mädchen hatten's mir schon erzählt, deshalb war's richtig lustig. Im Kino wollte er meine Hand nehmen, aber ich hab sie weggezogen, und nachher, als wir rausgingen, hat er gesagt, dass er mich sehr mag, mit diesen Worten. Ich tat überrascht und bat um Bedenkzeit, weil ich ihn ein bisschen leiden lassen wollte, den Armen, aber dann tat er mir doch leid, und ich sagte ihm, dass wir Freunde bleiben wollen. Hier hat es schon begonnen, kalt zu werden, so ein Mist. Heute Nachmittag bin ich allein im kahlen Wald spazieren gegangen, in den Akazien riefen die Ringeltauben, ich habe viel an Dich gedacht. Wie schade, dass Dein Vater Dich nach La Plata auf die Schule geschickt hat, wieder zu den Nonnen, aber er wird schon wissen, was er tut. Vielleicht bin ich auch nur neidisch, durch den Regen ist der Ort ein einziges Schlammloch. Bei Dir zu Hause bin ich nicht gewesen, ich glaube, es geht ihnen gut. Neulich habe ich, als ich aus der Schule kam, Nélida getroffen, sie ist so groß, dass ich sie gar nicht erkannt habe. Deinen Vater sehe ich oft von weitem auf dem Feld, anscheinend hat er Pech gehabt mit dem Mais oder den Sonnenblumen, Du weißt sicher schon Bescheid.

Sie machen eben alles zur Unzeit, hören nicht auf Ratschläge, lesen nicht einmal die Zeitung. Wie wollen sie da vorwärts kommen? Sie leisten sich den Luxus reicher Leute, und ehe sie sich's versehen, stecken sie bis zum Hals in Schulden. Dann sitzen sie da und jammern und wissen nicht mehr weiter. Ihnen helfen? Die sind doch schon so klug auf die Welt gekommen, und wenn ihnen das Hühnerauge weh tut, können sie nicht nur den Regen vorhersagen, sondern auch noch die Preise auf dem Viehmarkt.

„Sie haben wie immer Recht, Herr Doktor."

Es ging nicht darum, dass er Recht hatte, Despervásquez. Das Recht war in den Dingen selbst.

Das Recht in den Dingen war dieses Jahr für Moussompes unsichtbar. Als die Rechnung für den fünften und sechsten Monat des Internats kam und die erste Zinszahlung, und Arztkosten und Medikamente für die Kinder, die alle zur selben Zeit die Grippe bekamen, schlug er die Hälfte der Schafe wieder los, die er gerade gekauft hatte, betrank sich entsetzlich im *Progreso*, und nach Blatt 23 hat ihn der Zeuge sagen hören, man müsste sich sein Fleisch woanders besorgen und sich nur nicht dabei erwischen lassen

als er gerade ein Schaf von der benachbarten Weide des Don Andrés Almada entwendete. Wir können hier berichten, dass die Verhaftung des besagten Moussompes einem Akt persönlichen Mutes von Kommissar Argañaraz zu verdanken ist, der ihn in flagranti bei seinem Verbrechen überraschte, und dass er keine Möglichkeit mehr hatte, die Flinte zu benutzen, mit der er bewaffnet war. Im Gespräch mit dieser Zeitung bestätigte der Kommissar, dass Moussompes eine Vorgeschichte als Viehdieb hat. Auf seiner Weide wird der Existenz zahlreicher nicht markierter Tiere nachgegangen. Es wurde Zeit, dass die Staatsgewalt sich um die Fälle von Viehdiebstahl kümmert, die schon seit längerem unsere Gegend in Misskredit bringen.

An diesem Nachmittag ging Estela zum Zaun, wie früher, und setzte sich auf den Boden. Der Baum war grün mit allen seinen Blättern, obwohl nur einige wenige an den Rändern aufleuchteten und wieder erloschen. Wenn er sprach, konnte sie ihn nicht hören.

Ich weiß, dass ich Dir schreiben müsste, Lidia, aber das hier ist zu schrecklich für Dich. Ich weiß nicht, wie ich beginnen soll, und es kann sein, dass ich Dir am Ende gar nicht schreibe. Zuhause wollen sie nicht einmal drüber reden, und deshalb bin ich allein hergekommen, um nach Deinem Haus rüberzusehen und mit Dir gemeinsam traurig zu sein, auch wenn Du nicht da bist, und ich möchte, dass Du weißt, dass ich Deine Freundin bin und Dich sehr lieb habe, und es ist furchtbar, dass die Kinder unter der Schuld der Eltern leiden müssen.

„Papa."

Tolosa hob den Blick von dem Brief, den er gelesen hatte. Estela sah ihn gerade heraus an, mit zusammengepressten Kiefern und herausfordernden Augen. Er lächelte knapp, während er Zigarettenpapier und Tabak aus dem Tabaksbeutel zog.

„Sattle erst mal ab, Töchterchen", während er den Rand des Papiers befeuchtete und die Zigarette zwischen Daumen und Zeigefingern zu Ende drehte.

„Du musst etwas tun."

Estela entspannte sich, jetzt sah sie tatsächlich aus, als wolle sie gleich weinen. Tolosa wollte das nicht zulassen:

„Also gut, Küken, wollen mal sehen. Morgen rede ich mit Argañaraz."

Zu dumm, dass der Verhaftete schon auf Anordnung des Richters ins Gefängnis von Azul überstellt worden war. Zum Teufel, warum denn diese Eile? Keine Eile, Herr Doktor, aber auf der Wache war nicht genügend Platz. Argañaraz strich sich über die Wange, wo er so etwas wie einen blauen Fleck zu haben schien.

Morán lachte.

„Der Baske hat scheint's ordentlich zugeschlagen."

An diesem Abend brauchte der Kommissar lange, um einzuschlafen. Er wälzte sich im Bett herum, hatte heftige Asthmaanfälle. Immer war es dasselbe, wenn der Frühling kam.

„Weißt du was?", sagte er.

Seine Frau brachte ihm einen Baldriantee.

„Ich verstehe die Menschen nicht."

Sie blieb auf dem Bettrand sitzen, streichelte ihm das

Haar, das an den Schläfen schon grau wurde, und sah zu, wie sich seine scharfen Gesichtszüge entspannten, bis er schließlich eingeschlafen war, und sie verstand immer noch nicht, während sie den ersten Gesang der Vögel hörte:

Der in Wellen von weit herkam, und Moussompes konnte jeden hohen und jeden tiefen unterscheiden, doch keiner flog über das stille, weite Weizenfeld. Nur das Geschrei über seinem Kopf wie Windstöße, das Geschrei der Elstern, das schmerzhafte Gekreische eines Schwalbenschwarms. Blind? Er sah den Weizen ohne einen Windhauch. Würden sie bombardieren? Er wachte um fünf Uhr auf, und es war dunkel an den steinernen Wänden, mit etwas Asche hoch oben in den Oberlichtern hinter den Gitterstäben, Wenn sie meinten, Moussompes wäre im Gefängnis, aber sie wissen nicht, dass ich schon auf dem Weg nach Santa Fe bin, in ein Dorf, das San Gregorio heißt, zu meinem Freund Martiren, und wenn der Krieg vorüber ist, will ich auf Ihrer Auktion Rinder kaufen, Señor Don Eduardo Desperbasques,

Sehr geehrter Herr:

Hiermit möchte ich Sie grühssen und gleichzeitich darum bitten, ob Sie vielleicht mit dem Kommissahr Algañaras sprechen können, ob ich vierzich ungebrannte Schafe verkaufen kann und es würden fünf markierte dabei sein und es müssen auch zwanzich mit neugeborenen Lämmern dabei sein, was die sind, von dehnen sie sagen, dass sie gestohlen sind, und die zu den lezten gehören, die ich bei Ihrer Auktiohn gekauft habe, Señor Eduardo Desperbasques.

Was mich angeet, weis ich nicht, was geschehen wird, ein Annwalt war da und will mich für 800 Pesos

rausholen. Es ist ein Verbrechen das ich bezahlen soll um rauszukommen, wo mich niemand anders beschuldigt außer dem Kommissar und sein Kollege, weil sie befördert werden wollen, versperten sie mir eines Abends den Wehg und hatten das Schahf schon dabei um es mir unterzuschiehben, schlugen mich in meinem Haus und verprühgelten mich auf der Politseiwache: ich muste alles unterschreiben, was sie von mir verlangten.

Das Problem ist das Geld ich brauche eine ganze Miene Silber hab keine Einkünfte nur mal einen kleinen Lotteriehgewinn. Und sehen Sie nur Desperbasques ich werde den Hoof verkaufen müssen und bitte Sie: sich umzuhöhren, ob es einen Käufer gibt. Schauhen Sie die Mätchen flehen so zaal doch Papi wir werdn schon als Dienstmätchen arbeiten und dir das Gält zurückgeben und was soll ich sahgen Desperbasques ich glaube dem härtesten Mann wird da das Härts weich. Eines Abends sind sie gekomen ich hab sie nich sehen dürfen siehben Kinder und die Mutter acht haben wohl gedacht das ich auch die Familie gestoolen habe und alles was sie mit mir gemacht haben: so war es. Und die einzige Rache die uns bleipt ist nach Santa Fe gehen abzuhauen ich will nich das mich irgend jemand sieht besser es ist als ob ich toot wäre. Nun Desperbasques ich bitte Sie um Äntschuldigung aber ich bin sehr nervös die Prühgel die Misshandlungen immer Kopfschmärtsen Ohrenschmärtsen die Erinnerung schlecht ich nehme Medizien immer gehts mir schlächt es geschehe was Gott will Hochachtungsvoll Ihr ergebner Diener. PS Doktor Tolosa wollte mein Lant kaufen vielleicht hat er noch Interesse.

Aber mein Freund, was soll ich mit dieser versumpften und versalzten Weide voller Disteln, als ich ihm angeboten habe, sie zu kaufen, dann wegen des Wasserlochs, das er hatte, aber jetzt habe ich schon eine neue Windpumpe gebaut.

Also Tolosa wird nicht kaufen, Moussompes.

Der Bahnsteig war fast leer, und Estela glaubte schon, Lidia würde nicht kommen. Sie war die Letzte, die ausstieg, und als sie sich umarmten, schien es, als würde alles wieder wie früher sein, bis sie in ihrem Gesicht diesen hässlichen, abweisenden Fleck des Trotzes und der Scham wachsen sah. Sollte sie sie im Auto ihres Vaters mitnehmen? Nein, da kam schon ihr Bruder, um sie abzuholen. Aber sie würden sich doch sehen? Ja, morgen.

„Danke", sagte Lidia und küsste sie in einer plötzlichen, sehr kurzen Regung, und schon ging sie neben ihrem Bruder über den Bahnsteig davon, ohne den Stationsvorsteher noch den Telegrafisten noch den Transportunternehmer anzusehen, die unter der Glocke standen und sich unterhielten. Tinti ließ die Peitsche knallen, und ein Staubfilm begann auf den blauen Stoff von Lidias Uniform zu fallen. Später küsste sie ihre Mutter und ihre Geschwister, holte ihre Bücher aus dem Koffer, und während sie sie mit viel Papier einwickelte und in der Kiste begrub, begriff sie, dass sie nicht mehr weinen würde,

nicht einmal, als sie ihn sah, nachdem sie ihr die Handtasche durchsucht hatten, sie das Paket hatten öffnen und sich in die Schlange stellen lassen, bis er hinter den Gitterstäben erschien, mit den blauen, verblichenen Hosen ohne Gürtel oder Hosenträger, mit um den Körper schlotternder Jacke, geschorenem Kopf und Pfropfen in den Ohren, und die Hände ausstreckte, die aber auf dem Draht liegen blieben. So sahen sie sich an, atmeten in den hellen Punkten ihrer sich gleichenden Augen, bis die von Moussompes diese Farbe von Kalk annahmen und er die Hand in die Tasche steckte, um ein Taschentuch herauszuziehen, das gar nicht aufhören wollte, sich die Nase schneuzte und es wieder wegsteckte, ohne dass sie bisher eins der wenigen Worte gesagt hätten, die es zu sagen gab, und die Lidia schreien musste, damit er sie verstand: Mama und den Kleinen geht's gut, Nélida und ich suchen Arbeit. Und er: Er musste bald rauskommen, wenn es mit rechten Dingen zuging, es war ja nur eine Anschuldigung der Polizei, angezeigt hatte ihn niemand; sie hatten ihn mit nichts erwischt, das ihm nicht gehörte. Er hatte ihnen alle Ermittlungen widerlegen können, hatte eine Gegenüberstellung gefordert: Niemand erschien. Er bat um Haftprüfung: Niemand hatte ihn angezeigt. Deshalb musste er einfach rauskommen.

„Aber lassen Sie uns bis Dezember oder Januar warten", sagte der Anwalt, „und sehen, was mit der Regierung und den Wahlen passiert, dann wissen wir, an wen wir uns wenden müssen."

Was erwarteten sie denn, dass passieren würde? Diese Leute hatten sich immer Illusionen gemacht. Und jetzt reichte ihnen nicht ein Unterschied von hunderttausend Stimmen, was eine moralische Quittung war, eine Anerkennung des Volkes für das Werk, das wir ohne sie vollbringen, gegen sie, ihnen zum Trotz. Am Fuß eines Berges von Stimmzetteln, Felisa, weinte Gerardo Nieves, zum Krokodil gemacht vom bösen, treffenden Humor der *Tribuna*, während dein Mann voller Würde und aus eigener Entscheidung aufs Land zurückkehrte, erhobenen Hauptes, um für Interessen zu kämpfen, die nicht länger geopfert werden durften.

Doch das Meer, Felisa, verschlang den Ort und die Zeit, rückte heran vom Horizont her wie eine haushohe Mauer, begrub die Felsen, kam mit seiner tosenden Flut aus Papieren und Gesichtern und ließ zu deinen Füßen einen Strudel aus Sand und ein paar runde Steinchen zurück.

„Geh nicht so weit hineeein!"

Estela kämpfte jauchzend mit dem mächtigen, salzigen Druck, der auf Brusthöhe gegen sie anstürmte, sie emporhob und ihren ganzen Körper erregte, sie wiegte, sie langsam wieder fallen ließ,

und Du kannst Dir nicht vorstellen, wie ich mich amüsiere, ich sehe so rot aus wie ein Krebs, gestern hat mich Mama mit ein paar Freunden tanzen gehen lassen, da ist einer dabei, der Klasse aussieht, und Dir habe ich auch einen reserviert, schade, dass wir nicht zusammen sein können, Du fehlst mir so, Du fehlst mir so. PS. Ich hoffe, Dein Vater ist wieder draußen.

„Von wo, sagten Sie?"

„Von La Seca", antwortete der Alte. „So hieß das, wegen einer großen Dürre, die es 1870 oder vielleicht auch 1880 gegeben hatte. Jaja. Der Besitzer war ein rothaariger Gringo, und eines Tages im Winter stieß er auf ein paar Indios, die ihn nackt wieder heimschickten, und er merkte es nicht einmal, weil er immer besoffen war. Jawohl, und sie sind wie aus Kupfer."

Der Alte ließ wieder sein zweisilbiges Lachen hören, obwohl die Augen zu weinen schienen, doch war dies nur die gelbe Farbe der Zeit auf der Netzhaut, einige rosafarbene Äderchen und eine Art zu schauen, als säße er an einem Herdfeuer. Rauchte er?

„Ich nehme das Angebot an." Silvestre Barraza rauchte langsam, in der Hocke sitzend, die langen, schwarzen Hände streiften die Spitzen seiner Sandalen. „Viele tote Kühe. Jaja. Ein ganzer Haufen Kadaver. Aber das war vor so langer Zeit, Señor. Ich kam einundsechzig zur Welt. Jaja."

Ein Mann in seinem Alter im Gefängnis. Als ob sich noch jemand außer ihm an das erinnerte, was er getan hatte. Ob er nicht wollte, dass er ihn von seinem Anwalt rausholen ließ?

„Offen gestanden, Señor", sagte Barraza, „offen gestanden: Wozu soll ich hier raus? Wozu?"

aber ich will sehen, ob mich der Anwalt nich bald aus dem Gefängnis hohlt: Es reicht mir jetzt und meine Töchter fleehen mich furchtbar an, so zahl doch Papi, und es tut mir in der Sehle weh, das Herts bluhtet mir, wenn ich sehe, wie es ihnen geeht. Verkaufen Sie also das Lant auf der Bahsis von 85 Pesos pro Hektar das ist sehr billich aber ich muss verkaufen sonst verteidigt mich der Anwalt nich. Ich kann nur auf Anordnung des Richters Doktor Cesar. G. Gayoso raus und das Ermittlungsverfaaren sieht schlächt aus, aber der Anwalt sagt, dass er mich im Mai rausholht, und er will 400 Pesos im voraus und die anderen 400 Pesos, wenn ich draußen bin. Ich hab meine Aussahge noch mahl gemacht, weil ich nicht gesunt im Kopf war, als ich verhört worden bin, und ich bin so unbeschwehrt von Schult, dass ich in den Fluss schpringen könnte, ich habe Zeugen, ich warte so ruhig auf sie wie das Wasser im Teich dass sie zur Gegenüberstellung kommen. Aber sie sind nich gekommen und werden auch nich kommen. Schaun Sie nur wie es dem Kommissar schlecht gehen wird, ich weis nähmlich, dass er mit einem Schlachter krumme Sachen macht. Dann werden wir schon sehen, wieviel sie aufgebrummt kriegen. Schauen Sie mal Desperbasques ob Sie meiner Frau Benedita A. de Moussompes nicht 100 Pesos vorschtrecken können, damit sie den Kindern was Schönes und Kleider kaufen kann, aber geben Sie ihr keinen Centavo ohne meine Genehmigung. Das ganze Gelt geht für den Anwalt drauf, es muss jetzt schnell gehen, sonst bleipt mir nichts mehr um nach San Gregorio, Provinz Santa Fe zu gehen. Und ich bitte Sie auch zu sehen, ob Sie nich eine Stelle für meine Töchter finden. Die Lidia ist gut für jede Arbeit und sehr sauber, da stehe ich für gerade, und Nélida als Diehnstmätchen oder Kindermätchen, damit sie jetzt dafür sorgen, dass die Kleinen zu essen kriegen.

Die Zeiten sind gut, Weideland gibt es genug für die teuren Herden. Der Krieg in Europa ist häftich, keiner will klein beigeben, die Armehn kempfen hart. Ich schaue nur ab und zu, wenn ich kann, in eine Zeitung: Mir scheint, das es den Haciendas nach dem Krieg schlecht gehen wird. Passen Sie auf mit dem Geliehenen, die Banken lassen Sie leicht im Regen stehen, die schonen niemand. Das ist heute wie mit meiner Haft: Ich weiß auch nicht, wann ich rauskomme, bin jetzt schon siehben Monate hier drin. Also, Desperbasques, verkaufen Sie den Hoof, ich habe volles Vertrauen zu Ihnen, halte Sie für den besten Menschen im

Ort, deshalb wollen sie Sie auch übers Ohr hauen ich wärt Sie nicht übers Ohr hauen ich gee nicht mehr auf mein Lant ich will nicht, das irgend jemand sieht wie ich nach Santa Fe ziee. PS: Schahde, das Doktor Tolosa es sich anders überlegt hat, ich hätte es guht gefunden wenn er den Hof gekauft hätte, er weis wie man mit Lant umgeht:

Mit Land und dem Gesetz und den Leuten, Tolosa, und etwas Unbestechlichem und Nacktem, das er selbst ist, wie er leise um sieben Uhr morgens durchs halbdunkle Haus geht. Er hustet ein bisschen, ein Geräusch wie von Steinen in einer Blechbüchse, doch das geht bald vorbei, es kommt von den Zigaretten, mit denen er aufhören kann, wenn er nur will. Er geht ins Bad, stößt nächtliche Gase aus; das hört man nicht, denn er hat den Wasserhahn voll aufgedreht. Er macht den Ofen an, seit einer Stunde wird das Wasser schon im Badeofen heiß. Das Duschbad ist kurz, doch das Abfrottieren mit dem Handtuch lang und energisch, da beginnt sich das Blut in Bewegung zu setzen. Das ganze Blut, Tolosa. Jetzt kann er sich vor den hohen Spiegel über den cremefarbenen Fliesen mit blauen Verzierungen stellen: ein Meter fünfundsiebzig, vierundsiebzig Kilo, 53 Jahre und kein Gramm Fett am Körper, der weiß ist außer den Armen bis zum Ellenbogen, außer dem Gesicht bis zum Halsansatz. Denn dort ist er dunkel und für immer tätowiert von der Sonne, und das ist es, was die Leute sehen: das dunkle Gesicht und die dunklen Arme. Nicht diese grauen Brusthaare, nicht die fast haarlosen Beine, nicht das mächtige Geschlecht, halb erigiert zu dieser frühen Stunde. Er hätte ein Hengst sein können, wenn er gewollt hätte, doch das hat ihn nie besonders interessiert. Was das angeht, war er so schlicht gewesen wie die Tiere, Hochwürden: Er nahm Felisa, wenn er sie brauchte, und sie ließ es geschehen, ob sie Lust hatte oder nicht. Hatte er etwas von sich selbst verbrannt? Vielleicht: eine bewusste Veränderung, kein Opfer. Er seift sich mit dem Rasierpinsel ein und schaut sich an. Ein paar zu dicke Haare in den Augenbrauen, ein paar Falten im gut geschnittenen Gesicht, dessen Haut kaum nachgibt unter dem Druck der Finger oder des Rasiermessers. Es verursacht ihm ein seltsam zärtliches Gefühl, dieses Gesicht. Senator, Doktor, Jacinto, kleiner Junge. Von wem? Das verliert sich in der Zeit, er braucht es nicht mehr, er braucht fast gar nichts mehr. Der Kaffee erwartet ihn in der Küche. Er wird ihn allein trinken. Dann wird er selbst seiner Frau das Tablett mit dem Frühstück ans Bett bringen. Dann wird er ins Auto steigen und den Motor warm laufen lassen. Dann wird er langsam in den Ort hinein fahren, zwischen grauen Bäumen, Zäunen, an denen Spinnweben glänzen, Weiden, über denen gerade der Nebel aufsteigt. Er wird in aller Ruhe ein paar Briefe von der Post abholen, ein paar Pakete vom Bahnhof, ein Dutzend Bolzen und ein paar Knebel im Laden von Don Alberto, der sich eben erst die Stiefel anzieht mit seinem Berg aus Eisen. Dann bleiben ihm immer noch ein paar Minuten, um im Roma einen Kaffee zu trinken und in *La Nación* seinen Teil über Stalingrad und Guadalcanal zu lesen, bevor er zur Versteigerung geht und sich wie jeder andere auf den Zaun des Pferches setzt.

Wenige Leute. Tolosa erwiderte Grüße und betrachtete gleichmütig die Gesichter, nachdem das Eröffnungsangebot gemacht worden war und bevor er zum ersten Mal dem Auktionator einen Wink gab, der

„Es ist eine Schande, meine Herrschaften!", rief. „Sie haben nicht gesehen, was ich hier verkaufe!", und alle Mittel des Bedrängens und Bettelns nutzte, zum Ersten, des Herausforderns der Klugheit und des Stolzes, gemischt mit der Beschwörung der Geschichte und der ruhmreichen Zukunft, zum Zweiten, die letzte kleine Pause und der bedauernde Blick in die Runde der tumben Gesichter. „Verkauft", sagte er. „Ich gratuliere, Herr Doktor", und setzte sich eine andere Maske auf, lächelte jetzt, weil er seine Bühnenrolle beendet hatte, als Hauptdarsteller der einzigen Theatervorstellung, die das Landleben kennt.

„Tut mir leid, Freund Moussompes, ich habe getan, was ich konnte." Und es stimmte, die Dinge liefen schlecht, die Ungewissheit, der Krieg. „Weshalb ich davon ausgehe, dass Sie mit meiner Abrechnung einverstanden sein werden", der Honorare des Notars, der die Vollmacht ausfertigte, den Kaufvertrag, die Hypothekenaustragung und Zinstilgung, der Honorare des Anwalts, der Vorschüsse für Ihre Frau Gemahlin, Begleichung der Bankschuld, Anzeigen für die Versteigerung, allfällige Gebühren, „und mit dem Restbetrag."

Der fast nichts mehr war, Don Silvestre.

„Jaja", murmelte der Alte und nahm den Teekessel vom Kohlebecken. Wollte er etwas?

„Ich nehme die Einladung an", sagte Moussompes.

„Jawohl der Herr, und sie sind aus Kupfer. Eines Tages kamen die Indios. Ich hab mich in einem Busch versteckt und traf da einen, der sich auch versteckte. Jaja. Lass uns schauen, wer gewinnt. Und als ich sah, dass wir dabei waren zu gewinnen, da sagte ich zu ihm: Na, schieß mal. Und er schoss auch einfach so."

„Wo war das denn?"

„In La Seca, bei Die Dürre", antwortete der Alte.

„Er ist fürchterlich, der Krieg."

„Muss wohl so sein."

„Kann sein, wenn er vorbei ist, dann lassen sie die mit kleineren Verfahren raus."

„Jawohl der Herr."

Konnten die Deutschen nicht mehr? Jacinto war in das Afrika-Korps eingetreten. Tobruk war ein Baum mit rauschender Krone hinter den Zäunen, auf einem Hügel, der schwer einzunehmen war, nur durch einen Überraschungsangriff. Deshalb robbte Jacinto mit seinem alten Gewehr ganz leise vorwärts, während die Garnison schlief. Ganz oben auf der Festung stand ein Schwarzer Posten, der nach allen Seiten Ausschau hielt. Von fünfzehnhundert Metern Entfernung aus zielte Jacinto mit seinem unfehlbaren Gewehr: Peng. Der Posten floh. Jetzt konnte er näher heranschleichen. Der Stofffetzen, der am Baum hing, war das Hauptquartier; die löchrige Blechbüchse das Pulvermagazin. Der Schuss riss grüne Splitter aus der Festung. Pech gehabt. In diesem Augenblick überraschte ihn der Angriff der Kavallerie.

Estela schimpfte mit grässlichen Worten, und wieder und wieder knallte die Peitsche über Jacinto. Er suchte Schutz in Tobruk. Das gehörte ihm. Maschinengewehrsalven zischten an seinem Ohr vorbei. Da zog er sich geordnet zurück, und als er in angemessener Entfernung war, griff er sich den größten Erdklumpen, den er finden konnte, und warf ihn nach seiner Schwester, die abgesessen war und den Baum betastete, seine fasrigen, etwas feuchten Wunden.

Estela überbrachte eine Botschaft. Ihr Vater wollte kommen und mit Benedita reden, doch bis zum Jahresende konnten sie im Haus bleiben, wenn Moussompes nicht vorher aus dem Gefängnis kam. Hatte er geschrieben?

„Ja", sagte Lidia. Er hatte geschrieben:

Benedita und meine Kinder:

Ich wünsche euch Glück mir gehts nicht schlächt Gott zum Danke und Unserer Jungfrau von Luján. Mein Verfahren geht sehr langsam ich weiß nich was sie mit mir machen wollen sie lassen mich nich raus aber der Richter fellt auch kein Uhrteil. Vor ein paar Tagen habe ich an den Anwalt geschriehen wegen meinem Fall will bis zum Jaahresende warten und ab da kümmer ich mich selbst. Ich glaube, wenn der November vorbei ist, komme ich raus, sonst verliehre ich meine 400 Pesos, aber ich hab viele Eingaben gemacht bei der Kammer, bei Gericht, ich mach so viel Druck wie möglich sie haben geglaubt, dass ich still sein werde erledicht aber wo ich sehe dass ich nicht rauskomme mache ich Dampf nach allen Seiten. Mir macht das Gefängnis nichts das einzige was ich mir wünsche ist das ich gesunt bleibe heute werde ich 55 Jahre alt schlecht genutzte und ich will noch mal 55 ich geb nie auf um keinen Preiss und bin so jung wie ein junger Kärl ohne Bart. Was mich am meisten schmärzt ist das mir das Gält ausgeht nachdem ich das Land so schlecht verkauft habe. Ich will Desperbasques schreiben das er dir 100 Pesos auszahlt und danach gibt es nichts mehr weil kein Land mehr zu verkaufen ist und wenn einer fragt ob ich Gält habe sagt ihr ihm nein und das ich der Familie eine Last bin ich muss ganz vorsichtig sein wenn sie so schlau sind bin ichs noch meilenweit mehr. Ich will auch der Lidia 25 Pesos schicken, damit sie mir ein Lotterielos kauft, kann sein das ich zu Weihnachten den Hauptgewinn ziehe, und wenn nicht hilft nur Geduld. Ich will immer noch nach Santa Fe wenn ich hier rauskomme hier bleip ich nich wo mich alle Welt schief ansehen wird wegen dem was passiert ist und da habe ich diesen Baskenfreund der wird mich glaup ich nich umkommen lassen vor Hunger, mein Freund Martiren.

So ein Leben wie hier habe ich noch nie erlept essen und schlafen die Gefangenen sind alle gut reden nicht fiel sind hier wegen Sachen die keine Bedeutungslosigkeit haben. Da ist einer aus Bolivar Ledesma heißt er ist hier wegen ein paar Sachen die keine Rolle schpielen der ist todkrank und sie lassen ihn nich raus. Ich glaube, zu Weihnachten müsste ich raus sein so Gott will damit ich zu meinen Kindern kann. Schreib mir gleich zurück das du nicht tot bist aber Unkraut vergeht ja nich Grüse mir die Kinder und Küsse bald ist der Papa ja wieder da da werden sie vor Freude weinen meine Töchter und all diese Tränen sind nur wegen einem der mich hasst weil er von seinen Freunden und den Richtern befördert werden will sie sind alle gleich, sie machen was sie wollen aber sie werden schon sehen auf jedes Schwein wartet der Schlachttag und er kriecht auch noch mal sein Fett, der Kommissar:

Der, als die heißen Tage kamen, wieder anfing, vom Meer zu träumen: eine blaue Ebene, auf die er jeden Morgen beim Aufstehen hinausschauen könnte, und sei es nur in Necochea oder San Clemente, denn er hatte die Nase voll, weißt du, die Nase voll von diesem Kaff.

„Aber das Meer tut deinem Asthma nicht gut", sagte seine Frau.

Da wurde er wütend. Zwanzig Jahre Arbeit und Aufopferung, die ihm am Ende niemand dankte, ein Leben im Dienste der anderen, ihrer Tricks und kleinen Tragödien. Und was hatte er schließlich davon gehabt? Eine Kugel im Bein, die Müdigkeit in allen Knochen, hinter jeder Ecke einen Feind, und Abende, an denen er nur dumpf an die Decke starrte und an das Meer dachte, an etwas Großes, Ruhiges, das es anzuschauen lohnte in seinen letzten Lebensjahren. Deshalb möchte ich weggehen, Herr Doktor.

Dass er jedes Recht dazu habe, sagte Tolosa, und wir werden Sie vermissen, denn niemand kannte diesen Ort so gut wie Sie.

Dass er noch diese Woche nach La Plata fahren wolle, um mit dem Chef zu reden und seine Versetzung zu beantragen.

Dass Anstand und Ordnung, die in der Gegend herrschten, seine beste Belohnung seien, doch hieß dies nicht, dass er ihm nicht seine persönliche Anerkennung aussprechen konnte.

Dass er ihn nur noch eines fragen wolle, das ihm schon lange auf der Seele lag, und zwar: Was war mit seinem ehemaligen Nachbarn Moussompes geschehen, in jener Nacht, als sie ihn verhaftet hatten.

„Sie wissen ja so gut wie ich, Herr Doktor", sagte der Kommissar, „dass er ein Viehdieb war. Über Monate war er mir immer wieder entwischt, und irgendwie musste ich ihn dingfest machen."

Dass er das gar nicht bezweifle, doch wem gehörte das Schaf, das man bei ihm gefunden hatte.

„Es wundert mich", sagte der Kommissar, „dass Sie so lange gewartet haben, um mich das zu fragen."

Dass er ihn jetzt auf jeden Fall danach frage.

„Als ob Sie nicht", sagte der Kommissar, indem er rot im Gesicht und langsam immer ärgerlicher wurde, „das bekommen hätten, was Sie so viele Jahre haben wollten."

Dass das eine ganz andere Sache sei und dass er, verdammte Scheiße, nicht ihm gegenüber laut werden solle.

Der Kommissar blieb stark, fast heldenhaft, angesichts von wachsender Gerechtigkeit und Wut.

„Das Schaf hat mir gehört."

„Verdammt", murmelte Tolosa. „Verdammt!", schrie er.

Der Richter:

„Tut mir leid, Herr Doktor. Ich habe gestern das Urteil gesprochen."

Mit diesem Brief grüse ich Sie und informiehre Sie, das der Richter mich zu sechs Jahren veruhrteilt hat. Was mich besonders ärgert, ist das meine Söhne und Töchter solange auf das Uhrteil warten musten, komm raus, Papi, und komm uns holen. Ich schicke ihnen keine Nachricht, weil sie furchbar heulen werden. Aber was mich noch mehr ärgert sind die 400 Pesos für den Anwalt David Bordenave der hat mich gar nich verteidigt bevor der Richter sein Uhrteil gefällt hat er hat die 400 Pesos genommen und nichts gemacht als hätte ich ihm nur ein Stückchen Kuchen für zehn Centavos gegeben. Jetz wollen wir sehen, wie es mit dem Berufungsgericht wird. Morgen schreibe ich ihm das er das nicht wieder so schlecht macht. Der Familie geht es gut, alle drei sind gut untergebracht, meine Frau und die beiden ältesten Töchter. Sie verdienen jede 30 Pesos im Monat. Nélida bei Doña Victoria und Lidia bei der Señora von Doktor Tolosa, so ein Glück, für meine Töchter und meer noch für mich. Die 6 Jahre machen mir zu schaffen, ich bin mit den Nerfen am Ende. Die anderen kommen raus und ich bleib allein hier, ich sag ihnen ich werd noch verrückt Mein Bruder Fernando hat an Melchor.Romero. und an die Velloso. geschrieben die bei den Truppen sind, und ich glaube die werden kommen, die Truppen werden mich nich hier 6. Jahre sitzen lassen. Am Ende soll geschehen was Gott will vieleich bin ich dazu geboren um im Alter zu leiden und meine Zukunft ist es hinter Gitern zu bleiben. Ihnen viel Glück mit vorzüglicher Hochachtung stets zu Ihren Diensten

„Von rechts, Töchterchen", murmelte Felisa.

Estela versuchte, durch den Dampf der Suppe Lidias Blick zu aufzufangen, aber Lidia wich ihr aus, vielleicht um nicht loszulachen.

„Die Arme", meinte Felisa nachher. „Sie ist ein bisschen durcheinander am ersten Tag."

„Hauptsache sie taugt was", sagte Tolosa.

Gleich nach dem Nachtisch ging Estela auf ihr Zimmer. Durch das offene Fenster spürte sie den letzten Hauch des Sommers. Der Wind blies, Blätter fielen, ein Hund bellte. Als im Haus die Lichter ausgingen, schlich sie auf Zehenspitzen auf die im weißen Mondlicht liegende

Veranda hinaus. Lidia bewegte sich nicht, als sie sie in ihr Zimmer treten hörte. Sie legte sich zu ihr ins Bett, und dann umarmten sie sich und weinten. Inmitten von all diesem Unglück gab es auch ein Glück: Jetzt waren sie zusammen und würden sich nie, niemals wieder trennen.

Aber wenn jemand fragt wie Moussompes ins Gefängnis kam, dann findet er niemanden der Schuld hat. Und am meisten Wut macht das die ganzen großen Diebe alle frei herumlaufen und die Leute hier im Gefängnis sind so arm das man weinen möchte. Die Familien mit den Kindern klagen aber es nützt nichts man muss sich nur mal die Briefe anschauen die die Armen von draußen schicken. Eingesperrt werden nie die die Gält haben das ist der beste Anwalt und Richter: aber sie werden schon sehen es wird ihnen genauso gehen und ihr ganzer großer Reichtum der Rinder geht verloren. Und ich werde kommen. Desperbasques und auf ihrer Auktion Rinder kaufen: Ich denk nicht dran zu sterben, niemals, ich will mit den Truppen wiederkommen wenn es keine Weide mehr gibt denn jetzt bin ich auf der Seite der Truppen. Dann geht es ihnen schlecht und es gibt keine Gnade. Ich hab sie auf meiner Seite, die ganz armen Leute, und ich kann außer meinem Leid kein anderes mehr sehen.

Die irdischen Dienste

Im frühesten, aschfahlen Licht des Juni, nach der Messe und der elenden Zeremonie des lauwarmen Milchkaffees aus Blechtassen, der das Volk Morgen für Morgen am Leben erhielt, erhob sich die Abfalltonne so hoch, mächtig und voll im Holzschuppen hinter der Küche und gegenüber dem Feld, dass der kleine Dashwood in einem wüsten Wutanfall herumzuspringen und auf den Boden zu stampfen und sogar gegen die Bretter des Behälters zu treten begann, während er schrie: „Ich scheiß auf meine Mutter", etwas, das seinen Schmerz, seine Wut und seine Scham nur noch wachsen ließ, weil er seine Mutter über alles liebte und sie jeden, jeden Abend unendlich vermisste, wenn er sich zwischen die eiskalten Laken schlafen legte, ferne Züge hörte, die nach Hause fuhren und ihn in zwei Teile teilten, eine streichelnde Hand und einen enttäuschten, weinenden Körper.

Doch der Kater zog nur den Mundwinkel hoch, zündete sich eine Kippe an, lehnte sich mit seinem langen Körper an die Wand und musterte ihn mit einem zweideutigen Grinsen, das wie ein Pinsel über den kleinen Dashwood glitt und ihn gelb bemalte mit Spott und Verachtung und lang aufgeschobener Schadenfreude.

Es war der Tag nach Fronleichnam, im Jahre 1939, als, wie man weiß, die Sonne ohne Hindernisse oder Unterbrechungen ab 6:59 aufging, was sie nicht sahen noch wichtig nahmen noch glaubwürdig gefunden hätten, weil dieses kranke Licht in milchigen Fetzen verstreut auf den Feldern lag oder wie rastlos spukende Gespenster zwischen den Bäumen umherschwebte.

An klareren Morgen hob sich ein Horizont voller schwarzer, baskischer Melker, die flink und laut schreiend den großen Kühen und ihren verschreckten Kälbchen folgten, gegen den Himmel hinter den Feldern ab, die die Barmherzige Gesellschaft der Damen des Heiligen Josef sich nie zu verkaufen entschließen konnte – obwohl sie von Jahr zu Jahr vorteilhaftere Angebote erhielt –, weil sich in ihrer Mitte nackt und hoch das Gebäude erhob, das sie selbst im zweiten Jahrzehnt des Jahrhunderts für Internatsschüler irischer Herkunft erbaut hatten.

Die Barmherzige Gesellschaft liebte uns, ein wenig abstrakt, das stimmt, doch dies kam daher, dass wir viele waren, unterschiedslos und grau, unsere Eltern anonym und verstreut, und weil schließlich und endlich niemand außer ihr für uns aufkam. Doch es war wirklich Liebe, und so kamen die Damen höchstpersönlich, um mit uns den Fronleichnamstag zu begehen, wobei sie den leibhaftigen Bischof Usher mitbrachten, einen heiligen, dicken, violett gekleideten Mann, der hoffentlich noch genauso ist, wenn er nicht gegen seinen Willen einem dieser seltsamen Missgeschicke ausgesetzt war, die immer gerade dann geschehen, wenn ein Bischof stirbt.

Bischof Usher zelebrierte den Gottesdienst, und anschließend genossen wir einen Tag beinahe persönlicher Zuneigung mit den Damen, die sich wie ein Schwarm fröhlicher, schwatzender Papageien im ganzen Gebäude verstreuten und alles zur gleichen Zeit sehen wollten, zärtlich über den rötesten oder blondesten Schopf strichen und seltsame Fragen stellten, zum Beispiel, wer erbaute den Palast von Emania* in welchem Jahrhundert und was geschah schließlich mit Brian Boru*, als er mit dem Rücken zur Schlacht betete. Eine Wissbegierde, die diesen farbenfrohen Reim von Mullahy hervorbrachte, der die Regeln der Dichtkunst beherrschte:

Oh Brian Boru
I shit on you!

Doch waren dies Fragen, die nur Pater Ham zu beantworten wusste, aber nicht beantwortete, während er immer röter im Gesicht wurde und seine Augen die Maske beflissenen Lächelns durchdrangen und ein dunkles Versprechen von Vergeltung auf uns abschossen, die uns zuteil würde, sobald die Damen nicht mehr so entzückend naiv und neugierig wären, das heißt morgen, meine lieben Kinder. Jene barmherzigen Damen nahmen unsere Unwissenheit jedoch nicht übel, sondern als entschuldbaren Ausdruck unseres zarten Alters. Und kaum hatte Pater Ham seinen Ruf wieder hergestellt, indem er vorführte, wie einige von uns an der Tafel Brüche addieren konnten, da fiel ihnen ein, dass man den Feiertag achten soll, und indem sie sich mit unserem Bildungsstand völlig zufrieden erklärten, schlugen sie vor, den Unterricht zu beenden, was Pater Ham ohne Umschweife akzeptierte, allerdings ohne das Feuer in seinem Blick zu löschen: diesen kleinen Herd des Zorns in beiden Augen. So gingen wir also in sonntäglichem Blau auf den gepflasterten Hof hinaus, dessen Wände hoch in den Himmel wuchsen, und spielten Murmeln und Himmel-und-Hölle unter dem gütigen Blick der Damen, bis die Stunde des Mittagessens kam und wir in Reih und Glied in den Speisesaal gingen, wo wir dem Herrn für diese Deine Gaben dankten und uns an die marmornen Tische setzten.

Dort geschah das Wunder.

Der Erste, der an der Spitze der sechsköpfigen Mannschaft eintrat, die das Essen bringen musste, war Dolan, mit einer so riesigen Platte, beladen mit gegrilltem Fleisch, dass er sie kaum tragen konnte, und auf ihn folgten die anderen mit weiteren Platten voller Braten und Bergen von Bohnensalat, und schon kam Dolan, der Hohepriester des bevorstehenden Gemetzels, noch einmal, stärker beladen und die Arme weiter ausgebreitet, als untermale er eine Siegeshymne.

Wir rieben uns die Augen. Da gab es Essen, das uns nach allgemeiner Auffassung eine Woche lang am Leben halten konnte. Und so fingen wir an zu essen und zu essen und zu essen, und sogar der Erzieher, den wir das Walross nannten, verriet auf seinem Gesicht einen Widerschein versteckter Freude, als er uns betrachtete, wie wir unsere Zähne in das Fleisch schlugen, dessen goldgelbes, warmes Fett über das verzückte Lächeln jedes einzelnen troff. Wir verklärten die Erinnerung an den Hunger, wir küssten die Erde in der mehligen Erde jeder weißen Bohnensprosse, jedem zarten Salatblatt, jeder blutig schmeckenden Faser Fleisch. Doch dann erschienen Reihe auf Reihe Limonadenflaschen auf den Tischen, und als dieses außergewöhnliche Ereignis geschah, konnte nicht einmal die furchteinflößende Gegenwart des Walrosses eine spontane Kundgebung des Volkes verhindern, das sich in einer plötzlichen Welle von den weißen Tischen erhob und den lieben Damen zujubelte, und hoch jeder Arm, und wieder herab, und wieder empor im Applaus für die liebe Gesellschaft, und wieder herab, empor im Applaus für das Walross höchstpersönlich, mit einem Chor der Stimmen wie der Donner, der Wind oder die Brandung, als sie dem Gefühl von Glück und Gerechtigkeit freien Lauf ließen, das sie im Innersten empfanden. Und das Walross schluckte trocken und öffnete den Mund, als wollte es etwas sagen, und zeigte die zwei riesigen Zähne, für die es seinen Spitznamen bekommen hatte, ein scheues Opfer des Widerspruchs, durch Beifall beleidigt zu werden.

In diesem Augenblick füllte, zum Glück für alle, die breite, violette Gestalt des Bischofs Usher den Türrahmen aus, gefolgt von der knotig-rachitischen, unglaublich langen Gestalt Pater Fagans, des Rektors, den wir „Strohdach" nannten wegen des albinoweißen Haares, das er symmetrisch an den Seiten seines langen Pferdegesichts herunterkämmte. Und als alle sich wieder hingesetzt hatten und Stille herrschte, trat der Bischof einen Schritt vor und kreuzte die beringten, manikürten Hände vor seinem riesigen Bauch.

„Nun gut, Jungen", sagte er, „es freut mich festzustellen, dass ihr so fähige Mägen habt, und ich hoffe nur, dass es nicht notwendig sein wird, das englische Salz einzusetzen, das wir auf der Krankenstation bereit halten",

was eine donnernde Explosion von Gelächter hervorrief,

„denn das wäre schlechter Geschmack",

das in Wellen ununterdrückbarer Kameradschaftlichkeit erneut aufbrandete, in anfallartigen Bewegungen purer körperlicher Freude, die den Gerührtesten Tränen in die Augen trieb,

„von zweifelhaftem Patriotismus gar nicht erst zu sprechen."

Und jetzt erhob sich das ganze Volk von neuem in einer einzigen Geste der Liebe und Gefolgschaft und huldigte auf ewig dem lieben Bischof Usher, der indes gemächlich die beringte, fleischige Hand hob und allen gebot, sich wieder zu setzen. Und indem er langsam die Züge seines Gesichts ordnete, als sei es ein Kleidungsstück, bei dem jede Falte an der richtigen Stelle zu sitzen hatte und das jetzt geordnet erscheinen musste, bat er um ein bisschen Ruhe und sprach folgendermaßen:

„Es freut mich sehr zu sehen, wie schön sauber, aufgeräumt und ordentlich dieses Internat ist. Euer Rektor hier hat mir erzählt, dass das alles euer Werk ist, dass ihr sauber macht und wascht und trocknet und wischt und fegt und Schuhe putzt und Betten macht und Küchendienst verrichtet. Und so muss das auch sein, denn keiner von uns ist in eine Wiege aus Seide hinein geboren worden, und jeder ehrliche Mensch muss seine irdischen Dienste erlernen, und je eher, desto besser, um im Leben unabhängig zu sein und sich das Brot zu verdienen, das er zum Munde führt, wie wir selbst es uns auch verdienen müssen, Pater Fagan und ich, der ich zu euch spreche, indem wir die Gottesdienste feiern und auf eure Körper und euer Seelenheil aufpassen. Wenn ihr weiter so gut arbeitet und lernt wie bisher und nicht die Furcht und Verehrung für Unseren Herrn vergesst, dann werdet ihr gute Bürger und ehrenwerte Söhne eurer Rasse, eures Landes und eurer Kirche werden."

Worauf er sich mit der majestätischen Würde einer alten Galeone umdrehte und mit vollen Segeln davonrauschte, doch noch bevor das Echo des letzten Beifalls verklungen war, warf sich das Volk in einem Generalangriff auf die Reste des Fleisches und barg es in Taschentüchern oder Papierfetzen oder sogar direkt in den Hosentaschen, wodurch mehr als ein Sonntagsanzug ruiniert wurde – was so etwas wie einen Kommentar oder eine Prognose über die Knappheit der kommenden Tage darstellte –, bis das Walross die Unmäßigsten mit ein paar Ohrfeigen zum Einhalten brachte. Doch sogar diese Episode geriet in Vergessenheit, als Dolans Truppe mit Körben voller Orangen und gelben, violettschattierten, süß duftenden Bananen hereinkam.

Am Nachmittag, im Anschluss an die notwendige Ruhestunde, zu der das Festessen zwang, gab es ein Fußballspiel, bei dem beide Mannschaften wie die Wilden kämpften, um in den Herzen der Damen eingegraben zu bleiben, vor allem Gunning, der noch dreißig Jahre später in der Erinnerung erhalten ist, in Gold geschnitten von einer längst untergegangenen Sonne, in diesem einzigartigen Augenblick, als sein Fallrückzieher seiner Mannschaft einen von lautem Geheul begleiteten Sieg verschaffte: die Beine in der Luft, der Kopf fast den Boden streifend, so knallt sein linker Stiefel jenen Wahnsinnsball hinter sich, der pfeifend zwischen den gegnerischen Torpfosten landete.

Doch noch während dieses herrliche Fest andauerte, senkte sich Trauer vom Himmel, denn wir wussten, dass die Zeit ablief und dass die geliebten Damen vor Sonnenuntergang gehen und uns wieder mutterlos und grau, überflüssig und verderbt zurücklassen würden, unter eisernem Gesetz und eiserner Faust. So geschah es, und von den Fenstern der Studierzimmer und Schlafsäle aus sahen wir sie fortgehen, wie bunte Vögel über den grünen Rasen hüpfen, winkend und Küsse werfend zwischen den dunklen Araukarien des Parks. Wunderbare Damen! Manch eine von ihnen mochte jung und schön sein, und ihr einsames Bild stand in jener Nacht im Zwielicht der Bettdecken im Mittelpunkt geheimer Anbetung und wurde auf diese Weise geliebt, ohne es zu wissen, wie so viele andere. Dieses Ausströmen der Liebe, das aus den Betten in Bewegung aufstieg, erfüllte den riesigen Schlafsaal, zusätzlich – das ist wahr – zu dem säuerlichen Geruch, den die Berge von Bohnen und ihre verborgenen Verwandlungen hervorriefen, was den Erzieher O'Durnin wahnsinnig machte, der sein mit Laken abgetrenntes Lager verließ und zu brüllen, laufen und treten begann, die vermutlich Schuldigen aus ihrer Selbstvergessenheit und vielleicht auch aus dem Schlaf riss und mit einer, um es so zu sagen, unüberwindlichen spirituellen Wolke kämpfte.

Die Letzten, die einschliefen, hörten noch den Regen näher kommen, der über den Wipfeln aufzog, rochen vielleicht den Geruch von feuchter Erde, sahen die Fenster mit Blitzen und Regentropfen aufleuchten. Doch da schlief der größte Teil des Volkes bereits, verschanzt vor dem bedrohlichen Tagesanbruch.

Und jetzt rauchte der Kater, gegen die Wand des Holzschuppens gelehnt, mit einem verächtlichen Lächeln, während der kleine Dashwood umhersprang und die Abfalltonne verfluchte, die er zum ersten Male ausleeren musste und die noch nie so voll gewesen war wie jetzt mit den Resten des Festes: abgenagte Knochen und weiße Bohnen, ganze Brocken von Grieß, die beim Abendbrot niemand mehr hatte essen wollen, heraushängende Orangen- und Bananenschalen und, alles wie eine Beschimpfung krönend, ein Fußballstiefel mit offener Sohle wie eine Zunge zwischen Zähnen aus Eisen. Dashwood wog all dies im Geiste gegen die unerbittliche, Angst einflößende Gewissheit ab, dass sie nie, niemals diese riesige Last zum Müllplatz bringen konnten, der vielleicht fünfhundert Meter weit entfernt lag, hinter den aufgeweichten Feldern und Wegen und der Reihe von Zypressen in der Ferne. Doch da warf der Kater seine Kippe weg, trat sie aus, sah Dashwood aus seinen lauernden gelben Augen an und:

„Auf geht's, Kleiner", sagte er, stellte sich auf die linke Seite und fasste mit der Rechten den harten Griff aus Leder.

Dashwood war dick. Sein letzter irdischer Dienst hatte darin bestanden, einen Monat lang am Tisch der Lehrer aufzutragen, der anders war und wohl bestückt und wo er – um den Preis des Versäumens der Fußballpartie nach dem Mittagessen und der Pause nach dem Abendbrot – kolossale Teller mit Speisen verschlingen, exotische

Saucen kennenlernen und sich ab und zu sogar mit tiefen, heimlichen Schlucken Wein betrinken konnte, nicht zu reden von den zuckerbestreuten Butterbroten, die er sich in die Hosentaschen stopfte und manchmal, wenn er übersatt war, gegen Murmeln oder Farben tauschte. Das war der Grund, weshalb seine wässrigen, grünen Augen fast in dem hübschen, aufgedunsenen Gesicht verschwanden und dass die drei Pullover unter dem Kittel ihm am Ende das Aussehen einer grauen Kugel mit blondem Haar verliehen. Der Kater dagegen war noch genauso mager, hoch aufgeschossen und undurchsichtig wie an dem Nachmittag, als er ins Internat kam, jedoch ein bisschen gesünder, schlauer und selbstsicherer, als habe er die Grundregeln entdeckt, die das Leben der Leute beherrschten, und gelernt, eine dunkle Befriedigung aus ihnen zu ziehen.

Jetzt zerrte der Kater an seinem Griff und Dashwood am anderen, und während sich die Tonne langsam hob, spürte der Kleine in jedem Knochen und Gewebe und sogar noch in der flüchtigen Erinnerung an frühere Schwierigkeiten, wie schwer sie wirklich war, wie sie nach unten zog mit dem Gewicht der Erde oder der Sünde, all dessen, das ihn entwürdigen und demütigen wollte.

Er biss sich auf die Lippe und sagte nichts, und sie traten mit schief hängender Tonne auf das Feld und in den Morgen hinaus, eine Seite schleifte über den Boden, weil der Kater fünf Zoll größer war und immer noch wuchs, während Dashwood im Schneckentempo den Rücken krümmte, bis der andere sagte:

„He, höher heben!",

und mit einem gemeinen Ruck an seinem Griff zog,

was einen Griesbrocken auf den Stiefel des Kleinen kippte, der gleich aufschrie:

„Was soll das, du Idiot!",

und der Kater grinste wieder und zeigte seine fleckigen Zähne, ein widerliches Grinsen im von hinterhältiger Schläue gezeichneten Gesicht. Und jetzt spürte Dashwood, wie er langsam in Fetzen zu zerfallen begann wie ein faulendes Stück Stoff, die Haut an seinen Fingern war von Frostbeulen angegriffen, die weder das heiße Wasser der Krankenstation, noch der Sud aus Mandarinenschalen bei den geheimen Ritualen hatte heilen können. Er wollte nicht hinsehen, hatte Angst, die gelbliche Flüssigkeit zu sehen, die vielleicht mit ein bisschen Blut vermischt aus seiner Haut sickerte.

Sie ließen den Wassertank links hinter sich, rechts das Schlagballfeld hinter sich und gelangten zum ersten Sandweg, den Dashwood nutzte, um die Last abzustellen und seine schmerzende Hand zu untersuchen, wo er zwischen zwei Knöcheln nur einen kurzen Einschnitt sah, rot und trocken wie Glimmer. Er dachte, dass sie die Seiten wechseln könnten, doch als er die dreißig Schritte, die sie zurückgelegt hatten, mit der Ausdehnung des nebligen Feldes verglich, das sie von ihrem Ziel trennte, ließ er davon ab. Der Kater betrachtete ihn, als sei er ein Häufchen Kot.

„Warten wir auf jemand?", fragte er.

Was Dashwood verneinte, indem er die Schultern hochzog, während sie die Last und den Marsch wieder aufnahmen und auf das freie Hurling-Feld neben dem Gemüsegarten traten, wo eine andere Gruppe von Knaben grub und Kartoffeln pflanzte, mit von der Erde schwarzen

Händen und von der Kälte violetten Gesichtern, aber dennoch lachend und Witze reißend, wobei ihre Rufe in der fahlen Luft erstickt und fahl klangen. Und als sie näher kamen, sahen sie Mulligan, der sie zu erwarten schien, die Hände an den Hüften, einen nicht zu deutenden Ausdruck im pockennarbigen Gesicht, während die anderen aus der Gruppe, auf ihre Schaufeln gestützt, Pause machten. Um sie herum wuchs eine ironische Erwartung, wie kurz vor einer aus der Notwendigkeit geborenen erneuten Konfrontation zwischen der alten Ordnung, die Mulligan vertrat, und dem abscheulichen Eindringling, den sie den Kater nannten, bestraft, doch unzähmbar seit seiner denkwürdigen Ankunft im Internat.

„He, Kater", sagte Mulligan. „He!"

Der Kater ging weiter, wobei er seine Seite der Tonne mit Leichtigkeit trug, mit einer winzigen seitlichen Bewegung des Auges, des Mundes oder von beidem, einer unsichtbaren Anspannung seines langen Körpers.

„Hier, nimm das mit", sagte Mulligan, der sich jetzt im heimlichen Feixen der anderen suhlte, in ihrem unterdrückten Gelächter. „He, Kater!"

Und plötzlich war in seiner Hand eine große, lehmverschmierte Kartoffel, die ebenso plötzlich die Luft in Richtung des Katers zerteilte. Der wich einfach aus, mit einer Bewegung, die so leicht und natürlich und kurz oder einfach war, dass er sich kaum zu bewegen schien, während die Kartoffel an ihm vorbeipfiff und in Dashwoods Gesicht aufschlug:

Der jetzt mit allen seinen Kräften fluchte, sich den Fußballstiefel schnappte und hinter Mulligan herlief, ohne

Hoffnung, ihn fassen zu können, unter dem Gelächter und den höhnischen Rufen aller, während Mulligan, die Hände an den Ohren, einen erschrockenen Hasen nachahmte, bis er dessen schließlich müde wurde, sich ihm groß und mächtig entgegenstellte und sagte:

„Okay, dann wirf mal."

Dashwood warf mit einer nutzlosen, erschöpften Geste, verfehlte das nahe Ziel um mehr als zwei Schritt, und es blieb ihm nichts anderes übrig, als keuchend und fluchend zur Abfalltonne zurückzukehren, wo der Kater sich weder bewegt noch gelacht noch ein Wort gesagt hatte, gleichgültig und grau im gleichgültigen, grauen Morgen.

Und jetzt spürte der Kleine, während er ging, einen Strom des Selbstmitleids, der wie lauwarmes Wasser aus seinem Inneren quoll und jeden Schmerz und jede in der Zeit eingeschriebene geheime Wunde heilte, an die er sich erinnern konnte, und sie alle irgendwie ausglich: die Frostbeulen an den Händen und den Tod seines Vaters, und alles, was er je verloren hatte, auch jede Beleidigung und jeden Abschied, und all das würde sich in der Zukunft mit der absoluten Einsamkeit und Traurigkeit seines Todes vermischen, was das Traurigste von allem sein würde, zumindest für ihn. Und der Kater, der von der Seite herüberschielte, bemerkte, dass der Knabe leise weinte oder dass einfach Tränen über sein Gesicht liefen, die sich mit dem Fluss aus seiner Nase und dem reifglänzenden Atem aus seinem Mund mischten: hässlich anzusehen, dieses hübsche Gesicht so angeschwollen und schmutzig, mit der immer größer und blauer werdenden Beule auf der Stirn. Doch der Kater sagte nichts, denn er hortete in seinem

Herzen die Erinnerung an jenen Abend, als er fast zu Tode gehetzt wurde und der kleine Dashwood einer von ihnen gewesen war. Genauso würden sie alle zur Strecke gebracht werden, sogar Mulligan, der trotz seiner Großsprecherei begann, Angst vor ihm zu haben.

Dieser Gedanke erfreute das Herz des Katers so sehr, dass er in einem plötzlichen Anfall von kriegerischem Überschwang und von Vorfreude den San-Lorenzo-Marsch zu pfeifen begann.

Hinter den Mauern des geschichtsträchtigen Internats hatten Scally und Ross die einzige gerade Linie für fünfzig Kopfenden von Betten gefunden, grinste Murtagh wie ein Affe sein eigenes Bild an, das ihn glänzend wie auf einer Münze aus den Tiefen einer bis zur Bewusstlosigkeit polierten Bronze angrinste, und steckte Collins einen Gummisauger in eine widerspenstige Latrine, indem er darüber nachdachte, wie wohl sein Dienst durch die ernsten Folgen des Festgelages erschwert würde.

Beim kleinen Dashwood hatte die Anstrengung der Last und des Marsches die metaphysische Traurigkeit mit der Macht der nicht unterdrückbaren Gegenwart von neuem überschwemmt. Ein ums andere Mal versuchte er die Haltung der Hand am Ledergriff zu verändern, ihn nicht wie einen Draht zu spüren, der ihm die Haut und das Fleisch zerschnitt und bis auf den Knochen drang. Als ihn diese unerträgliche Vorstellung überfiel, blieb er stehen, stellte für einen Augenblick die Tonne ab und besah seine Hand: Die Handfläche war nicht zerschnitten, doch die Knöchel bluteten mit einer seltsam wässrigen Flüssigkeit, die nicht Blut war, sondern etwas

Krankhaftes, Gespenstisches. Da war es, dass er in aller Form einen Seitenwechsel vorschlug, den der Kater mit einer Kopfbewegung ablehnte.

„Aber ich kann nicht mehr!"

„Den Arsch aufreißen", erwiderte der Kater ungerührt.

Und so holte Dashwood sein Taschentuch hervor, wickelte es sich um die Hand und wandte sich wieder der Tonne zu, wobei er das Gefühl hatte, beim nächsten Schritt den stechenden Schmerz in der Schulter, das Ziehen in den Knochen der Arme nicht mehr ertragen zu können. Und doch ertrug er es. Tränen und Rotz waren auf seinem Gesicht getrocknet und hatten die Haut gehärtet. Er schritt in einer Art energischer Verträumtheit voran, sah auf die Nebelfetzen, die um seine Patria-Stiefel emporstiegen und sich auflösten, und spürte das feuchte, weiche, flüsternde Gras, das unter seinen Sohlen einsank und langsam seine Gestalt zurückgewann, diese liebte, sich nach ihr sehnte, noch unter dem Gewicht der plötzlichen Katastrophe für sie kämpfte, so wie er selbst es zu tun fähig war, wie eben gerade.

Pappeln defilierten zu seiner Rechten, nackt, dürr und traurig, Dashwood sah sie aus dem Augenwinkel vorbeiziehen, schaute aber weiter zu Boden, auf die verstreuten Zacken der Brennnesseln, die sonderbaren Blüten der Macachín-Blumen, die Kreise der Kuhfladen und die Pfade der Ameisen, die sich weit verzweigt und klar im von den eisigen Winden ausgedünnten Gras abzeichneten. Die Luft wurde süß, als sie durch einen Flecken Minze kamen, und auf einmal war es in seiner Erinnerung wieder Sommer, er badete nackt mit den Kindern des Sommers im Fluss, und die Stimme seiner Mutter rief ihn melodisch bei Sonnenuntergang:

„Horaaacio!"

„Ich komme", sagte er.

„Was?", grunzte der Kater.

Auf dem Schulhof spießte der Knabe Mullins, bewaffnet mit einem langen, eisernen Stab, das letzte Stückchen Papier aus der letzten Pfütze auf den Schieferplatten, die jetzt glatt poliert glänzten, bereit, die Arbeiter zu empfangen, wenn sie die Aufgaben des Tages erledigt hätten. Pater Keven schritt den Bogengang entlang, betrachtete das Gebäude, erfreute sich an dessen Sauberkeit und der Sauberkeit seines Geistes zu dieser frühen Stunde, da sein Magengeschwür nach der Nachtruhe noch still war, und sann über die asketische Schönheit jedes grauen Steins auf jedem grauen Stein nach, bis sie sich im zinnfarbenen Himmel verloren. Dann hörte er den Erzieher Gielty die ersten Glocken läuten, und die würdigen Arbeiter, die schnell genug, aber auch tüchtig genug gewesen waren, kamen auf den Hof hinausgelaufen und erschufen von neuem die Rituale der Wetten und Herausforderungen, der Überheblichkeit und feindseligen Freundschaft, der absurden Gespräche und verblüffenden Taschenspielertricks: Neuentdeckungen in den einzelnen Köpfen, alte Ablagerungen im alten Herzen des Volkes. In fünfzehn Minuten begann der Unterricht.

Sie gelangten zum zweiten Sandweg, hatten die Hälfte der Entfernung zum Müllplatz zurückgelegt, der wie eine dunkelbraune Zunge hinter den Zypressen zu erkennen war, und jetzt schien auch der Kater die Anstrengung zu spüren, denn er setzte die Tonne ab und hielt inne, als dächte er nach. Ungefähr hundert Schritte zu ihrer Linken verlief schräg ein weiterer Weg. Vor ihnen lag ein Maisstoppelfeld, das sie in gerader Linie überqueren konnten.

„Hier lang", entschied der Kater und wies auf das Stoppelfeld.

Der Kleine sah sofort, wie wahnwitzig es sein würde, zwischen den trockenen Stoppeln des Maisfeldes zu gehen, die sich gelb und glashart auf ihren Erdhaufen zwischen den lehmigen Furchen erhoben, doch der Kater schien sich seiner selbst so sicher, so konzentriert, wobei der Blick seiner Augen fast wie ein Falke flog und eine Brücke zwischen ihnen und ihrem Ziel hinter den Zypressen schlug, dass er nicht den Mut noch die Kraft fand, sich zu widersetzen, was er auch nicht tat, außer auf versteckte Weise, indem er vom ersten Schritt an leicht nach links drückte, in der vergeblichen Hoffnung, dass sie so schließlich zum Weg gelangen würden. Und das verstand der Kater und kam ihm mit einem einzigen, deutlichen Stoß zur anderen Seite zuvor.

Die Stoppeln und Stängel krachten unter ihren Füßen, der Boden spuckte Lehmspritzer, und ein oder zwei lose Stiele peitschten Dashwood unterhalb des Knies. Er stolperte einmal, dann ein zweites Mal, dann wurde dieses taumelnde Gehen so gleichmäßig, dass es seine normale Fortbewegungsart zu sein schien, bis er kopfüber in einen Graben fiel, und als er, blind vor Lehm und Wut, wieder auf die Füße kam, warf er sich einfach auf den Kater und begann auf ihn einzutrommeln, ohne jemals durch die Wand der Arme dessen verabscheuungswürdiges Gesicht zu erreichen, irgendetwas zu berühren, was ihm seine Schläge nicht mit dreifacher Wucht zurückgab, bis er ausrutschte und wegflog wie ein kleiner Hund unter den Hufen eines Maultiers. Als sie ihren Marsch wieder aufnahmen, nahm der Kater jedoch die rechte Seite, und sie gingen schräg auf den Sandweg zu.

Die fünfzehn Minuten Pause waren vorüber. Die scheue, anstrengende Weisheit wartete auf die hundertdreißig Iren in den hölzernen Schulbänken. Der Erzieher Gielty, von dem heimlich gemunkelt wurde, dass er allmählich wahnsinnig wurde, sah die Lehrer in den Bögen des Kreuzgangs vor ihren Klassenräumen stehen. Sein rotes Haar glänzte und sein roter Schnauzbart glänzte, und ein unaufhörliches Feuer loderte wild in seinem Hirn. Doch seine einzige Mission bestand zu dieser Stunde darin, die Glocke ein zweites und letztes Mal zu läuten.

Die Jungen liefen zu ihren Reihen. Der Kater fehlte bei der sechsten Klasse und Dashwood bei der vierten, obwohl dies erst noch entdeckt werden musste. Dashwood glaubte das ferne Läuten zu hören, das in der süßlichen Luft herüberdrang und mit einer sanften, menschlichen Stimme zu ihm sprach, die nur er kannte, und noch einmal antwortete er:

„Ich komme",

womit er den Kater vollends irritierte und erschreckte, der gleich sagte:

„Lass das, verstanden",

doch dem kleinen Dashwood war der Kater inzwischen gleichgültig geworden.

Am letzten Drahtzaun hing ein großes Spinnennetz mit Hunderten von Tropfen darin, und im Glanz eines jeden waren die Bäume, das Feld, die Welt enthalten. Der

Kater versetzte ihm einen Tritt in die Mitte, das Wasser fiel in kleinen Schauern auf das Gras, und die graue Spinne kletterte an einem unsichtbaren Faden ins Nichts hinauf. Sie kamen zwischen zwei Zypressen hindurch: Der Müllplatz lag vor ihnen, sein gleichgültiger Abfall, seine friedliche Erbärmlichkeit. Sie traten auf die ersten von Erde bedeckten Flaschen und Dosen, vergilbten Papierfetzen und Reste von wieder zu Erde gewordenem irdischen Essen, und während sie die mächtige, randvolle Abfalltonne kippten und leerten, leerte sich auch etwas in den Herzen der Jungen, floss langsam, rann in dumpfem Tröpfeln heraus.

Und als dies getan war, sah der kleine Dashwood den Kater nicht einmal an, sondern begann sich von ihm und dem Müllplatz und dem Internat zu entfernen. Ohne Eile ging er zwischen den späten Besuchern, den Schwaden des Nebels, den ein plötzlicher Wind um ihn auseinandertrieb, die friedlichen Kühe hinter sich lassend, auf einen Streifen Himmel zu, der in der Ferne blau zu werden begann. Er hatte keine Ahnung, wo er war, kannte die vier Himmelsrichtungen nicht, es gab keinen Weg in der Nähe, aber er wusste, dass er nie zurückkehren würde.

Der Kater zündete sich einen Zigarettenstummel an, steckte die Hände in die Hosentaschen und betrachtete von der Höhe des Müllhaufens aus den kleinen Jungen, der davonging und immer kleiner wurde.

„He", sagte er.

Dashwood drehte sich nicht um, und der Kater tat noch ein paar Züge, während sich eine hässliche Grimasse eines alten Mannes in seinem Gesicht bildete.

„He, Blödmann!"

Doch der kleine Dashwood stammelte ein Lied, das ihm niemand beigebracht hatte, und ging in Richtung seiner Mutter.

Der Kater sprang hinter ihm her und erreichte ihn ganz rasch, packte ihn beim Arm und zwang ihn sich umzudrehen.

Der Flüchtige sah ihn furchtlos an.

„Lass mich in Ruhe", sagte er.

Da tat der Kater etwas, das er nicht tun wollte. Er steckte die Hand in die Hosentasche, zog ein Taschentuch heraus und begann, den Knoten aufzuzurren, der sein einziges Vermögen barg: drei Münzen zu zwanzig Centavos. Und während er den Knoten aufzurrte, spürte er, dass er in seinem Innern etwas aufzurrte, das er nicht begriff, etwas irgendwie Trübes, irgendwie Schmutziges. Er behielt eine der Münzen und gab die anderen zwei dem kleinen Jungen, der sie nahm und weiterging, ohne danke zu sagen.

Und dann kehrte der Kater, der Überlebende, der Nicht-Erwünschte, Widerspenstige, Nicht-Wünschende, zur leeren Tonne zurück, nahm sie und lud sie sich auf die Schulter, machte sich auf den Rückweg und passte seinen Gesichtsausdruck der Miene des hohen, nackten, düsteren Gebäudes an, das ihn erwartete.

Fußnote

In memoriam
Alfredo de León
† um 1954

Ohne Zweifel hat León, nackt und tot unter diesem Laken, gewollt, dass Otero ihn besuchen käme, und deshalb hat er dessen Namen auf den Umschlag geschrieben und in den Umschlag den Brief gesteckt, der vielleicht alles erklärt. Otero ist gekommen und sieht schweigend auf das Oval des Gesichts, zugedeckt wie ein albernes Rätsel, doch macht er den Brief noch nicht auf, weil er sich die Version vorstellen möchte, die der Tote ihm geben würde, wenn er ihm an seinem Schreibtisch gegenüber sitzen und mit ihm reden könnte, so wie sie so oft miteinander geredet haben.

Eine Ruhe der Trauer verklärt das Gesicht des großen, grauhaarigen Mannes, der nicht bleiben will, nicht gehen will, nicht zugeben will, dass er sich verraten fühlt. Doch ist es genau dies, was er fühlt. Denn plötzlich scheint es ihm, als hätten sie sich nie gekannt, als habe er nichts für León getan, als sei er nicht, wie sie beide so oft feststellten, eine Art Vater gewesen, von einem Freund nicht zu reden. Auf jeden Fall ist er gekommen, und es ist er und kein anderer, der sagt:

„Wer hätte das gedacht",

und der die Stimme der Señora Berta hört, die ihn mit ihren blauen, trockenen Augen in einem Gesicht – geschlechtslos, ohne Erinnerung, ohne Ungeduld – ansieht und murmelt: Der Kommissar ist schon unterwegs, und: Warum öffnen Sie den Brief nicht. Doch öffnet er ihn nicht, obwohl er sich den unangenehmen, entschuldigenden Unterton schon vorstellen kann, den ersten Satz des Abschieds und des Bedauerns.*

---

* *Ich bedaure, dass ich die Übersetzung, mit der der Verlag mich*

Sie gewinnen damit ja nicht einmal einen minimalen Teil dessen, was sie hätten gewinnen können, wenn sie sich unterhalten hätten, und er hat auf einmal das dunkle Gefühl, dass dies alles gegen ihn gerichtet ist, dass Leóns Leben in der letzten Zeit darauf hinauslief, ihn zum perplexen Zeugen seines Todes zu machen. Weshalb, León?

Es ist kein Vergnügen, dort zu sitzen, in diesem Zimmer, das er nicht kannte, neben dem Fenster, das ein gedemütigtes, staubiges Licht auf den Schreibtisch fallen lässt, wo er den letzten Roman von Ballard erkennt, das Lexikon von Cuyás, herausgegeben von Appleton, die halbe, handgeschriebene Seite, auf der die letzte Silbe zittert und verrückt wird, bis sie in einem Tintenfleck explodiert. Zweifellos hat León geglaubt, dass er hiermit seine Schuldigkeit getan hatte, und ganz gewiss ist der grauhaarige, traurige Mann, der ihn betrachtet, nicht gekommen, um ihm die abgebrochene Arbeit vorzuwerfen, noch darüber nachzudenken, wer sie fortführen soll. Ich bin gekommen, León, um den Gedanken an Ihren unerwarteten Tod anzunehmen und mein Gewissen seinen Frieden mit Ihnen machen zu lassen.

Plötzlich ist der andere für ihn geheimnisvoll geworden, so wie er selbst für den anderen geheimnisvoll geworden ist, und es ist schon ein wenig ironisch, dass er noch nicht einmal weiß, wie León sich umgebracht hat.

„Gift", antwortet die Alte, die, in ihre graue und schwarze Wolle gehüllt, weiter ganz still auf ihrem Stuhl sitzt.

---

beauftragt hat, abgebrochen liegen lassen muss. Sie finden das Original auf dem Tisch, genauso wie die einhundertdreißig schon übersetzten Seiten.

Sie faltet die Hände und betet leise, ohne zu weinen oder gar zu leiden, außer auf diese allgemeine abstrakte Art, wie so vieles sie bedrückt: das Verstreichen der Zeit, die Feuchtigkeit an den Wänden, die Löcher in den Bettlaken und die überflüssigen Angewohnheiten, die ihr Leben ausmachen.

Auf dem Hof ist ein Rechteck Sonne, Wäsche trocknet auf der Leine, unter der Reihe der Stockwerke mit eisenbeschlagenen Geländern vor den Fenstern, wo wie zum Scherz ein Staubwedel auftaucht, sich einsam in einer kleinen Staubwolke bewegt, ein Turban ohne Trägerin vorübergeht und sich ein alter Mann herauslehnt und herunterschaut und ausspuckt.

Otero nimmt all dies mit einem Blick wahr, doch ist es ein anderes Bild, das er in seinem Kopf entstehen lassen möchte: das scheue Gesicht, den Charakter des Mannes, der mehr als zehn Jahre lang für ihn und den Verlag gearbeitet hat. Denn niemand kann mit den Toten leben, man muss sie in sich abtöten, in ein harmloses Bild zwingen, das für immer sicher in der neutralen Erinnerung bewahrt bleibt. Eine Feder bewegt sich, ein Vorhang schließt sich, und schon haben wir gerichtet und den Spruch gefällt und sie sanft mit Vergeben und Vergessen gesalbt.

Die Alte scheint den leeren Raum zu wiegen, den ihre Hände beschreiben.

„Er hat immer pünktlich bezahlt",

Der Rest enthält keine Schwierigkeiten, und ich hoffe, der Verlag findet jemanden, der ihn übernimmt. Leider habe ich mich über Ihre letzten Ermahnungen hinwegsetzen müssen.

und die Erinnerung an den Toten kommt in mageren Anekdoten zum Vorschein: wie schlecht er aß, der Lärm, den er nachts beim Schreiben machte, und wie er dann erkrankte, traurig und menschenscheu wurde und sein Zimmer nicht mehr verlassen wollte.

„Dann ist er verrückt geworden."

Otero lächelt beinahe, als er dieses Wort hört. Es war jetzt leicht zu sagen, dass León im Wahnsinn geendet war, und im Obduktionsbericht würde dies vielleicht stehen. Doch niemand würde wissen, wogegen er wahnsinnig geworden war, auch wenn sein seltsames Verhalten für alle sichtbar wurde.

So hatte er es sich in den letzten Monaten in den Kopf gesetzt, mit der Hand zu schreiben, und gab als vagen Grund Probleme mit seiner Schreibmaschine an, und er, Otero, hatte es ihm trotz der Beschwerden aus der Druckerei gestattet, so wie er auch andere Dinge hatte durchgehen lassen, weil er das Gefühl hatte, dass sie nicht gegen ihn gerichtet waren, dass sie Teil des Kampfes des Selbstmörders mit etwas Unbenennbarem waren.

In irgendeiner Schublade seines Schreibtisches muss noch das einzelne Blatt sein, das zwischen den Seiten von Leóns letzter Arbeit gelegen hatte. Darauf stand nur ein Wort – Scheiße –, von Anfang bis Ende mit der Handschrift eines Schlafwandlers wiederholt.

Die Frau fragt, wer die Kosten der Beerdigung zahlen wird, und der Mann antwortet:

„Der Verlag",

Ich habe die Schreibmaschine nicht zurückbekommen können, und Sie erhalten diesen Text handgeschrieben, wie schon den vorigen. Ich habe so lesbar wie möglich geschrieben, und ich hoffe, Sie sind mir nicht allzu böse, unter diesen Umständen.

was die Firma sein muss, in der León gearbeitet hat.

Als dies geklärt ist, fühlt sie sich freier, führt ein Taschentuch an die Augen und wischt einen dünnen Faden Tränen weg, zum Teil wegen León, der schließlich arm war und nicht störte, und zum Teil ihretwegen und wegen all dessen, was in ihr gestorben ist, in so vielen Jahren der Einsamkeit und harten Arbeit unter schäbigen, spröden Menschen.

Oteros Blick irrt zwischen den grauen Palmen einer riesigen Oase umher, wo Kamele saufen. Doch es ist eine einzige Palme, ins Unendliche auf der Tapete vervielfältigt, ein einziges Kamel, eine einzige Pfütze, und das Gesicht des Toten verbirgt sich im Geflecht der Zweige, sieht ihn mit dem durstigen Auge des Tieres an, löst sich schließlich auf und lässt ihn mit dem Nachgeschmack eines Zwinkerns zurück, dem Gefühl des Spotts. Otero schüttelt den Kopf in seinem Bedürfnis, nicht abgelenkt zu werden, sich an Leóns wahres Gesicht zu erinnern, seinen riesigen Mund, seine – schwarzen? – Augen, während er auf dem Flur die Stimme des Beamten hört, der telefoniert und „Gericht" sagt und auflegt und wählt und „Gericht?" fragt und auflegt und, die Hände auf dem Rücken, zwischen düsteren Garderoben und bronzenen Blumenkübeln auf- und abgeht.

Erinnern Sie sich noch an die Stirnhöhleneiterung, die ich vor zwei Monaten bekam? Das schien erst nichts besonders Schlimmes zu sein, doch schließlich ließen mich die Schmerzen nicht einmal mehr schlafen. Ich musste den Arzt rufen, und so wurde ich für Arzneien und Behandlungen die wenigen Pesos los, die ich noch hatte.

Vielleicht wollte die Geste Leóns sagen, dass sein Leben hart war, und es ist nicht leicht, das zu verneinen, wenn man sich die schmucklosen Wände seines Zimmers ansieht, den Flanellanzug für Winter und Sommer, der vor dem Schrankspiegel hängt, die Männer im Unterhemd, die vor der Badezimmertür darauf warten, dass sie an der Reihe sind.

Doch wessen Leben ist nicht hart und wer, wenn nicht er selbst, wählte diese Hässlichkeit, die nichts erklärte und die er wahrscheinlich gar nicht sah.

Vielleicht ist es nicht der Augenblick, diese Dinge zu denken, doch welche Entschuldigung gäbe er sich, wenn er in Gegenwart des Todes nicht so ehrlich wäre, wie er immer gewesen ist. War es der Selbstmörder ihm gegenüber gewesen? Otero bezweifelt es. Von Anfang an entdeckte er unter der fröhlichen äußeren Art diese melancholische Strömung, die er für seinen eigentlichen Wesenszug hielt. Er redete viel und lachte zuviel, doch war es ein bitteres Lachen, eine verkorkste Fröhlichkeit, und Otero fragte sich oft, ob nicht unterschwellig, nicht einmal von León bemerkt, ein Anflug perversen Spottes mitschwang, ein subtiles Wohlgefühl im Unglück.

„Er hatte keine Freunde", sagt die Alte. „Das macht müde."

Deshalb habe ich die Schreibmaschine verpfändet. Ich glaube, ich habe es Ihnen schon erzählt, doch in den zwölf Jahren, die ich zur beidseitigen Zufriedenheit für den Verlag gearbeitet habe, war es mir immer ein Anliegen, zuverlässig zu sein, mit den Ausnahmen, die ich weiter unten benenne. Diese Arbeit ist die erste, die ich unvollendet lasse, ich meine, unbeendet. Es tut mir sehr leid, aber ich kann einfach nicht mehr.

Der Besucher hört ihr nicht mehr zu. Er begibt sich auf Wege alter Erinnerungen, wo er das verlorene Bild Leóns sucht: Er findet ihn immer gebeugt, klein, mit diesem vogelähnlichen Ausdruck Wörter auf langen Seiten pickend, Korrektoren verfluchend, Sprachakademien widerlegend, Grammatiken erfindend. Doch es ist immer noch ein lächelndes Bild, das Gesicht aus der Zeit, als er seinen Beruf liebte.

Man brauchte einigen Scharfblick, um die Fähigkeiten eines Übersetzers in diesem jungen Mann zu erahnen, der aus einer Tankstelle kam – oder war es eine Autowerkstatt gewesen? –, mit seinem ganz ordentlichen Spanisch und seinem etwas bemühten Englisch, das er im Fernstudium gelernt hatte. Nach und nach fand er heraus, dass das Übersetzen etwas anderes ist, als zwei Sprachen zu beherrschen: eine dritte Fähigkeit, eine neue Qualität. Und dann das allerschwerste Geheimnis, der eigentliche Inbegriff der Kunst: seine Persönlichkeit auszulöschen, unbemerkt zu bleiben, wie ein anderer zu schreiben, ohne dass es irgendjemand bemerkt.

„Komm nicht herein", sagt die Alte.

Otero erhebt sich, nimmt die Tasse entgegen, die ihm das Mädchen reicht, setzt sich, und trinkt den Kaffee.

Einhundertunddreißig Seiten zu einhundert Pesos die Seite, das macht dreizehntausend Pesos. Wären Sie bitte so freundlich und übergeben Sie dies der Señora Berta? Zehntausend Pesos reichen für Kost und Logis bis Ende des Monats. Ich fürchte, der Rest wird nicht reichen, um die Kosten zu decken, die entstehen werden. Wenn man die Schreibmaschine zurückholt und verkauft, lässt sich vielleicht noch ein wenig mehr bekommen. Es ist eine sehr gute Schreibmaschine, ich habe sie sehr geliebt.

Noch ein freundlicher Windstoß aus der Vergangenheit erhellt sein Gesicht: Leóns staunender Ausdruck an jenem Morgen, als er den ersten Roman sah, den er übersetzt hatte. Am nächsten Tag erschien er mit neuer Krawatte und schenkte ihm, Otero, ein Exemplar mit seiner Widmung: Zeugnis einer gewissen, angeborenen Treue. Andere waren eine Zeitlang im Verlag, lernten wenig oder viel, und wenn sie es wussten, gingen sie wieder wegen ein paar Groschen mehr. Doch León schaffte es in manchen Augenblicken, vielleicht in vielen Augenblicken, die Mission des Verlags zu verstehen, begriff dunkel das Opfer, das es bedeutet, Bücher zu verlegen, den Träumen der Menschen Nahrung zu geben und eine Kultur zu schaffen, sogar gegen sie selbst.

Auf dem Nachttisch hat der Wecker zu klingeln begonnen, hüpft auf seinen vernickelten Füßen, und neben ihm wackelt ein Foto in seinem Rahmen, das schamlose, schnöde Bild eines Mädchens, das sich vor Lachen schüttelt, und auch das geblümte Kleid tanzt, die breiten Hüften.

„Frauen?"

„Nicht mehr", und die Uhr bekommt wieder einen Klingelkrampf, das Foto einen weiteren Tanz- und Lachanfall.

Ihr einziger Nachteil ist die Tastatur aus Plastik, die sich abnutzt, aber insgesamt glaube ich, dass solche Schreibmaschinen wie die 1954er Remington nicht mehr gebaut werden.

Ich hinterlasse auch ein paar Bücher, obwohl ich nicht glaube, dass sich viel für sie herausschlagen lässt. Es gibt noch ein paar andere Dinge, ein Radio, einen Kocher. Ich bitte Sie, die Einzelheiten mit der Señora Berta zu regeln. Wie Sie wissen, habe ich keine Verwandten oder Freunde außerhalb des Verlags.

Otero seufzt, gesteht sich ein, dass er sich in der Zeit verliert: Da ist der Tag, an dem León begann, jemand anders zu sein; der Punkt in der „Scharlachroten Reihe", der Band der „Sammlung Andromeda" (die wie ein geheimer Kalender auf dem einzigen Bücherbord aufgereiht sind), bei dem dieser Mann „Nein" sagte und sogar den kindlichen Stolz vergaß, den ihm seine Werke verschafften:

„Wetten, Sie wissen nicht, wie viele Einträge ich in der Nationalbibliothek habe?", den fast kahlen Kopf zwischen die Aufschläge des Anzugs gezogen.

„Wieviele, León?"

„Sechzig. Mehr als Manuel Gálvez."

„Das ist ja toll."

„Pah! Da fehlt noch die Hälfte."

Oder:

„Diese Übersetzung ist einzigartig. Tausend Wörter weniger als das Original."

„Sie haben sie gezählt?"

Das spöttische Lachen:

„Wort für Wort."

Es tut mir sehr leid, dass ich Sie auf diese Weise in Anspruch nehmen und im letzten Augenblick eine Beziehung verändern muss, die so herzlich und auf gewisse Weise so fruchtbar gewesen ist. Als zum Beispiel die Sache mit der Schreibmaschine passierte, dachte ich, wenn ich Sie um einen Vorschuss bäte, würde der Verlag mir ihn sicher nicht verweigern. Doch hatte ich dies in zwölf Jahren der Arbeit nie getan, ich bildete mir ein, dass Sie mich deshalb vielleicht schief ansehen würden, dass sich zwischen uns etwas ändern könnte, und am Ende konnte ich mich nicht dazu entschließen.

Danach – doch wann? – sprang eine verborgene Feder. Es muss zugegeben werden, dass er in letzter Zeit León nicht mehr gern empfangen hatte. Er füllte ihm das Büro mit Problemen, mit Fragen und Klagen, die manchmal nicht einmal mit ihm selbst zu tun hatten, sondern mit ganz allgemeinen Dingen, den Bombardierungen in Vietnam oder den Schwarzen der Südstaaten, Themen, über die er nicht gern diskutierte, auch wenn er seine Ansichten hatte. Natürlich zeigte sich León mit ihnen einverstanden, doch im Grunde konnte man leicht merken, dass er anderer Meinung war, und diese Heuchelei ging nicht ohne gegenseitige Verletzungen ab. Wenn er ging, hatte man Lust, diesen ganzen Müll aus Traurigkeit und Verstellung mit einem Besen hinauszukehren. Was war los mit Ihnen, León?

„Ich weiß nicht", die Stimme weinerlich. „Die Welt ist einfach voller Ungerechtigkeit."

Beim letzten Mal ließ ihn Otero von der Sekretärin abfertigen.

Ich würde mir wünschen, dass Sie den Appleton behalten. Es ist eine nicht mehr ganz neue Ausgabe und sie ist ziemlich abgenutzt, doch ich habe nichts anderes, um meine Sympathien Ihnen gegenüber zu beweisen. Es entsteht eine einzigartige Vertrautheit mit den Dingen des täglichen Gebrauchs. Ich glaube, zuletzt kannte ich das Lexikon fast auswendig, auch wenn ich deshalb nicht aufhörte, es zu konsultieren, wobei ich in jedem Fall wusste, was ich finden würde, und auch die Worte, die zu suchen es von vornherein keinen Sinn macht. Vielleicht werden Sie lachen, wenn ich Ihnen gestehe, dass ich wortwörtlich mit Mr. Appleton sprach.

Es ist auf jeden Fall nutzlos, sich an diese winzige Episode zu erinnern, sie dem andauernden Interesse gegenüber zu stellen, das er für Leóns Angelegenheiten zeigte, sogar für triviale Kleinigkeiten:

„Letzten Monat haben Sie zwei Bücher übersetzt. Warum kaufen Sie sich nicht einen neuen Anzug?"

Das war dasselbe, wie ihn zu bitten, sich eine neue Haut zuzulegen, und Otero vergaß den heimlichen Plan, ihn irgendwann einmal zum Essen einzuladen, ihn dem Geschäftsführer vorzustellen, ihm eine feste Anstellung im Verlag anzubieten. Er fand sich damit ab, das alles in seiner Unentschlossenheit zu lassen, seinen vagen Träumereien, den Mußestunden, die nutzlose Ideen hervorbringen, und kam soweit, León zu beneiden, weil er aufstehen konnte, wann er wollte, sich einen freien Tag nehmen, während er, Otero, mit den Planungen für die Zukunft des Verlags schlaflose Nächte verbrachte. Vielleicht war seine Gutherzigkeit am falschen Platz, vielleicht hätte er nicht zulassen dürfen, dass León sich den Phantasien seiner Intelligenz allein entgegenstellte, die – besser, es zuzugeben – nicht allzu kräftig ausgebildet war.

Ich sagte zum Beispiel:
„Mr. Appleton, was bedeutet prairie dog*?"*
„Kojote."
„Aha. Und crayfish*?"*
„Dasselbe wie crabfish*."*
„Gut, aber was heißt crabfish*?"*
„Cabrajo – klingt fast wie carajo*."*
„Das verbitte ich mir."
„Oh, nicht beleidigt sein. Sie können es mit Flusskrebs übersetzen."
„So geht's. Danke."

Doch es ist schwierig, die Grenze der eigenen Pflicht gegenüber seinem Nächsten zu bestimmen, in seine Freiheit einzudringen, um ihm etwas Gutes zu tun. Und unter welchem Vorwand hätte er es auch tun können? León kam ein oder zwei Mal pro Monat, lieferte seinen Stoß Seiten ab, erhielt sein Honorar, ging wieder. Hätte er ihn denn beiseite nehmen, ihm sagen können, dass sein Leben falsch verlief? In diesem Fall: Müsste er dasselbe dann nicht auch mit dem halben Hundert der Angestellten des Verlags tun?

Otero erhebt sich, geht hin und her, schaut durch die Tür auf den Korridor, ins grelle Licht des Hofs, hört die Geräusche, die vielleicht auch der Tote hörte: Metalle, Wasserhähne, Besen. Als wenn es ihn nie gegeben hätte, denn nichts hält inne. Die Suppe im Topf, der Fink in seinem Käfig – dieser furchtlose Gesang in einem Wald aus Eisen –, die Stimme der Alten, die sagt, dass es schon elf ist und der Kommissar hoffentlich bald kommt.

Lustig, nicht wahr? Man erfuhr, wie etwas in zwei Sprachen heißt, und sogar in mehreren Varianten, doch wusste nicht, was es genau war.

Auf den Gebieten der Zoologie und der Botanik sind über meine Seiten ganze Herden geheimnisvoller Tiere und gespenstischer Pflanzen gezogen. Was mag ein bowfin *sein?, fragte ich mich, bevor ich ihn im Mississippi schwimmen ließ, und ich stellte ihn mir mit zwei langen Fühlern vor, die an jeder Spitze ein Licht besaßen, wie er durch den Unterwassernebel glitt. Wie mag ein* chewink *singen?, und hörte kristallklare Töne unaufhaltsam in einem tausendjährigen Wald emporsteigen.*

Einen Augenblick lang teilt der Besucher diesen Wunsch, weil im Büro viele Dinge auf ihn warten, Kostenfragen, die zu lösen, und Briefe, die zu beantworten sind, und sogar ein Ferngespräch, nicht zu reden vom Mittagessen mit Laura, seiner Frau, der er alles wird erklären müssen. Doch vorher muss er wissen, wie León war und weshalb er sich umgebracht hat: bevor der Kommissar kommt und das Laken wegzieht und ihn fragt, ob dies León sei.

Vielleicht lag das Geheimnis in seiner Kindheit, in alten Erinnerungen an Demütigung und Armut. Hatte er einmal erzählt, er habe seine Eltern nicht gekannt? Vielleicht hatte er deshalb das Gefühl, zu kurz gekommen zu sein, und konnte die Ordnung der Welt nicht mehr lieben. Doch außer diesem schicksalhaften Umstand, den er zweifellos übertrieb, war er nicht zu kurz gekommen.

Ich habe dabei nie vergessen, dass ich diese ganze neue Welt Ihnen zu verdanken habe. Der Nachmittag, an dem ich die Treppe im Verlag hinunterging und den ersten Roman an die Brust drückte, den Sie mir zu übersetzen aufgetragen hatten, ist wahrscheinlich längst in Ihrer Erinnerung verloren. In der meinen ist er immer noch vorhanden, rosarot und leuchtend. Ich erinnere mich, stellen Sie sich vor, dass ich fürchtete, ich könne das Buch verlieren, ich hielt es mit beiden Händen fest, und die 48er Tram, die auf der Independencia-Straße in die Abenddämmerung fuhr, schien mir langsamer als je zuvor: Ich wollte so schnell wie möglich in den neuen Stoff meines Lebens eindringen. Aber sogar dieses Viertel mit den niedrigen Häusern und langen, gepflasterten Straßen kam mir zum ersten Mal wunderschön vor.

Der Verlag hatte ihn immer gerecht behandelt, manches Mal großzügig. Als er vor zwei Jahren ohne irgendeine Verpflichtung beschloss, einem einzigen seiner zehn Übersetzer ein halbes Weihnachtsgeld extra zu zahlen, da war León dieser Übersetzer.

Es stimmt, dass er in letzter Zeit eine merkwürdige Abneigung, eine Phobie, gegenüber einer bestimmten Art Literatur hatte – die ihm anfangs am meisten gefallen hatte –, und sogar den insgeheimen (und lächerlichen) Wunsch, auf die Programmpolitik des Verlags Einfluss zu nehmen. Doch auch dieser letzte eigensinnige Wunsch wäre ihm erfüllt worden: von Science Fiction in die Reihe „Meilensteine der Geschichte" zu wechseln. Zweifellos ein riskanter Schritt für einen Mann von mittelmäßiger, mehr oder weniger zufällig erworbener Bildung voll blinder Flecken und Vorurteile.

Ich lief, so schnell ich konnte, in mein Zimmer hinauf und öffnete das Buch mit den festen Deckeln, diesen Seiten aus duftendem Papier, das an den Kanten wie schneeweißer Teig wirkte, fest gewordene Sahne. Erinnern Sie sich an dieses Buch? Nein, das ist unwahrscheinlich, doch mir ist der erste Satz für immer im Gedächtnis geblieben: „Dies, sagte Dan O'Hangit, ist der Fall eines Kerls, mit dem man eine Spazierfahrt veranstaltet hat. Er saß auf dem Vordersitz irgendeines Autos, jemand auf dem Rücksitz schoss ihm eine Kugel in den Nacken, und dann warfen sie ihn im Morningside Park hinaus."

Ja, ich gebe zu, heute klingt das ein bisschen albern. Der ganze Roman (der von dem Filmschauspieler, der eine Frau umbringt, die entdeckt, dass er impotent ist) scheint im Abstand so vieler Jahre ziemlich dünn.

Nichts genügte ihm, das war offensichtlich. León schaffte es nicht, seinen tatsächlichen Status im Verlag zu verstehen: der bestbezahlte, angesehenste Krimi-Übersetzer, dem es nie an Arbeit fehlte, nicht einmal in den schwierigsten Zeiten, als einige dachten, die ganze Verlagsindustrie käme zum Erliegen.

Otero hat die weißgekleideten Männer nicht kommen sehen, die draußen mit zwei Rentnern plaudern und ihre Bahre im Hof an die Wand gestellt haben, die schmutzigbraun ist vom Regen, von der Sonne und der zum Trocknen aufgehängten Wäsche. Der Beamte mit den Händen auf dem Rücken steckt die Nase ins Zimmer und verkündet mit leiser Stimme, als sei es eine Vertraulichkeit:

„Jetzt kommt er gleich",

Mein Leben jedoch veränderte sich von da an. Ohne lange darüber nachzudenken, kündigte ich in der Reifenwerkstatt, riss alle Brücken hinter mir ab. Der Inhaber, der mich von klein auf kannte, wollte es gar nicht glauben. Ich sagte, ich wolle ins Landesinnere gehen, es fiel mir schwer, ihnen zu erklären, dass ich kein Arbeiter mehr sein und keine Gummiflecken mehr auf mit Klebstoff bepinselte Autoreifen kleben würde.

Nie, niemals hatte ich ihnen von den Abenden erzählt, die ich in der Pitman-Akademie verbrachte, Monat für Monat, Jahr für Jahr. Weshalb ich Englisch wählte statt Stenografie oder Buchhaltung? Ich weiß es nicht, das war Schicksal. Wenn ich daran denke, wie schwer mir das Lernen fiel, muss ich eingestehen, dass ich kein Talent für Sprachen habe, und das verschafft mir eine merkwürdige Befriedigung, ich meine, dass ich das alles aus eigener Kraft erreicht habe, mit Unterstützung des Verlags natürlich.

womit der Kommissar gemeint ist.

Angesichts dieser Unmittelbarkeit sah Otero die Dinge plötzlich klarer. Leóns Selbstmord war kein Akt von Größe, kein ohnmächtiger Ausbruch. Er war die Flucht eines Mittelmäßigen, ein Symbol der Unordnung dieser Zeiten. Die Verbitterung, die fehlende Verantwortung nisteten in allen; nur ein Schwacher ließ sie so zum Tragen kommen. Die anderen bremsten, brachen die Ordnung, griffen sie an, zogen ihre Werte in Zweifel. Leóns Destruktivität richtete sich gegen sich selbst: Das war die unsichtbare Krankheit, die das Land zerfraß, und den Menschen, die dazu geboren waren, etwas zu schaffen, wurde es von Tag zu Tag schwieriger, sich ihr zu widersetzen.

Ich habe sie nicht wieder gesehen, niemals. Auch heute noch gehe ich, wenn ich durch die Rioja-Straße komme, einen Umweg, um sie nicht zu treffen, als müsste ich die Lüge von damals rechtfertigen. Manchmal tut es mir noch leid wegen Don Lautaro, der wie ein echter Vater zu mir war, was nicht heißt, dass er mich gut bezahlt hätte, sondern dass er mich mochte und mich fast nie anbrüllte. Doch da rauszukommen, war in jeder Hinsicht ein Fortschritt.

Muss ich von der Hingabe, nahezu dem Fanatismus sprechen, mit dem ich dieses Buch übersetzt habe? Ich stand ganz früh auf und machte keine Pause, bis ich zum Essen gerufen wurde. Morgens schrieb ich ins Schmierheft und beruhigte mich selbst bei jedem Schritt mit dem Gedanken, dass ich, wenn es nötig wäre, zwei, drei, zehn Entwürfe schreiben konnte; dass kein Wort endgültig war. An den Rändern notierte ich mögliche Varianten jedes zweifelhaften Abschnitts. Nachmittags korrigierte ich und schrieb ins Reine.

Es ist nutzlos, dass Otero weitersucht. Er will sich keiner Unterlassung, keiner mangelnden Fürsorge, keiner Vernachlässigung schuldig fühlen. Und dennoch ist er schuldig, und zwar auf schlimmste Weise, auf die Weise, die Laura ihm immer vorwirft: zu gutherzig, zu nachgiebig.

Endlich gefangen, windet er sich, verteidigt sich, antwortet. Es geht nicht darum, dass er zu gutherzig ist, es geht darum, dass er nicht warten musste, bis die „Human Relations" erfunden wurden, um die Menschen, die arbeiten, so zu behandeln, wie sie es verdienen, sie sind es schließlich, die das machen, was es in diesem Land, im Verlag vielleicht an Größe gibt.

Hier begann auch meine Beziehung zum Lexikon, das damals brandneu und sauber war in seinem Schutzumschlag aus Packpapier:

„Mr. Appleton, was heißt scion?"

„Ableger."

„Und lethal?"

Entnervt:

„Lethal heißt letal!"

Aber was denn, wo ich doch noch die einfachsten Wörter nachschlug, obwohl ich genau wusste, was sie bedeuteten. So sehr fürchtete ich, einen Fehler zu machen ... Diesen Roman von Dorothy Pritchett, diesen, sagen wir es offen und ehrlich, entsetzlich schlechten Roman, der an den Kiosken für fünf Pesos verkauft wurde, übersetzte ich Wort für Wort. Ich will Ihnen sagen, dass er mir damals nicht so schlecht zu sein schien, im Gegenteil: Andauernd fand ich darin neue Sinntiefen und größere Handlungssubtilitäten.

Aber bei León haben Sie versagt, Otero? Ja, bei León habe ich versagt, ich hätte eingreifen, ihn rechtzeitig zur Rede stellen müssen, nicht zulassen dürfen, dass er diesen Weg weiterging. Das Eingeständnis entlädt sich in einem letzten Seufzer, und León hört langsam auf, sich in den Tapetenpalmen zu bewegen, den Belegen seines irdischen Berufs, den gesättigten Windungen der Erinnerung. Es ist nun Zeit, ein wenig Mitleid für ihn zu empfinden, daran zu denken, wie mager er war und aus welch ärmlichen Verhältnissen er stammte, und da hört ihn die verblüffte Alte sagen:

„Zuviel."

Ich kam zu dem Schluss, dass die Mrs. Pritchett eine große Schriftstellerin war, nicht so groß wie Ellery Queen oder Dickson Carr (denn inzwischen verschlang ich einen Krimi nach dem anderen, die besten, die Sie mir empfahlen), aber immerhin, sie war auf dem Weg dahin.

Als die Übersetzung fertig war, korrigierte ich sie noch einmal und schrieb sie zum zweiten Mal ins Reine. Diese Vorgehensweise erklärt, warum ich damals vierzig Tage brauchte, obwohl ich zwölf Stunden täglich arbeitete und ab und zu noch mehr, denn sogar wenn ich schlief, wachte ich manchmal auf, um jemanden zu überraschen, der in meinem Kopf verschiedene Varianten einer Verbzeit oder einer Zeitenfolge ausprobierte, zwei Sätze in einen verschmolz, sich über spaßige Kakophonien, Alliterationen oder Sinnverwechslungen amüsierte. All meine Kraft widmete ich dieser einen Aufgabe, die mehr als eine simple Übersetzung war, sie war – das sah ich viel später – der Tausch eines Menschen gegen einen anderen Menschen.

Als der Kommissar kam, war es nicht einmal notwendig, dass er die Sachen im Raum untersuchte. Diese Sachen schienen ihn in diesem Bruchteil einer Sekunde anzusehen, in dem alles erfasst, katalogisiert, verstanden war. Er musste sich auch nicht vorstellen, der blaue Mantel, der graue Hut, das breite Gesicht und der breite Schnauzbart. Er öffnete einfach die Hand auf Höhe der Hüfte, und Otero streckte die seine aus.

„Haben Sie lange gewartet?"

Ist es verwunderlich, wenn diese Arbeit schließlich fehlerhaft war, spitzfindig, sklerotisch wegen des Ansinnens, die Genauigkeit in jedes einzelne Wort hineinzutragen? Ich konnte das nicht sehen, ich war begeistert und konnte sogar ganze Absätze auswendig hersagen.

Ich zitterte und schwitzte an dem Tag, als ich Ihnen das Manuskript brachte. Mein Schicksal lag in Ihren Händen. Wenn Sie die Arbeit ablehnten, erwartete mich die Reifenwerkstatt. In meiner Unmäßigkeit stellte ich mir vor, Sie würden den Roman auf der Stelle lesen, während ich so lange wartete, wie es nötig wäre. Doch Sie warfen nur einen Blick hinein und verstauten ihn in Ihrem Schreibtisch.

„Kommen Sie in einer Woche wieder", sagten Sie.

Welch furchtbare Woche! Ohne Atempause schwankte ich zwischen der wahnsinnigsten Hoffnung und der tiefsten Verzweiflung.

„Mr. Appleton, was bedeutet utter dejection*?"*

„Es bedeutet Melancholie, es bedeutet Niedergeschlagenheit, es bedeutet Mutlosigkeit."

„Nein", sagte Otero.

Der Kommissar war frisch rasiert und vielleicht eben erst aufgestanden. Unter der dunklen Haut schien ein gesundes Rosa durch, und obwohl die drei Schritte, die er auf das Bett und den Toten zu machte, schnell und präzise waren, blieb in der verbrauchten Luft des Zimmers eine Spur von Müdigkeit zurück, von Überdruss, von schon Gesehenem und längst Bekanntem.

Ich ging wieder hin. Sie blätterten gemächlich in dem Manuskript auf Ihrem Schreibtisch. Erschrocken gewahrte ich von meinem Platz aus die zahllosen Korrekturen in grüner Tinte. Sie sagten nichts. Ich muss bleich geworden sein, denn plötzlich lächelten Sie.

„Keine Angst", sagten Sie und hielten mir den Stoß wieder geordneter Blätter hin. „Da haben Sie einen Tisch. Schauen Sie sich die Korrekturen an."

Sie waren fast alle berechtigt, manche Geschmacksache, über einige wenige hätte ich gern diskutiert. Die Röte stieg mir ins Gesicht, als ich lernte, dass actual *nicht aktuell, sondern tatsächlich bedeutet. (Sorry, Mr. Appleton.) Was mich jedoch total mit Scham erfüllte, war die unerbittliche Tilgung des halben Hunderts Fußnoten, mit denen mein übertriebener Eifer den Text verhunzt hatte. Ab da verzichtete ich für alle Zeiten auf dieses grässliche Werkzeug.*

Alles in allem erkannten Sie in mir Möglichkeiten, die niemand sonst geahnt hätte. Deshalb akzeptierte ich auch ohne Groll jene letzte Ermahnung, die mich in anderen Umständen zum Weinen hätte bringen können:

„Sie müssen mehr arbeiten."

Die Hand des Kommissars griff nach einem Zipfel des Lakens und entblößte mit einem Ruck den kleinen, nackten, bläulichen Körper. Die Señora Berta wandte die Augen nicht ab, vielleicht, weil sie ihn schon so gesehen hatte, wenn sie ihn an Sommertagen wecken kam, vielleicht weil sie in ihrer hoffnungslosen, geschlechtslosen Welt jenseits solcher kleinen Schamgefühle war.

Sie unterschrieben die Zahlungsanweisung: 220 Seiten à zwei Pesos. Weniger, als ich für vierzig Tage Arbeit in der Reifenwerkstatt bekam, aber es war der erste Lohn für eine intellektuelle Arbeit, das Symbol meiner Veränderung. Als ich ging, hielt ich mein zweites Buch unter dem Arm.

„*Unspeakable joy, Mr Appleton?*"

„*Die Freude, die Sie gerade empfinden.*"

Dreihundert Pesos gingen pro Monat für Kost und Logis drauf. Hundert für die zweite Rate der Remington. Wie besessen stürzte ich mich auf Forty Whacks, *diese Geschichte der alten Frau, die mit Axthieben am Strand ermordet wird, wissen Sie noch? Ich war glücklich, als ich auf Seite 60 erriet, wer der Mörder war. Nie las ich das Buch, das ich übersetzte, vorher: So nahm ich teil an der Spannung, die sich entwickelte, schlüpfte ein Stückchen in die Rolle des Autors, und meine Arbeit konnte ein Minimum an, sagen wir, Inspiration besitzen. Ich brauchte fünf Tage weniger, und Sie mussten zugeben, dass ich Ihre Lehren ernst genommen hatte. Selbstverständlich erlernt man den Beruf nur im Laufe vieler Jahre, in langen Jahren tagtäglicher Arbeit. Man macht unmerkliche Fortschritte, wie bei einem Wachstum vom kleinen Keim zum Weihnachtsbaum.*

Otero fand sich endlich dem gegenüber, worauf er gewartet hatte, und bemühte sich, stark zu bleiben. Als er woanders hinsehen wollte, stieß er mit dem Blick des Kommissars zusammen.

„Kannten Sie ihn?"

Otero schluckte trocken.

Wenn man eine Seite von heute mit einer anderen von vor einem Monat vergleicht, sieht man keinen Unterschied, wenn man sich jedoch mit dem Text von vor einem Jahr misst, ruft man erstaunt aus: Diesen Weg bin ich gegangen!

Natürlich gab es auch wichtigere Veränderungen. Meine Hände zum Beispiel verloren ihre Härte, sie wurden kleiner, sauberer. Ich meine, es wurde leichter, sie zu waschen, ich musste nicht mehr gegen Reste von Säuren und Krusten und Spuren von Werkzeugen anschrubben. Ich bin immer klein gewesen, aber jetzt wurde ich feiner, zarter.

*Bei meinem fünften Buch (*Das blutige Messbuch*) verzichtete ich auf den zweiten Entwurf und sparte mir weitere fünf Tage. Sie begannen, zufrieden mit mir zu sein, obwohl Sie es sich nicht anmerken ließen wegen dieser Art von Scham, die in sehr guten Freundschaften entsteht, eine Rücksichtnahme, die ich an Ihnen immer bewundert habe. Was mich betraf, so glich ich den Lohn der Reifenwerkstatt zwar noch nicht ganz aus, kam dem aber immer näher.*

Unterdessen geschah diese außergewöhnliche Sache. Eines Morgens erwarteten Sie mich mit einem besonderen Lächeln, und das klare Licht, das durchs Fenster fiel, verlieh Ihnen einen Glanz, eine väterliche Aura.

„Ich habe da etwas", sagten Sie, „für Sie."

„Ja", sagte er.

Der Kommissar deckte die Leiche wieder zu, und der Weg war frei für Pflichtsätze, die niemand eingeübt hatte, Trostbekundungen, die schon gesprochen waren, Gesten überflüssiger Erinnerung.

Ich wusste schon, was es war, und spielte genau die Erregung vor, die ich spürte, die ich spüren sollte, während Sie die Hand in die Schreibtischschublade steckten und mit drei Bewegungen, die wie einstudiert wirkten, den glänzenden rötlich-braunen, kartonierten Umschlag von Tödlicher Mond *vor mich legten, mein erstes Werk, will sagen, meine erste Übersetzung. Ich nahm sie in die Hand wie etwas Geheiligtes.*

„Schauen Sie hinein", sagten Sie.

„Innen dieser Blitz."

Spanische Fassung

von L. D. S.

der ich selbst war, abgekürzt und in 6-Punkt-Schrift, doch ich, León de Sanctis, für den die Linotype-Setzmaschine einmal und die Druckmaschine zehntausend Mal gedruckt hatte, so wie die Glocken zehntausend Mal läuten an einem ruhmreichen Tag der Fülle, ich, ich ... Ich ging in den Verkaufsraum hinunter. Fünf Exemplare kosteten mich 15 Pesos, einschließlich Rabatt: Ich hatte das Bedürfnis zu zeigen, zu verschenken, zu widmen. Eines war für Sie. An jenem Abend kaufte ich eine Flasche kubanischen Rum und betrank mich zum ersten Mal in meinem Leben, wobei ich mir selbst die spannendsten Passagen aus Tödlicher Mond *laut vorlas. Am nächsten Morgen wusste ich nicht mehr, wann ich das Exemplar „für meine Mutter" gewidmet hatte.*

León hatte aufgehört, sich zu bewegen. Die Feder war geschnappt, der Vorhang geschlossen, das Bild fertig für das Archiv. Es war ein trauriges Bild, aber von einer abgeklärten Ruhe, die er im Leben nicht gehabt hatte.

Nach und nach verbesserte sich meine Lage. Von einem Drei-Bett-Zimmer zog ich in eins mit zwei Betten. Doch Schwierigkeiten gab es auch da. Die anderen störte der Lärm der Schreibmaschine, vor allem nachts. Das waren und sind, wie Sie vielleicht feststellen werden, in ihrer Mehrzahl Arbeiter. Ich habe mich nie mit ihnen angefreundet: Sie erinnerten mich an meine Vergangenheit, und ich vermute, dass sie mich beneideten.

Im Mai 1956 schaffte ich es, in vierzehn Tagen einen Roman von 300 Seiten zu übersetzen. Der Lohn war auf sechs Pesos pro Seite gestiegen. Leider waren auch Kost und Logis dreimal so teuer geworden. Die guten Absichten des Verlags wurden immer von der Inflation, der Demagogie, den Revolutionen zunichte gemacht.

Aber ich war jung und noch voller Enthusiasmus. Jeden Monat erschien ein von mir übersetztes Buch, und mein Name stand jetzt vollständig ausgeschrieben darin. Als ich zum ersten Mal in einer Beilage von La Prensa *erwähnt wurde, kannte meine Freude keine Grenzen. Ich habe diesen Zeitungsausschnitt heute noch, wie auch die vielen anderen, die folgten. Diesen Zeugnissen nach waren meine Versionen richtig, gut, texttreu, exzellent und einmal sogar wunderbar. Allerdings war es auch so, dass man sich andere Male nicht an mich erinnerte oder meine Arbeit als ungenau, unzutreffend und weitschweifig bezeichnete, je nach dem launischen Auf und Ab der Kritik.*

Otero hob die Hand zum Abschied. Im letzten Augenblick fiel ihm der Umschlag in seiner Tasche ein.

„Da ist ein Brief", sagte er. „Vielleicht wollen Sie ..."

Soll ich gestehen, dass ich dem Spiel der Eitelkeit verfiel? Ich verglich mich mit anderen Übersetzern, las sie mit schlaflosen Augen, erkundigte mich nach ihrem Alter, der Zahl der von ihnen übersetzten Werke. Ich erinnere mich an ihre Namen: Mario Calé, M. Alinari, Aurora Bernárdez. Wenn sie schlechter waren als ich, verachtete ich sie für immer. Bei den anderen versprach ich mir selbst, sie zu übertreffen, mit der Zeit, mit Geduld. Manchmal ging die Phantasie mit mir durch: Ich träumte davon, Ricardo Baeza zu imitieren, obwohl wir in unterschiedlichen Gattungen arbeiteten, und am Ende fand ich mich damit ab, ihn in seinem alten Ruhm allein zu lassen. Ich begann, andere Sachen zu lesen. Ich entdeckte Coleridge, Keats, Shakespeare. Vielleicht verstand ich sie niemals vollständig, doch einige Zeilen sind mir für immer im Gedächtnis geblieben:

The blood is hot that must be cooled for this.

Oder die hier:

The very music of the name has gone.

Als ich Sie darum bat, mich in anderen Reihen des Verlags versuchen zu dürfen, lehnten Sie ab: Es sei schwieriger, Krimis zu übersetzen als wissenschaftliche oder historische Werke, auch wenn es schlechter bezahlt wird. Das unausgesprochen in diesem Gedanken enthaltene Lob tröstete mich für eine Weile. Die Veränderung, die ich in diesen vier Jahren erlebt hatte, war spektakulär genug und endgültig. Heftige Kopfschmerzen ließen mich den Augenarzt konsultieren. Als ich mich mit Brille sah, musste ich lange an die Werkstatt von Don Lautaro denken.

Doch dem Kommissar reichte der, den der verstorbene León de Sanctis für den Richter aufgesetzt und unterschrieben hatte.

Doch die größte Veränderung war die innere. Eine Nachlässigkeit, ja Lustlosigkeit ergriff schleichend von mir Besitz. Nicht einmal ich selbst konnte sie von einem Tag auf den anderen bemerken, langsam wie der Sand, der in diesen alten Uhren rieselt. Ist man nicht eine grauenhafte Uhr, die mit der Zeit leidet? Um mich herum konnte niemand die wirkliche Natur meiner Arbeit begreifen. Ich hatte inzwischen diese Fähigkeit erreicht, die es mir gestattete, fünf Seiten in der Stunde zu übersetzen, ich brauchte nur noch vier Stunden täglich für meinen Lebensunterhalt zu arbeiten. Sie hielten mich für gut situiert, privilegiert, diejenigen, die Winden, Knetmaschinen, Drehbänke bedienten. Sie wussten nicht, was es bedeutet, wenn man sich von jemand anderem bewohnt fühlt, jemandem, der oft genug ein Idiot ist: Erst jetzt traue ich mich, dieses Wort zu denken; den Kopf einem anderen zu leihen und ihn zurückzubekommen, wenn er müde ist, leer, ohne einen Gedanken, nutzlos für den Rest des Tages. Die anderen verliehen ihre Hände, ich vermietete meine Seele. Die Chinesen haben ein interessantes Wort, um einen Diener zu bezeichnen: Sie nennen ihn Yung-jen, *benutzter Mann. Beklage ich mich? Nein. Sie haben mich mit Ihrer Hilfe immer unterstützt, der Verlag hat sich mir gegenüber nicht die geringste Ungerechtigkeit zuschulden kommen lassen.*

Die Schuld muss bei mir gelegen haben, in dieser unseligen Neigung zur Einsamkeit, die ich habe, seit ich klein war, vielleicht noch verstärkt dadurch, dass ich meine Eltern nicht gekannt habe, durch meine Hässlichkeit, meine Schüchternheit. Hier berühre ich einen schmerzlichen Punkt, den meiner Beziehung zu den Frauen.

„Das ist Ihrer", sagte er.

Ich glaube, sie finden mich entsetzlich, und fürchte, von ihnen abgewiesen zu werden. Ich nähere mich ihnen nicht, und so vergehen Monate, Jahre der Abstinenz, des Verlangens nach ihnen und der Abscheu vor ihnen. Ich bin fähig, einem Mädchen mehrere Blocks weit zu folgen, um Mut zu fassen, es anzusprechen, aber wenn ich neben ihm bin, gehe ich mit gesenktem Kopf weiter. Einmal habe ich mich überwunden, ich war völlig verzweifelt. Sie drehte sich um (ich sehe sie noch vor mir) und sagte einfach „Idiot" zu mir. Sie war nicht einmal hübsch, sie war ein Niemand, aber sie konnte Idiot zu mir sagen. Vor drei Jahren lernte ich Celia kennen. Der Regen führte uns eines Abends in einer Hofeinfahrt zusammen. Sie war es, die mich ansprach. Es klingt albern, doch nach fünf Minuten war ich verliebt. Als es zu regnen aufhörte, nahm ich sie mit auf mein Zimmer, und am nächsten Tag sorgte ich dafür, dass sie bleiben konnte. Eine Woche lang ging alles gut. Dann begann sie sich zu langweilen und betrog mich mit allen möglichen anderen im Haus. Eines Tages verschwand sie, ohne ein Wort zu sagen. Das ist das der Liebe am ähnlichsten, woran ich mich erinnern kann.

Oft habe ich mit Ihnen darüber diskutiert, ob es der Sturz des Peronismus gewesen ist, der mit dem Krimi-Boom Schluss gemacht hat. So viele gute Reihen! Spuren, Fluchtwege, Orange: Alle von Science Fiction weggefegt. Der Verlag war wie immer weitsichtig, als er die Reihe Andromeda gründete. Unsere Götter hießen jetzt Sturgeon, Clark, Bradbury. Anfangs erwachte mein Interesse zu neuem Leben. Doch bald war es dasselbe. Wenn ich durch die Landschaften von Ganimedes reise oder mir den roten Fleck des Jupiter vorstellte, sah ich das farblose Gespenst meines Zimmers.

Ich weiß nicht mehr, wann ich anfing, unaufmerksam zu werden, Wörter auszulassen, dann ganze Sätze. Irgendwelche Schwierigkeiten löste ich, indem ich sie einfach überging. Einmal kam mir ein halber Bogen eines Romans von Asimov abhanden. Wissen Sie, was ich gemacht habe? Ich erfand ihn von vorne bis hinten. Niemand bemerkte etwas. Daraufhin begann ich zu phantasieren, dass ich selbst schreiben konnte. Sie redeten es mir aus, mit gutem Grund. Ich rechnete mir aus, wie lange ich brauchen würde, um einen Roman zu schreiben, und was ich dafür bekommen würde: Als Übersetzer ging es mir besser. Dann mogelte ich gezielt, auf meinen Seiten gab es immer mehr freie Stellen, weniger Zeilen, ich machte mir keine Mühe mehr, sie zu korrigieren. Mr. Appleton sah mich traurig aus einer Ecke heraus an. Inzwischen konsultierte ich ihn kaum noch.

„*What is the metre of the dictionary?*"

„*Das ist keine Frage.*"

An dieser Stelle erwarten Sie vielleicht eine spektakuläre Enthüllung, eine Erklärung für das, was ich tun werde, wenn ich diesen Brief zu Ende geschrieben habe. Aber das hier ist alles. Ich bin einsam, ich bin müde, ich nütze niemandem, und das, was ich tue, ist genauso nutzlos. Ich habe mein Leben damit verbracht, auf Spanisch die eigentliche Gattung der Vollidioten weiterzuführen, das besondere Chromosom der Dummheit. In mehr als einem Sinn geht es mir jetzt schlechter als damals, als ich anfing. Wie damals besitze ich einen Anzug und ein Paar Schuhe und bin zwölf Jahre älter. In dieser Zeit habe ich für den Verlag einhundertunddreißig Bücher übersetzt, mit 80.000 Wörtern à sechs Buchstaben pro Wort. Das macht sechzig Millionen Anschläge auf den Tasten. Jetzt verstehe ich, warum die Tastatur abgenutzt ist, jede Taste eingedrückt, jeder Buchstabe verwischt. Sechzig Millionen Anschläge sind einfach zu viel, auch für eine gute Remington. Staunend schaue ich auf meine Finger.

Ein Kilo Gold*

Der Geruch nach Katze kam ihm schon auf dem nassen Gehsteig entgegen. Oder kam ihm vielleicht nicht entgegen, sondern verharrte reglos, aber ausreichend, wenigstens auf gewissem Abstand, wie die Markise eines Theaters oder der Baldachin einer Kirche, unter dem die Brautleute herauskommen: eine unbestimmte Ahnung von Geruch nach Katzenpisse. Phosphor. Ammoniak. Zibet. Auf der Schwelle der Teller mit den Stückchen gehackter Leber. Irgendwann einmal bücke ich mich und esse davon.

Ob er eintreten würde? Er trat ein. Bepisste Ruinen von Marienbad*: Er führte Pola am Arm durch die marmornen Hallen, es war ein Frühlingsabend, und sie trug ein weites Musselinkleid, flache, graue Schuhe, klingende hölzerne Ohrreifen. Das Licht dieses frühen Abends lebte in der Dunkelheit fort wie die Erinnerung an die Sonne auf dem Grund eines Flusses. War Polas Parfüm Shocking? Seine Haut war wie die Haut eines Blinden geworden, während er ein Stockwerk hinab-, ein anderes emporstieg, mit den Fingerkuppen die Wände entlangstreifte, an denen das Papier in Fetzen herunterhing. Sie könnten wirklich mal Lampen anbringen, diese elenden Versager. Er trat auf die Kiesel der Terrasse hinaus und orientierte sich an den Leuchtreklamen: grün war Osten, rot war Norden. Braungraue Kosmografie.

Ein Nachmittag von vor zwei Monaten war im Bett seines Zimmers kristallisiert wie ein Gipsabdruck, der ein Verbrechen beweist. Renato zog die Bettlaken glatt. Er wollte nichts sehen, doch automatisch kamen kleine Vorhaben wieder zum Vorschein, die Pflänzchen sprossen aus dem Saatkorn, zum Keimen bestimmt: die Zeichnung von Brascó an die Wand hängen, das Buch von Olsen über D.T. zu Ende lesen, fegen: Orangenschalen und ein Stück Brot auf dem Boden.

Tonio stand in der Tür, die Hände in den Taschen.

„Wie geht's dir?"

„Beschissen."

Tonio nickte wortlos, machte zusätzlich eine Geste mit den Händen in den Manteltaschen: Er war klein, weil alles an ihm nach unten zog. Sein ganzer großer Kopf musterte ihn, die Ligusterbrauen, die Augen wie Flinten, die spiegelnde Glatze mit den Haarbüscheln an den Seiten.

„Freut mich", sagte er, setzte sich rittlings auf einen Stuhl und legte die Hände unter dem Kinn zusammen.

„Ah, das freut dich."

In Tonios Mundwinkeln erschien ein Grinsen, stieg auf zu dem anderen Lichtbogen des Grinsens, der von den Augen herunterkam. Ein Zweitakt-Grinsen, dieser Arsch.

„Du weißt, weshalb ich das sage, nicht wahr?"

„Ja. Nein. Was weiß ich."

„Erinnerst du dich, dass ich dich gewarnt habe und du vierzehn Tage lang nicht mit mir geredet hast?"

Renato erinnerte sich nicht.

„Die Beziehung zwischen Intellektuellen unterschiedlichen Geschlechts", sagte Tonio, „ist eine homosexuelle Beziehung. Das habe ich sogar veröffentlicht."

„Als Frau Dr. Rubiakov?"

Noch ein Doppelbogen des Grinsens. Der Spott spielte eine Partie Share in Tonios Gesicht, der auch Dr. Rubiakov war, die Autorin von *Das letzte Geheimnis der Sexualität* und *Die feurige Frau*.

„Lach du nur, aber ich schneide mir lieber du weißt schon was ab, bevor ich mit einem dieser durchgeknallten Weiber ins Bett gehe. Die haben die Heckenschere dabei. Du legst richtig los, und sie schauen die Decke an und denken an Fellini. Eine Tembu-Frau, das ist es, was man braucht."

„Was ist das denn?"

„Siehst du?", sagte Tonio. „Da hast du einen argentinischen Intellektuellen. Du weißt sicher, was eine Mrigi-Frau und eine Vadawa-Frau sind."

„Eine Mrigi ist eine sehr enge Frau und eine Vadawa ein bisschen weniger."

„Ausländerinnen", fällte Tonio sein Urteil. „Die Tembu-Frau hat ein Züngleich in der Mö, in der Vagina" – jetzt nahm er die wissenschaftliche Sprache von Dr. Rubiakov wieder auf – „und die steckt sie dir in die Öffnung des Penis."

„Interessant."

„Es gibt nur sehr wenige davon. Ich habe nur eine

einzige kennen gelernt, in Goya, und die war alt und hässlich, aber sie trieb dich in den Wahnsinn. Hab ich dir erzählt, dass ich ein Kilo Gold habe? Ah, was das ist, weißt du auch nicht?" Er zog eine Zigarette und Streichhölzer hervor. „Ein Kilo Gold ist die Art von Schwa, von Penis, die die Frauen am meisten mögen. Da hören sie sämtliche Glocken läuten. Das halbe Kilo ist auch gut, aber nicht ganz so. Und die fromme Majestät ..."

Betroffen. Müsste er sein, zumindest. Diese Typ weiß, wie ich mich fühle und kommt und lässt es richtig krachen, macht einfach ein Fass auf. Etwas geht in seinem Kopf um, ein RNS-Molekül, ein elektrischer Impuls, der bei jedem Witz an den Pinball-Relais Kontakt herstellt.

Immer auf mich, mein Bester, ich hab ihm nie was getan. Ich lache, wie soll ich nicht lachen. Aber es ist, als lache ich mit gespaltenem Brustbein: diesem schlecht sitzenden Dolch.

„... aber es gibt viel Unterdrückung", sagte Tonio und erst jetzt entzündete er das Streichholz. „Sexophobie. Weißt du, wie manche sie nennen? Bepisstes Fleisch. Die Pfaffen haben da viel kaputt gemacht."

Renato stand auf, entschlossen, den Wortregen zu stoppen.

„Hast du sie gesehen?"

Tonio schien die Frage zu erwarten, er nahm sich Zeit und hielt das Streichholz lange an die Zigarette.

„Diese Schlampe? Die treibt sich rum. Oder glaubst du, es ist leicht, einen guten Kerl wie dich zu finden? Schau mal, neulich habe ich mit Paco drüber geredet, dass dieses Mädel sich's ein für allemal versaut hat. Das Problem ist, dass sie es nicht ausstehen können, wenn ein Typ besser ist als sie, da kommen sie um vor Neid. Mit einer von der Straße wird's dir besser gehen. Was anderes, hast du es noch nie ausprobiert? Na, da mach mal irgendwann 'nen Test. Stell dich hinter einen Wandschirm und höre sie reden, ohne sie zu sehen. Das ist 'ne Männerstimme, Alter. Und dann sieh dir mal ihren Mund an, hast du noch nie auf ihren Mund geachtet? Der hängt die Lippe runter, was kannst du von einem Mädel erwarten, dem die Lippe runterhängt."

„Sie hat dich sehr geliebt", sagte Renato.

Etwas wie der Schatten eines Vorhangs fiel auf Tonios Gesicht, ein leichter Ascheschleier, oder war es vielleicht der Rauch, den er jetzt ausstieß, während er zur Decke hoch schaute.

„Ich sie auch, aber sie hat alle meine Freunde fertig gemacht. Benito hat sie fertig gemacht, Paco hat sie fertig gemacht, und jetzt dich."

„Mir geht's gut", sagte Renato.

„Ja, ich sehe schon, wie gut es dir geht. Sag mal", Tonio legte den Zeigefinger der rechten Hand um sein Kinn und senkte seinen Kopf in die massige Brust; die Brauen gingen einen Zentimeter in die Höhe. „Hältst du Hühner auf der Insel?"

Klick, Tonios eigene Verrücktheit schussbereit durchgeladen. Renato hatte sie ganz vergessen. Er versuchte, ernst zu bleiben.

„Hühner?"

„Ja, Hühner", sagte Tonio höchst konzentriert. „Weißt du, wie teuer die Eier sind?"

„Alter, was soll das?"

„Einen Moment, jetzt rede ich. Weißt du, wie teuer die Eier sind, ja oder nein?"

Renato setzte sich wieder.

„Nein", seufzte er.

„Hundertzwanzig Pesos das Dutzend", sagte Tonio. „Weißt du, wie viel Eier eine Henne pro Tag legt?"

„Was weiß ich. Zwei oder drei pro Tag."

„Nein, Blödmann. Eins im Winter. Nehmen wir mal an, du hast hundert Hennen und vier davon legen nicht, weil sie nichts taugen. Sechsundneunzig Eier, wie viele Dutzend sind das? Acht Dutzend. Für hundertzwanzig Piepen, was macht das? Neunhundertsechzig. Dreißig Riesen im Monat. Und wenn du doppelt so viele hast, sind's sechzig. Verstehst du, Schwachkopf?"

Ich werd ihn rausschmeißen müssen. Der einzige Kerl auf der Welt, der sich um mich schert, und schau mal, wie er sich um mich schert. Aber wenn ich ihm sage, dass ich keine Hennen halten will, ist er vielleicht noch beleidigt. Diplomatie:

„Was kosten hundert Hennen?"

„Zweiunddreißigtausendfünfhundertfünfzig Pesos", antwortete Tonio wie aus der Pistole geschossen.

Dolchstoß:

„Kannst du mir die leihen?"

Comic-Zeichnung. Wolke zerplatzt. Salz in die Wunde:

„Wenigstens dreißig. Zweitausendfünfhundert hole ich mir von der Bank. Fünfzig hab ich gespart."

Tonio fiel mit rudernden Armen durch die blaue Luft. Aber er bastelte sich schon eine neue rosa Wolke aus Hirngespinsten: Er bestimmte die Themen.

„Bis wann bleibst du hier?"

„Ich fahr morgen wieder."

„Warte bis Donnerstag. Bis Donnerstag besorg ich sie auf jeden Fall." Er stand auf und knöpfte sich den Mantel zu. Eine plötzliche Sorge ließ ihn stutzen. „Was gibst du ihnen zu essen?"

„Wem?"

„Den Hennen, Mann. Wovon reden wir denn die ganze Zeit?"

„Mais", sagte Renato überaus kenntnisreich.

„Oh nein", widersprach Tonio. „So kommen wir nie auf einen grünen Zweig. Mais nur einmal die Woche. Weißt du, was der Mais kostet?"

„Neunhundert Pesos pro Sack", riet Renato.

„Genau", sagte Tonio, der sich eine etwas andere Zahl ausgedacht hatte. „Und hundert Hennen, wie viel Sack Mais fressen die?"

„Drei."

„Pro Woche", präzisierte Tonio. „Da kannst du ihnen keinen Mais geben. Du musst ihnen die Reste von deinem Essen geben, und dann sollen sie sich selbst was suchen. Landstreicherinnen. Das Feld ist voller Samenkörner. Verstanden?"

„Ja", sagte Renato schwach.

„Gut. Jetzt ist das alles viel klarer. Brauchst du etwas?"

„Nein."

Tonio sah ihn mit tiefem Misstrauen an.

„Sag die Wahrheit. Hast du schon lange nicht mehr?"

„Es geht so."

„Soll ich dir die Dicke schicken?"

„Nein", beeilte sich Renato. „Ehrlich gesagt, hab ich gestern auf der Insel ein Mädel abgeschleppt."

„Glaub ich dir nicht. Ich schick dir die Dicke. Sie hat eh nichts zu tun, friert sich unten an der Straßenecke doch nur ab."

„Leih mir 'nen Hunderter."

Tonio suchte umständlich in seinen Taschen, bis er einen achtmal gefalteten Fünfhundertschein fand.

„Da, nimm. Alles, was ich hab."

Vom Fuß der Treppe rief er noch herauf:

„Wart einfach ein Weilchen, die Dicke kommt gleich."

Renato wechselte rasch die nassen Kleider und ging auf die Straße hinunter. Die Nummer war nicht in seinem Gedächtnis, sie war in seinen Fingerspitzen. Komisch, sie sich so bewegen zu sehen. Wieder ging der Anruf ins Leere. Die Stimme Gretas dagegen, die „Hallo" sagte, klang, als sei sie in Kanada, um dann vor überschwänglicher Freude, Ausbrüchen des Erstaunens und der Erregung zu zerfließen.

„Komm doch sofort", sagte sie. „Ich habe dir *Millionen* Sachen zu erzählen."

Renato fuhr hinauf. Im Spiegel des Aufzugs sah er sich wieder. Das Dreiecksgesicht des traurigen Arabers mit der kränklich dunklen Haut, die müde Stirn ohne Selbstbeherrschung und die absurde Menge krausen, schwarzen Haars, das ihm gewachsen war. Er hatte den Hass vergessen, den er für sein Gesicht empfand. Greta erwartete ihn mit offener Wohnungstür, stand im hell erleuchteten Türrahmen. Als er sie umarmte, bemerkte er den Geruch von Farbe in ihrem warmen Pullover, in den harten Blue Jeans. Ohne Interesse sah er sich die Bilder an, die an den

Wänden aufgereiht standen, ein abstrakterer Betrachter als die unordentlichen Flecken, in denen das Licht in düsterem Umbra und Grün zerfiel. Greta in ihrer abnehmenden Mondphase.

„Na", sagte sie, „dann erzähl mir mal. Stimmt es, dass du auf einer Insel lebst?" – die Stimme über die Schulter aus der kleinen Küche, wo sie den Kaffee machte.

„Das stimmt. Moskitos gibt es keine", kam er der Frage zuvor. „Auch keine Überschwemmungen. Die Vögel singen den ganzen Tag" – er nahm den heißen Becher entgegen. „Wo ist Pola?"

„Ah, ah, ah", machte Greta. „Das ist es also."

„Das ist es nicht. Ihr fehlt mir doch alle, ich kann ohne euch nicht leben."

Gretas Gesicht wurde lang.

„Keine Ironie, mein Kleiner. Heute war ein langer Tag, weißt du? Seit ich aufgestanden bin, habe ich mich wie eine Idiotin gefühlt."

„Ich nehme an, du hast die Zeit damit verbracht, deine eigenen Bilder zu ruinieren."

Sie bestätigte mit einem Kopfnicken.

„Ich bessere zuviel daran herum, ich weiß nie, wann ich aufhören soll. Es muss einen Punkt geben, an dem sie perfekt sind, aber ich weiß nie, wo der ist."

„Weißt du, was du sein könntest? Eine große naive Malerin. Wenn du einen Kritiker an deiner Seite hättest."

„Aber das will ich überhaupt nicht sein!", seufzte Greta. „Ich will mit dem Kopf malen, nicht mit den Eierstöcken."

Renato sah sie zum ersten Mal an diesem Abend genau an.

„Ich gehe jetzt", sagte er.

Greta hob eine Hand.

„Du wirst sie nicht antreffen. Heute Abend hat sie Therapie."

Therapie. Komisch. Pola, die Angst hatte, verrückt zu werden, die die Welt zerbrochen sah und alles auf der Welt auch zerbrochen und jedes Stück noch mal zerbrochen. ‚Das ist, als es ob es ein großer Spiegel wäre, verstehst du, und jemand hat ihn auf den Boden geworfen.'

„Pola macht ihre Therapie bei Reverdi. Durchgeknallter als sie selbst. Weißt du, wer sich während seiner Behandlung umgebracht hat? Graciela, es war entsetzlich. Sie wollte nicht hässlich aussehen und hat sich an der Decke aufgehängt. Ich wollte sie nicht sehen, aber...

Der Zahnarzt. Graciela durch eine Knochenhautentzündung und einen Schuldkomplex gesehen: Spülen Sie gut; wenn es weiter wehtut, kommen Sie wieder. Sie nach der Begrüßung aus den Augenwinkeln ansehen. Kleid mit rosa Punkten. Ich hörte auf, *Esquire* zu lesen, als ich entdeckte, dass sie begann, die Rosen aus der Vase zu essen. Sie aß sie eine nach der anderen auf. Zweifellos nervös: ‚Ich bin dauernd in Therapie.' Hals wie von Modigliani. Jetzt sage ich Modigliani. Eine Giraffe, die Rosen frisst, geht in umgekehrter Richtung auf der Darwin-Straße. Herrlicher Hals. Ich hörte nicht, wie der Strick riss, oh meine Schwester,

und blau angelaufen, heißt es,

zerfiel in langsamer, übelriechender Fäulnis wie die Pflaumen, die...

„Die Arme", sagte Renato und strich sich mit der

linken Hand über das Gesicht, wobei er das Kratzen hörte, das nur er hören konnte. „Wie geht es León?"

„Ist in der Redaktion", antwortete Greta. „Um diese Uhrzeit. Er hat es hingekriegt, dass ich keinen Mann mehr habe. Das Schlimmste ist, dass ich mit keinem anderen ins Bett gehen kann. Einzellerseele, weißt du?"

„Wo ist die Praxis?"

„Ich weiß nicht", sagte Greta. „Noch Kaffee? Wenn ich es wüsste, würde ich es dir nicht sagen. Erst hast du sie zum Osteopathen geschickt. Dann zum Psychoanalytiker."

„So ist das mit der Leidenschaft", sagte Renato. „Davon verstehst du überhaupt nichts. Deshalb ist León auch noch um diese Uhrzeit dabei, Nachrufe zu schreiben."

Der Zahn über der Lippe. Der feine Zahn, sofort.

„Kann sein."

„Viele Tote?", fuhr er fort. „Ich hab gesehen, dass man jetzt kein Kreuz mehr dazusetzt. Man macht ein Pluszeichen. Soundso plus Soundso plus Soundso, RIP, RIP, RIP, macht zusammen. Wenn sie das merken, werden sie ein Minuszeichen nehmen. León der Gute."

Gretas Augen glänzten im rohen Licht.

„Deshalb bist du gekommen?"

Renato stand auf, kniete sich neben Greta, Sonia, legte seinen Kopf in ihren Schoß. *Iuxta crucem*. Nichts konnte aufrichtig sein, jede Geste war durch ein früheres Wort faulig geworden, und er ein Händler von Worten, um andere Gesten faulen zu lassen.

„Mir geht's dreckig", sagte er.

Er spürte ihre Hände warm in seinem Nacken. Der Geruch nach Farbe in Gretas Hose, und vielleicht der

Geruch nach ihr und León in der vorigen Nacht. Kein heißes Wasser im Bad. Die Finger fuhren ihm über den Nacken, *Mater universalis*, immer dieselbe geknipste Karte.

„Meinst du, ich sollte Hühner halten?"

„Was soll denn das Gerede", sagte Greta, hob sein Gesicht und legte ihm den Zeigefinger auf den Mund. „Kakós, kaké, kakón."

Renato setzte sich auf den Boden. Gretas Gesicht war fast sanft, fiel in mitleidigen Wellen auf ihn nieder.

„Es geht schon wieder", sagte er. „Ich werd gleich gehen."

„Wenn du dableiben willst. Ich werd noch arbeiten. Du kannst schlafen, irgendwann kommt León. Dann geben wir dir eine Matratze, das geht schon."

On, ón. Kakophon besetzt. Renato stand auf.

„Der Abend ist noch jung."

Greta brachte ihn zur Tür, küsste ihn auf die Wange:

„But we love you, Charly Brown."

Reverdi, Carlos: Was für eine Praxis? Reverdi, Francisco: Nicht doch, Mann, um die Zeit ruft man doch nicht mehr an! Reverdi, Guillermo. Reverdi, Walter. Reverdy.

„Du bist nicht verrückt, Reni. Du hast dir nur ein Verrücktenkostüm übergezogen, das ist was anderes." Der Krieg zwischen ihr und mir. Totenklage des Kriegers. Pola ging ihm unablässig im Kopf herum, alles mündete in sie, die Welt aufgebaut wie ein Bühnenbild, wo sie jeden Moment erscheinen konnte. Alles kündigte sie an, die Unterwäsche in einem Schaufenster oder eine Mülltonne. Das Psychodrom* voll an diesem Abend: ein Windhund in

Zeitlupe, der Beifall fiel langsam wie Schnee, laute Tauben zwischen tibetanischem Lächeln, ein Fuß zog sich die Haut herunter wie einen Strumpf, doch konnte sich nicht entschließen, den letzten Tritt zu geben. Polas Blick kam die Nase heruntergeglitten, ein flüssiger Blick, den sie mit halb geschlossenen Lidern herausdrückte, oh mit solcher Langsamkeit, als seien sie ein Daumen und ein Zeigefinger, die sie je nach Belieben bewegte, gelernt ist gelernt, mein Lieber; die Lichter bewegten sich, der Augenhintergrund der Nacht, Scheinwerfer gleitet über Polas Körper, lässt die Poren auf ihrem Rücken erglühen, zu Staub werden wie von Meskalin, und welcher alte Meister hat welche Dinge unter ihre Haut gemalt? Was für ein Haufen von Spielern, Alter, man sieht die Kugel ja nicht mal mehr.

„Spätausgabe, Spätausgabe."

Er betrat den „Hirsch", setzte sich dem gehörnten Huftier genau gegenüber, dessen Topasaugen an- und ausgingen, kostete den Mosel und seine kristallene Färbung, so viele Jahre mit diesem Satz in mir, der mich erwärmte, der Abend mit seiner kristallenen Färbung, Eckstoß.

Der Abend verlief (recht besehen) nicht gerade gut, Renato spürte seinen Geruch nach Katastrophe und Rückfall. Kann doch nicht sein, dass Man voller Hoffnung sucht, und sie schleifen einen wie einen Karpfen durch den Schlamm, und Man verbeißt sich im Haken, der nicht zu sehen war, stell dir vor. Doch es konnte eben doch sein, war immer so gewesen. Was kann man von einem Kinn wie dem erwarten, das ich habe, diese Art von Ankündigung einer Flucht oder einer Ausrede. Die seelischen Gaben alle beschissen angebracht, eilig und im letzten Augenblick.

Das Scharnier zwischen Willen und Einfühlsamkeit, der Transmissionsriemen des Verstehens. Catul Jobson verspürte eine nicht zu unterdrückende Berufung zur Psychologie, nachdem er seinen ersten Stabilbaukasten zusammengebaut hatte.

Das Putensandwich schmeckte nach Polyäthylen und nach zweihundertvierzig Pesos, und sie tauchte nicht auf. Ich hätte auf der Insel bleiben sollen, es ging mir so gut, bis es zu regnen anfing. Jetzt beim Hinausgehen spuckte ihm die Markise ein paar Tropfen in den Nacken, doch der Himmel riss auf, Südwind blies weiße Wolkenfetzen, der Asphalt überschwemmt von vibrierenden Reklameschildern, nicht zu entzifferndes Zittern, *shimmering, pointillage*, Stauseen, die das Gewicht eines ganzen Busses tragen konnten, ohne die Arbeiter des Lenkrads versinken zu lassen.

Die Menschen strömten aus den Kinos, er begann geduldig durch die Massen hindurchzugehen. Er atmete schneller, als käme er gleich zu einer längst geplanten Verabredung. Das war das Symptom, früher, und die Steinchen im Ohr: Er hatte begonnen, im Psychodrom zu laufen, in der Dämmerung von Malpighi. Er blieb stehen. Er stand jetzt in *der* Straße, die anderthalb Blocks von der Corrientes-Straße entfernt so dunkel war, zwanzig Meter vor dem Theater, einzig möglicher Passant zwischen Mülltonnen und dem Licht der Pfützen. Er trat ans Gitter. Ein Gefangener, so sah er auf das große Foto mit den tragischen Augen Polas, der dreieckige Schatten fiel lang von jedem Auge herab, die weinende Gottheit, die Falle, in die er immer wieder tappte. Verdammt, es geht ja nicht um die Form, ich sehe dieses Gesicht und bin wie ein neugeborener Affe, dem man ein Holz-T hinhält.

Über Polas Kopf stand in orangefarbenen Buchstaben der Titel seines neuen Stücks, *Die immergleichen Tage*. Dafür hatten sie bis zur Besinnungslosigkeit über Artaud diskutiert; dafür hatten sie sich Schimpfkanonaden ausgedacht, die aus den Gefängnissen, Irrenhäusern und Leprakolonien kamen und die verkommene Stadt hinwegfegten: Ungeheure Holocausts, die darin endeten, dass die Schauspieler, mit Äxten und Schläuchen bewaffnet, nach dem Schrei: „Feuer!" die Zuschauer hinaustrieben und sie bis auf die Straße verfolgten, bis die Polizei kam, die bei der Einzigen Vorstellung auch ihren Teil abbekäme.

Düster angerührt lachte Renato, als er an die vielen Projekte dachte, die in sein einziges Werk mündeten, das die Leute mit Füßen traten und die Kritiker steinigten. Niemand kam, um zu sehen, was er in jener *Götterdämmerung* von Komikern erdacht hatte, die aus dem Volkstheater zu stammen schienen und unverständliche Ungeheuerlichkeiten und vergessene Textfetzen stammelten, während Pola unerschrocken die grauen, gleichförmigen Stimmlagen der Puppe modulierte, dieser aus innerster Seele erschaffenen Figur, die unter Gewitzel und Lachen auf das Parkett niedergingen, während ein Music-Hall-Teufel sie aus den Kulissen, den Schatten, vom Boden heraus belauerte.

Das Schloss war offen. Renato trat ein und ging durch die Dunkelheit des „Montags - Keine Vorstellung" im Vestibül, in dem Plakate und Fotos und der penetrante Geruch nach verschwundener Menschenmenge hing. Er sah einen Lichtstrahl zwischen zwei Türflügeln, doch da hatte er schon diesen Faden der Stimme gehört, leise wie eine Erinnerung. Er stieß die Tür auf und sah die Bühne, auf der als einzige, erleuchtete Figur verloren Pola stand. Schmucklos in einem einfachen, schwarzen Kleid, mit hängenden Armen, die Augen auf die hinteren Reihen gerichtet, wo niemand saß, so wie im ganzen Theater niemand war, rezitierte sie die Beschwörung des zweiten Aktes vor einem unsichtbaren Dämon. Renato übernahm seine Rolle, versteckte sich hinter einer Säule, wo sie ihn entdecken musste.

Polas Blick wanderte, ihre Hände zitterten, der Hals bewegte sich Grad um angestrengten Grad zur linken Seite, zur Dunkelheit, zur Säule hin. Plötzlich sah sie ihn, fast zu ihren Füßen, ahnte den Sprung, der ihn an ihre Seite bringen würde.

Sie lief durch einen Tunnel aus Ringen, der sich weitete, um sie durchzulassen, und sich hinter ihr wie ein langsamer Darm schloss. Der filzbedeckte Boden bebte unregelmäßig unter ihren Füßen, und als sie den Kopf wandte, entdeckte sie Renato, der groß und sicher über den festen Zementboden schritt und mühelos mit großen Schritten vorwärts kam, einen blitzenden Dolch in der Hand und einen Stein in einem Turban, der so absurd aussah, dass sie laut loslachen wollte. Doch vor ihr wurde der Tunnel schmaler, so schmal wie ein Faden. Sie blieb stehen und lehnte sich an die Wand, die sich anfühlte wie ein nasses, lebendes Handtuch.

„Es reicht", sagte sie, flehte sie. „Lass uns heimgehen."

Sie hielt die Augen geschlossen, schien wie tot, wie schon friedlich vor sich hin modernd: sah aus wie eine

Bettlerin mit ihrem Relief von Falten in jedem Mundwinkel. Er spürte das Mitleid, das in jeder weichen Stelle seines Körpers an ihm zerrte, und die Wirklichkeit, die ihn blitzartig überfiel: Es war zwei Uhr morgens, der Nachtwächter würde gleich vom Café an der Ecke zurückkommen und sie bei diesem absurden Spiel überraschen. Er zog die Schachtel Gloster hervor und zündete sich eine an. Jetzt würde sie kommen. Als das Streichholz ihm die Finger verbrannte, wurde er gewahr, dass er allein war.

Er hörte sie in den Gängen lachen, auf den Treppen, in den Toiletten. An der Kreuzung zweier Korridore blieb ein Stück ihres Kleides in seiner Hand zurück. Ein nackter Fuß, von einem Lichtkegel durchschnitten, lief eine Treppe hinauf. Polas Augen zehn Zentimeter vor den seinen auf dem Hintergrund eines Kopfkissens. Er streckte die Hand aus, doch da war niemand. Vom Lichtschein seines Messers geführt, ging er weiter. (Unser Leben war voller Traurigkeit. Jetzt, wenn ich dich finde, wollen wir für einen Augenblick glücklich sein.) Er betrat eine Garderobe, die von Kleidern, Masken, Roben und Pelzen gesäumt war. Irgendwo dahinten, am Ende von allem war zweifellos sie, die zu lachen aufgehört hatte. Es muss sein, murmelte er. Er sah sie im Licht einer Luke, wieder wie die Puppe gekleidet, mit einer Bluse voller bunter Schmetterlinge und – wie bemerkenswert – mit blondem Haar. Sie würde ihn nicht noch einmal mit ihren Perücken, Masken, Pinseln hinters Licht führen. Sie wollte schreien, er hielt ihr den Mund mit einer Hand zu. Die Fläche der anderen fuhr unter ihrem Rock empor, auf ihrer Haut, erlebte von neuem die Erregung, sich auf ihr Geschlecht zu legen. Für einen Augenblick glücklich, wiederholte er und hieb ihr das Messer in die Brust, hielt sie dann umfangen, damit sie nicht niederfiel. Es geht gleich vorbei. Schaltet das Licht aus und macht nicht solchen Lärm.

„Schrei nicht so, Spanier", sagte Tonio und versuchte, den Nachtwächter zu beruhigen, der sich auf keine Diskussion einlassen und lieber gleich die Polizei rufen wollte. „Mach nicht so viel Wind wegen einer Scheiß-Schaufensterpuppe."

Auch Renato sah die Strohbüschel, die aus Polas Brust drangen.

„Das ist es nicht, Señor", sagte der Nachtwächter. „Es geht um das Messer."

„Er wollte sich nur rasieren", versicherte Tonio und zog noch einen achtmal gefalteten Fünfhunderter heraus. „Rasierst du dich etwa nie?"

Sie gingen auf die Straße hinaus. Der Himmel war klar. Die Bestien des Waldes flohen aus dem Psychodrom und hinterließen an jedem Baum ein letztes Wässerchen als Zugabe.

„Die Corrientes ist großartig", sagte Tonio. „Weißt du, dass wir hier auf den Knochen von Toten stehen?"

„Den Indios", sagte Renato.

„Nicht den Indios!" – er fasste ihn am Arm. „Den Knochen der polnischen Zuhälter."

Er sah ihn von der Seite an und wartete auf die Frage, die nicht kam.

„Neunzehnhundertdreißig haben sie die alle umgelegt und hier unter uns vergraben, da war ja gerade für den U-Bahnbau ausgeschachtet." Renato schwieg weiter. „Komm, lass uns was trinken."

Sie gingen hinein, setzten sich, man brachte ihnen zwei Kaffees.

„Und? Wie geht's?", fragte Tonio, als würden sie sich eben erst treffen.

„Gut. Du bist mir also gefolgt."

„Nein. Ich hab hier auf dich gewartet. Du bist ein Rindvieh", fügte er plötzlich hinzu. „Du hast die Dicke versetzt."

„Wo ist sie denn?"

„In deinem Bett. Wo soll sie denn sonst sein, bei dieser Kälte?"

Renato begann, leise zu lachen.

„Du hattest also doch noch einen Fünfhunderter."

Tonios Gesicht sah aus wie eine Dreiphasen-Steckdose, als ob er sich über sich selbst, über Renato, über nichts lustig machte.

„Hatte. Du zahlst den Kaffee."

Während er rauchte, wurde er langsam immer ernster. Eine tiefe Nachdenklichkeit bahnte sich ihren Weg in seinem Gesicht, wie ein Jäger im Unterholz.

„Sag mal", er senkte die Stimme. „Was fischst du denn dort?"

„Welse", sagte Renato. „Meerbrassen."

„Ährenfische?"

„Für die muss man zum Paraná."

„Na gut, darum geht's jetzt nicht. Worauf es ankommt, ist folgendes: Wie viel Ährenfische passen in einen Kubikmeter Wasser?"

„Zehn", riet Renato. „Hundert" – er sah in das vorwurfsvolle Gesicht.

„Einer", sagte Tonio vernichtend. „Sie müssen auch atmen. Aber wenn du ein Becken von zwanzig Metern Länge mal zehn Metern Breite und drei Metern Tiefe hast, wie viel Ährenfische passen da rein?"

„Mir egal."

„Sechshundert. Jetzt stell dir sechshundert Deppen vor, die jeden Abend für fünfzig Eier pro Kopf und Stunde sechshundert Ährenfische aus einem unterirdischen Becken direkt hier an der Corrientes-Straße zu angeln versuchen. Du verleihst die Angelruten und machst eine Million im Monat."

„Jetzt kommt mal runter, Alter."

„Meinst du, das funktioniert nicht?"

„Nein", sagte Renato.

Tonio nahm einen Schluck von seinem Kaffee, der kalt geworden war. Gleichgültig schaute er auf die Straße, die Zeitungsverkäufer, die Nachtschwärmer, die die letzten Taxis nahmen. Er dachte nach.

„Welch ein Scheiß", murmelte er plötzlich.

„Ja", sagte Renato. „Welch ein Scheiß."

Ein schwarzer Tag für die Gerechtigkeit

Als jener schwarze Tag für die Gerechtigkeit kam, erwachte das gesamte Volk, ohne geweckt zu werden. Die einhundertdreißig Schüler des Internats wuschen sich die Gesichter, zogen ihre blauen Sonntagsanzüge an und stellten sich mit der Schnelligkeit und Ordnung einer militärischen Operation in Reihen auf, die gleichzeitig eine Freudenzeremonie war: Denn nichts sollte sich zwischen sie und den Untergang des Erziehers Gielty stellen.

Im Halbdunkel der Kapelle, die nach Zeder und frisch entzündeten Altarkerzen roch, kniete immer noch der Erzieher Gielty und betete, so wie er die ganze Nacht gebetet hatte. Scheu strömte Gott herbei und entglitt ihm wieder, streichelte ihn wie ein krankes Kind, verfluchte ihn wie einen Übeltäter oder ließ in seinem Kopf diesen unerträglichen Gedanken erwachen, dass er nicht zu Ihm betete, sondern zu sich selbst, zu seiner Schwäche und seinem Wahnsinn.

Denn auch wenn nicht alle die Anzeichen sehen konnten, war der Erzieher Gielty in letzter Zeit dabei, wahnsinnig zu werden. Sein Hirn loderte Nacht und Tag wie ein Schneidbrenner, doch was ihn zu einem Wahnsinnigen machte, war nicht dieser Vorgang, sondern die Tatsache, dass er sich in grellen Blitzen der Hellsichtigkeit verzehrte, wie ein blindes Stück Metall, das einer übermächtigen elektrischen Spannung ausgesetzt ist und glüht, bis es ganz weiß ist, während es seine Vernichtung und seinen Frieden sucht.

Und jetzt betete er und spürte Malcolm kommen, wie er ihn schon durch den Nebel der Tage, der Wochen und vielleicht der Monate, der Jahre kommen gespürt hatte, kommen und größer werden, um in Erfahrung zu bringen und zu strafen: der Mann, dessen Gesicht in seinen nächtlichen Träumen und täglichen Vorahnungen, in der Form der Wolken oder den Spiegelungen des Wassers tausendfach vor ihm stand. Schlau und selbstsicher kam er, den Finger an die Lippen gelegt und ohne ein Zweiglein der Zeit zu brechen.

Im kleinen Schlafsaal waren die zwölf Schüler unter Gieltys Aufsicht die ganze Nacht allein gewesen. Es waren die Kleinsten des Internats, außer O'Grady, Malone und dem Kater, die spät gekommen waren, als es im großen Schlafsaal keine Betten mehr gab, dem Ort der Freundschaften, der Trauben im Weinberg: trauriger Müllplatz für verborgene Geschichten von Tod und Ablehnung, verloren in der Legende des Sommers.

Der Erzieher Gielty war kaum eine Minute nach oben gekommen, um sie in ihren Nachthemden knien zu sehen und das Abendgebet herunterzusagen, das Gott um Frieden und Schlaf anflehte oder wenigstens um die Gnade, nicht in Todsünde zu sterben, und als das Wort Amen Flügel schlagend durch das einzige offene Oberlicht floh, ging er zum Kater, der wie gewöhnlich zögerte sich auszuziehen, und sagte zu ihm:

„Geh du auch schlafen", und dann sah ihn der kleine Collins näher kommen, bis er auf der Stirn seinen heißen Atem spürte und einen Blick, der mehr als je zuvor verzweifelt und schrecklich war, spöttisch oder liebevoll.

Seine Zähne blitzten unter dem roten Schnauzbart:

„Heute Abend gibt's kein Training", und er ging, um unten in der Kapelle zu beten.

Erstes Anzeichen für das Volk, dass der Erzieher Gielty Malcolms Ankunft erahnte. Denn das Geheimnis, dass Malcolm wegen Gielty kommen würde, ruhte zu dieser Zeit Tag und Nacht am Herzen des kleinen Collins, im Reliquienmedaillon, aus dem er die Haare und Fingernägel toter Heiliger entfernt hatte, um den Zettel aufzubewahren, mit dem Malcolm seine Ankunft ankündigte.

Da es an diesem Abend kein Training geben würde und keine Aufsichtsperson zu sehen war, holte der Kater eine Zigarette hervor und setzte sich aufs Bett, um zu rauchen, während seine schmalen Augen gelb flackerten, sich träge schlossen und wieder öffneten, gerichtet auf das brodelnde Gären des Zorns, das aus den benachbarten Betten aufstieg und groß und schrecklich werden wollte, sich jedoch aus Mangel an Masse in ohnmächtiges Murmeln oder unterdrücktes Gefurze auflöste, das von dem Ende herüberdrang, wo das Bett Scallys war, das Kopfkissen, in dem Scally sein Gesicht verbarg. Dem Kater war das gleichgültig, er hatte keine Angst mehr. Er war stark jetzt, seiner selbst sicher, die Male an seinem Kopf waren genauso verschwunden wie die Erinnerung an erlittene Demütigungen, sein Kittel saß besser, und auch wenn er nie dick werden würde, war er doch größer geworden, gesünder und gelöster. Sodass Collins, als er seine eigenen Grenzen überschritt und die Gruppe gegen den Kater aufzubringen versuchte, herausfand, dass die anderen nur theoretisch auf seiner Seite standen und dass dies nicht ausreiche. Und so kam es, dass derselbe Collins, Malcolms Neffe und Stellvertreter, Prophet seiner Ankunft, jeden Gedanken, den Kater zu bestrafen, verschieben musste, der schließlich und endlich nichts weiter war als Gieltys Werkzeug bei der unweigerlich blutigen Belustigung, die sie „das Training" nannten.

Dessen Beginn zwei Monate zuvor zu verzeichnen gewesen war; seitdem der Kater ins Internat gekommen war, wurde er verfolgt, geschlagen, geheilt, er stellte seine Berechnungen an, erforschte den innersten Kern der Obrigkeit, bis er feststellte, dass eine tiefe Strömung der Gemeinsamkeit zwischen ihm und diesem vierschrötigen, rothaarigen, verrückten Mann floss, mit dem er kein einziges Lächeln und nicht einmal ein Wort wechselte bis zu jenem Abend, an dem der Erzieher Gielty zwischen den Jungen, die fast mit dem Ausziehen fertig waren, auf- und abging, zwei Bücher unter dem Arm und das Gesicht von einem Einfall erhellt:

„Was haltet ihr davon, wenn wir einen kleinen Kampf organisieren, Jungs?", und er löste allgemeines Erstaunen aus, denn wem fiel schon ein, abends im Schlafsaal zu boxen, statt Pater Fagan um die Handschuhe zu bitten, die Pater Fagan nur zu gerne herausrückte, der auch gleich Tag und Stunde festlegte für jeden, der im Hof unter der richtigen Aufsicht und nach den Regeln boxen wollte, und dennoch:

„Na, was haltet ihr davon?"

Und erst da traute sich Mullahy, der Wortführer der Gruppe, zu fragen:

„Mit Handschuhen, Señor?"

„Oh nein, nicht mit Handschuhen", sagte der Erzieher Gielty, „keine Handschuhe, die sind für kleine Mädchen und nicht für euch, ihr seid vielleicht die Kleinsten hier im Internat, müsst aber auch lernen, zu kämpfen und euch einen Weg ins Leben zu bahnen, denn Gott will" – hier klopfte er auf eines der beiden Bücher, das groß und schwarz eingebunden war –, „dass die Stärksten seiner Schöpfung überleben und die Schwächsten untergehen, wie dieses andere Buch hier sagt" – auf das er auch klopfte –, „das ein Mann geschrieben hat, der den Willen Gottes besser kannte als die Priester der katholischen Kirche, auch wenn manche Priester der Kirche dies nicht anerkennen wollen. Was mich betrifft, meine Kinder, so will ich nicht, dass irgendeiner von euch, die ihr mich jetzt so schutzlos, unwissend und dumm anschaut, vor seiner Zeit umkommt; und deshalb, auf dass keiner von euch wie ein willenloses Werkzeug von den Zeiten oder dem Willen anderer Menschen hin- und hergeschubst wird wie ein Wurm, den der Regen fortwäscht, sondern dass ihr lernt, stark zu sein und euch zu wehren, selbst wenn die Welt zusammenbrechen will, so wie ich sie habe zusammenbrechen sehen und manchmal noch sehe und in tausend Stücke fliegen, wobei aber nur die schwachen, nutzlosen armen Teufel umkommen. Was haltet ihr also von einem kleinen Boxkampf?"

Und jetzt brach das Volk, oder dieser kleine Teil des Volkes, vom Klang der Worte mehr mitgerissen als von den Worten selbst, die es kaum verstand, doch mehr noch ergriffen von Gieltys gequältem, fiebrigem Gesichtsausdruck, dem Tropfen Feuer in jedem Auge, dem zu Berge stehenden Schnauzbart und dem kupferfarbenen Haar, in stürmischen Beifall aus, den er selbst sofort zum Verstummen brachte.

„Weil dies hier unter uns bleiben muss, meine Kinder. Und wer will jetzt kämpfen?"

Alle hoben die Hand. Des Erziehers Gielty Blick schweifte unter den ausdruckslosen, stummen Gesichtern umher, bis er auf das des Katers stieß, wo er in wohlwollender Anerkennung der zurückliegenden Geschehnisse und der bestehenden Verdienste hängenblieb:

„Du hast also keine Angst mehr vor einem Faustschlag?"

Der Kater zog den Hals zwischen die Schultern und sprach die paar Worte, mit denen er an einem denkwürdigen Abend das Volk irregeführt hatte:

„Ich kämpfe gegen jeden."

Nur dass es jetzt stimmte, und alle wussten es: Der Erzieher Gielty beobachtete, wie die Kleinsten der Kleinen die Hand senkten und abwesend taten, außer Malone und O'Grady, die es ihnen am liebsten nachgemacht hätten, doch nicht konnten, weil sie die Träger eines Rufs waren, der auf ihrer Größe oder ihrem Alter gründete, wenn nicht auf der großen Erwartung, die die anderen auf sie richteten, weshalb sie ihre Hände weiter in die Höhe hielten, die ein bisschen zitterten, während die Zeit wuchs, bis sie unerträglich wurde, und erst da sagte der Erzieher Gielty:

„In Ordnung, es scheint, dass nicht ihr es seid, die gerettet werden müssen. Wenn sich also sonst niemand meldet, muss ich es wohl sein, der auswählt." Und als sich niemand mehr meldete, begann jenes lange, abwägende Suchen, das der Erzieher Gielty beim kleinen Collins würde enden lassen:

„Der hier", um dann zu sagen: „Collins", und zu verkünden: „Der kleine Collins soll gegen den Kater kämpfen."

Da erklang von irgendwoher ein kurzes Gelächter, und der Erzieher Gielty wandte sich wütend um, nur um Malone hüsteln zu sehen, doch brach hinter seinem Rücken schon ein anderes Stückchen Spott los, und der Erzieher Gielty:

„Was soll das?"

Wieder war es Mullahy, der erklärte:

„Collins kann gegen niemanden kämpfen, Señor. Wirklich, Señor. Er ist voller Luft wie ein Ballon und pinkelt noch ins Bett."

Das hätte sich niemand außer ihm zu sagen getraut, denn Mullahy war der Barde und Sprecher des Volkes, kundig in Reimen, Rätseln und Sprichworten, fähig, die Seinen zu den Höhen höchster Unterhaltung zu befördern und in die Tiefen schwärzester Melancholie hinabzustoßen, doch immer gezwungen, um jeden Preis die Worte auszusprechen, die ungeformt im Gemüt aller pulsierten: Deshalb hatten sie ihn auch aus dem großen Schlafsaal verbannt, wo seine

Geschichten, die wie eine feurige Schlange von Bett zu Bett glitten, alle bis zum Morgengrauen wach bleiben ließen. Jetzt hielten sich die Jungen die Bäuche vor Lachen, fürchteten aber auch die Strafe, die auf Mullahy niedergehen konnte, den sie ohne den Neid liebten, den geschickte Fäuste, Füße oder Hurling-Schläger auszulösen vermochten, als existiere er nicht durch sich selbst, sondern sei eine Verlängerung der anderen.

Doch der Erzieher Gielty sah Mullahy nicht einmal an, und sein Gesicht wurde ganz traurig, so traurig, dass das Gelächter sofort abbrach.

„Selbstverständlich", sagte er mit kaum hörbarer Stimme, „weiß ich, dass Collins gegen niemanden kämpfen kann. Selbstverständlich weiß ich, dass seine Arme zu kurz sind, dass er keine Taille hat, die der Erwähnung wert wäre, sondern ein rundes, aufgedunsenes Bäuchlein, das ihm wächst, weil er den lieben, langen Tag Brotrinden frisst, die er vom Tisch der Lehrer stiehlt, wenn nicht von schändlicheren Angewohnheiten. Selbstverständlich weiß ich, dass keine Fußballmannschaft des Internats ihn aufnehmen will und dass niemand ihn je hat laufen sehen, weil er Plattfüße in diesen fürchterlichen orthopädischen Schuhen stecken hat. Aber aus welchem anderen Grund" – und hier donnerte seine Stimme los – „weshalb, wenn nicht gerade deswegen, sollte man ihn auswählen? Weshalb, wenn nicht deswegen, weil er schwächlich ist und krank und außerdem noch dumm und man ihn stärken und wachsen lassen muss, damit er überlebt, weil er sonst unter euch brutalen, gemeinen Mördern nicht überleben würde, weshalb sonst sollte ich ihn zu meiner persönlichen

Herausforderung des Schicksals machen? Denn auch dies steht hier geschrieben" – er klopfte auf das schwarze Buch – „und hier auch" – er klopfte auf das rote Buch.

Und jetzt verstanden es alle, und selbst Collins nickte eifrig, als würde er zum ersten Mal in seinem Leben anerkannt werden: egal, wie viel Beleidigung und Verachtung in dieser Anerkennung mitschwang.

„Dann wirst du also gegen den Kater kämpfen, nicht?", fragte der Erzieher Gielty, und Collins sagte:

„Ja, Señor" – ein aufgeregtes Glänzen in seinen himmelblauen Augen – „ich tue, was Sie sagen, Señor."

„Guter Junge", murmelte der Erzieher Gielty und tätschelte ihm den Kopf. „Na los", sagte er dann zu den anderen, „lasst uns einen Ring bauen. Ich bin der Ringrichter."

Aus vier Betten bauten sie den Ring und legten eine Decke auf den Boden, um den Lärm zu dämpfen, denn in den Wochen und Monaten, die das „Training" dauerte, wollte der Erzieher Gielty nicht, dass das Geheimnis bekannt würde. Dann stellte sich der Kater in seiner Ecke auf, hochgewachsen, lässig, beinahe achtlos, und der Erzieher Gielty fragte ihn, ob er die Regeln kenne, und der Kater antwortete, ja, er kenne die Regeln, und der Erzieher wandte sich zur anderen Ecke, wo Collins fragte, ob er ins Gesicht schlagen dürfe, und wieder lachten alle, aber der Erzieher Gielty biss sich auf die Lippen und sagte Ja, er dürfe den Kater ins Gesicht schlagen, und sagte Fertig, und sagte Los.

Die zehn Jungen, die das Rechteck umstanden, spürten, die Füße auf den Boden gestemmt, die Arme auf Brusthöhe, wie sich ihre eigenen Muskeln bewegten, während das Blut sprang wie ein Pferd, und diese ganze unbewegte Bewegung war gegen den Kater gerichtet, sein abscheuliches, kaltes Gesicht, das sie am liebsten zerschmettert und zerstört hätten. Deshalb wunderte sich niemand, als eine solch große Anteilnahme am Schicksal von Collins, ein spürbarer Impuls, der vielleicht aus der Seele von O'Grady oder von Malone und allen anderen kleineren umstehenden Seelen stammte, den Kleinen vorwärts stürzen und wütend losschlagen ließ. Doch selbst diese ruhmvollen Ambitionen gingen in der schlichten Eleganz des Stils unter, mit der der Kater jeden verzweifelten Schlag parierte, der Schnelligkeit, mit der er seinen langen Körper bog, unter Collins' Armen durchtauchte und unversehrt in seinem Rücken erschien. Das Volk stieß staunend die Luft aus, die es hoffnungsvoll angehalten hatte. Der Kater lächelte, nur mit der linken Gesichtshälfte, ein Abenteuer der Lippe, die bis zum Auge zu gelangen schien, während die rechte Hälfte weiter wie aus Holz wirkte.

„Runde für Collins", verkündete der Erzieher Gielty, und: „Eine Minute Pause", während er hinter den Laken verschwand, die sein Bett abtrennten, und mit einem Handtuch um die Schultern zurückkehrte.

Wollte der Kater Collins schlagen? Die Antwort war zweifelhaft, vor allem für den, der sich die Frage nie stellte. Doch als Collins ihn in der zweiten Runde erneut angriff und die anderen ihn auszubuhen begannen, hörte der Kater zu lächeln auf. Da erreichte ihn – und nur ihn – Gieltys Stimme mit einem einzigen Bellen:

„Schlag zu, Kater", und als der aus dem Augenwinkel

in die Ecke sah, aus der der Befehl kam, traf der kleine, schon keuchende Collins mit seinem einzigen glücklichen Faustschlag das Ohr des Katers, der im selben Augenblick nicht mehr dort war, sondern zwei Schritte entfernt, allerdings leicht geduckt gleich wieder zurückkam, während er zum zweiten Mal den unterdrückten Befehl hörte: „Schlag zu!"

Der Kater änderte seinen Schritt, und noch unter dem Gejohle der Zuschauer fuhr er die rechte Hand aus, die er bis dahin unter dem Kinn gehalten hatte. Das war kein Faustschlag, es war ein Peitschenhieb, so unmittelbar, dass niemand die Hand zu ihrem Ausgangspunkt zurückkehren sah, zu ihrer Form als Kissen unter der Kinnlade, doch ein roter Fleck begann sich über Collins' Wange auszubreiten, nahm sich unter den Blicken der Umstehenden beschämend viel Zeit dazu. Jetzt hatte den Kater die Wut überschwemmt, wieder schlug er zu und zog die Knöchel ein, rot getränkt von dem Blut, das wie ein Springbrunnen aus der Nase seines Gegners schoss.

Das nasse Handtuch fiel in den Ring, und der Erzieher Gielty sagte, es reiche für diesen Abend, der kleine Collins habe sich für einen Anfänger sehr gut geschlagen und er könne durchaus seine Seele retten, wenn er es lerne, nicht die Deckung sinken zu lassen und die Füße nachzuziehen, Bemerkungen, die der Knabe halbwegs glaubte, während ihm die Tränen aus den Augen kullerten und zwei von den Älteren ihn in den Waschraum brachten. Sogar die Gemeinschaft glaubte es und begann ihm Ratschläge zu geben, wie er den Kater schlagen könne. Am nächsten Tag bot Malone an, ihm in der Pause Unterricht zu geben, und dann mischte sich auch Rositer aus dem großen Schlafsaal ein: Die Hoffnung seiner Unterstützer war stark gewachsen, als drei Tage später der Erzieher Gielty erneut zum Training rief.

Der Kater war an diesem Abend nicht mehr böse, sondern verspielt und nachsichtig. Collins sah vor sich sein nacktes Gesicht, manchmal sehr nah, wie es fast das seine berührte, sich wie eine Spiegelung im Wasser bewegte, fünf Zoll über oder unter dem Punkt, wo er gerade noch gewesen war. Von Zeit zu Zeit ließ der Kater einen einzelnen niedrigen Swing oder einen Cross los, jetzt nicht mehr gegen seine Nase, sondern auf die weichen Partien seiner Arme, die in einen beinahe angenehmen Schlaf fielen, bis er sie nicht einmal mehr auf Hüfthöhe heben konnte und der Erzieher Gielty den Kampf abbrach und verkündete, sein Schüler habe sich beachtlich gut geschlagen, fast fünf Runden durchgehalten, ohne auch nur ein bisschen zu bluten, und damit bewiesen, dass er schon stärker geworden war und besser in der Lage zu überleben, vorausgesetzt, dass er richtig zu atmen und seine Kräfte besser einzuteilen lernte.

Am folgenden Tag, Samstag, wuschen und reinigten die hundertdreißig Iren ihre Körper und Seelen. Nach dem Mittagessen begannen sich Eimer auf Eimer voller Sünden in die beiden Beichtstühle der Kapelle zu ergießen, wo Pater Gormally mit philosophischem Vergnügen lauschte, während Pater Keven spürte, wie sein Magengeschwür seine langen Krallen ausstreckte, angesichts so viel reuiger Gewalt, so viel Völlerei in schmächtigen Körpern, lasterhafter Beziehungen, die die Stärke der Schwäche aufzwingen konnte, die Leidenschaft der Anteilnahme, die Schönheit der räuberischen Seele. Collins fragte sich, ob er vom „Training" reden solle, entschied sich aber schließlich dagegen, so dass seine Beichte sehr kurz wurde, so klein und unbedarft, wie er war, um große Schuld auf sich zu laden, und nachdem die Hände des Priesters ihm die Absolution erteilt hatten, ging er zum wöchentlichen Duschen in den Schlafsaal hinauf und wurde gewahr, dass alle auf ihn warteten.

In der Kälte des Winters, die immer noch anhielt, zogen sie sich aus, wickelten Handtücher um ihre glatten Hüften und gingen zu den Duschen. In deren warmem Bauch, der ihn mehr als irgendetwas anderes an seine Familie erinnerte, besah sich Collins seine Arme und erblickte die blauen Flecken, die die Schläge des Katers am Abend zuvor erzeugt hatten. Dann hörte er die Stimme des Erziehers Gielty, der den Gang herunterkam, über jede Tür schaute und sagte „Wascht euch, los, wascht euch!", und als er vor der seinen stand, dachte Collins, dass das Wasser mit einem Schlage kalt geworden war, und bedeckte den kleinen Wurm seines Geschlechts, während ihn der Erzieher lange musterte, bevor er den Kopf von einer Seite zur anderen bewegte, doch alles, was er sagte, war „Wascht euch, wascht euch!", und dann ging er weiter, und das Wasser wurde wieder warm, was vielleicht natürlichen Ursachen gehorchte wie einer Leitung, die in der Dusche nebenan geschlossen wurde, oder einem plötzlichen Auflodern des Feuers im Heizofen.

In der Kapelle fielen die letzten Exkremente der Schuld in die Ohren der Beichtväter, die sie in den ewigen Strom abfließen ließen, der sieben Mal die Erde umfließt und erst am Ende der Zeiten an die Oberfläche dringen wird. Die aus den Waschräumen kamen, rochen sauber und dachten sauber oder hatten, besser gesagt, bis zum nächsten Morgen aufgehört zu denken, um nicht in Versuchung zu geraten, was ihre normale Art zu denken war, und stellten sich vor der privilegierten Bruderschaft der Schuhputzer zur letzten Schönheitsprozedur des Tages in Schlangen auf. Nach dem Abendessen waren die Spiele auf dem Hof friedlich, die Stimmen gedämpft. Die Glücklichen, die über ein paar Münzen verfügten, gingen an der Speisekammer vorbei, wo Küster Brown für fünf Centavos Schokoladetäfelchen verkaufte, die so hauchdünn waren wie ein Seufzer, verteilten sie unter ihren Freunden mit einer Großzügigkeit, die an normalen Tagen nicht üblich war, und als Murphy, der Angeber, unter dem roten Etikett den begehrten Torpedofisch fand, stürzte sich niemand auf ihn, um ihn ihm wegzunehmen, wie es am Montag oder Donnerstag geschehen wäre, sondern Dolan, auf dem nach wie vor der Adler der Befehlsgewalt ruhte, bot ihm persönlich eine Leibgarde an, die Murphy, den Angeber, und seine wertvolle Figur umringte, während er zwischen den Schlafsälen auf- und abstolzierte.

Die Glocke erklang und rief zur letzten Stunde Studierzeit vor dem Segen. Die Samstage waren geistlichen Lesungen vorbehalten, bei denen sich Lehrer und Priester abwechselten, wobei sich jedoch der Erzieher Gielty als einer der gebildetsten Männer des Internats und vielleicht ein Hoffnungsträger von Theologie und Wissenschaft besonders hervortat. Und so trat der Erzieher Gielty an diesem Abend, als alle in der Aula des Internats versammelt waren, ans Rednerpult, mit rot glänzendem Haar und rot glänzendem Schnauzbart, und verkündete mit unerbittlicher Entschlossenheit im verzückten Gesicht, er werde über „Die Teile des Auges" sprechen.

Wer konnte vergessen, was er sagte? Alle und jeder, denn da war kein fruchtbarer Boden für die Wahrheit mehr, sondern ein Haufen schläfriger Knaben, von der Gnade überhäuft, die sie in der Beichte erhalten hatten, feindlich gesinnt allem, was das Gefühl der Sicherheit und Selbstgerechtigkeit bedrohte, das sie erkämpft hatten. Doch der Erzieher Gielty sprach mit der Gewissheit der Offenbarung und begann mit schlichten Elementen wie dem Licht und den unterschiedlichen Werkzeugen, die es noch den einfachsten Wesen ermöglichen, es wahrzunehmen, den Pflanzen und Blumen wie der Sonnenblume oder dem Keim des Hafers, der an seiner Spitze einen gelben Fleck besitzt, der streng genommen ein Auge darstellt. Anschließend begab er sich zwanglos in die niederen Tierreiche, wo das Auge immer feiner und komplizierter wurde, von der empfindsamen Haut eines Wurms über das mosaikhafte Sehen der Insekten bis zum ersten Bild, das wie ein Wassertropfen im Kopf eines Weichtiers vibrierte. Er tauchte in die Tiefen des Meeres und den Sand der Zeiten, wo die ältesten Augen der Welt aus transparenten Knochen ruhten; er fand die Teleskopfische, Pupillen, die nur nach innen schauten, und Augen, die beim Sehen verbrannten und kaum eine Sekunde währten, Steine, die sahen und seltsame Wesen mit gebogenem Blick und stacheligen Lidern, die sich nie schlossen, Augen, die kopulierten, und Augen, die die Vergangenheit sahen, oder

Quallen, die mit dem Blick fraßen, Augen in Taschen und Säcken, und Augen, die hörten, Netzhäute, auf denen der Tag undurchdringliche Nacht und die Nacht gleißendes Licht war, nicht zu vergessen die Pupille, die ihre eigene Lampe trug, oder das flüssige Auge, das aus seiner Höhle floss und wie Quecksilbertropfen mit der Erinnerung an die gesehenen Dinge zurückkehrte oder niemals zurückkehrte und immer noch umherstreift, voller Szenen, die vor Jahrtausenden gespeichert wurden, und vergaß auch nicht die von Haut bedeckte Netzhaut, die nur sich selbst sehen kann, noch das Scheitelauge des Neunauges oder das prophetische Auge des Nautilus.

Anschließend ging er zurück in die Zwischenreiche, wo das Auge sich selbst überwand und Wille zu erkennen wurde, und er wollte das Wunder des ersten Bildes erklären, das nicht mehr in ihm bleibt, sondern zum Hirn wandert, wunderbare Verwandlung des Materiellen in Immaterielles, Entstehungsort der Seele, wo noch ein blinder Affe auf seine Weise ein Abbild Gottes ist, geformt, um die Absicht dahinter zu sehen (denn was war Gott denn eigentlich, wenn nicht die sehende und gesehene Welt?), und als er schließlich in die visuell höher stehende Sphäre der Engel und Raubvögel gelangte, bevor er zum Menschen und den Teilen des Auges zurückkam, denn dahin wollte er und das war das eigentliche Thema seines Vortrags, war die Zeit abgelaufen, und ein großer Teil seiner Zuhörer schlief mit offenen eigenen Augen, und die, die nicht eingeschlafen waren, häuften stapelweise Belege an, Wort auf törichtes Wort, für das inzwischen bewiesene Gerücht von der Verrücktheit des Erziehers Gielty, die dem Kater gleichgültig sein mochte – weil seiner Meinung nach alle verrückt waren –, die jedoch bei Collins das Wissen um den Schrecken besiegelte: Da kam ihm die grandiose Idee von seiner Errettung durch seinen Onkel Malcolm.

Der Erzieher Gielty ließ es nicht zu, dass seine philosophischen Betrachtungen das ganz praktische Geschäft des Trainings störten, das zwei oder drei Tage später wieder ordentlich angekündigt und ausgeführt wurde und mit einer Logik weiter ging, die der kleine Collins nur umgekehrt verstehen konnte, weil sie den verborgenen Wünschen seines Herzens zuwider lief und ihn zum Kämpfen zwang, wenn er nur in Ruhe gelassen werden wollte, und ihn in Ruhe ließ, wenn ihm eigentlich alles egal geworden war.

Unter den Bewohnern des abgeschiedenen Schlafsaals war jedwede zu Anfang auf Collins gesetzte Hoffnung gestorben. Der Junge hatte kein Mark, keine Reflexe, keinen Willen zu kämpfen, nichts außer einer Art weibischer Scham, die ihn daran hinderte, seinen Henker anzuklagen, die Hilfe anderer anzunehmen und selbst noch die Wunden und blauen Flecken zu zeigen. Er ging in sein Bett zurück, wo er hemmungslos unter dem Kissen weinte und jeden Stich des Schmerzes und der Schande hätschelte, jede Gewaltspur auf der geschwollenen Haut, wo der Kater wieder und wieder zugeschlagen hatte.

Anfang September steckte er sich zwei Blatt Klopapier unter die Fußsohlen, abends beim Rosenkranzgebet glühte er, am folgenden Morgen stand er nicht auf, am Nachmittag brachten sie ihn auf die Krankenstation, wo er zu phantasieren begann: Onkel Malcolm erschien ihm, sauber, stark und rachsüchtig, voller Wut und Liebe, wobei dies ein und dasselbe war, was der kleine Collins nicht sofort verstand, ihm jedoch ein seltsames Gefühl der Sicherheit und des Trostes verlieh, und als er am nächsten Tag erwachte, war der Brief an Onkel Malcolm schon ganz und gar in seinem Kopf fertig geschrieben. Er musste nur noch O'Grady, der auf einen raschen Besuch zu ihm kam, um Papier und Bleistift bitten, sich im Bett aufsetzen und den Brief schreiben, den ihm der Traum diktierte, und so schrieb er:

„Lieber Onkel Malcolm, wo immer Du auch sein magst, ich schreibe Dir diesen Brief zu mir nach Hause und hoffe, dass es Dir geht gut, wenn Du ihn erhältst, so wie es mir nicht geht, und ich hoffe von ganzem Herzen, lieber Onkel Malcolm, dass Du mich vor dem Erzieher Gielty retten kommst, der verrückt ist und möchte, dass ich sterbe, obwohl ich ihm nichts getan habe, ich schwör's Dir, lieber Onkel Malcolm. Wenn Du also kommen willst, dann sag ihm bitte, dass ich nicht mehr im Schlafsaal gegen den Kater kämpfen möchte, so wie er es will, und dass ich nicht mehr möchte, dass der Kater mich verprügelt, und wenn der Kater mich wieder verprügelt, dann muss ich, glaube ich, sterben, lieber Onkel Malcolm, also bitte, bitte komm, darum bittet dich Dein Neffe, der Dich lieb hat und Dich von Herzen bewundert."

Es war dies kein normaler Brief wie die, die alle am Ersten jedes Monats schrieben, um Dir zu sagen, meine verehrte Frau Mama, dass es mir Gott sei Dank gut geht, und um Dir zu sagen, mein hoch geachteter Herr Vater, dass ich mit Hilfe der Jungfrau Maria gut in der Schule vorankomme, und um Dir zu sagen, mein geschätzter Bruder, dass das Essen hier sehr gut ist und dass wir sonntags immer Zwiebackpudding kriegen, und um Dir zu sagen, mein lieber Hund Dick, dass es mir Gott sei Dank gut geht, obwohl ich immer von Dir träume: was alles von ihren Podesten aus von Pater Ham und Pater Fagan und Pater Gormally nachgeprüft wurde, und wer sollte besser geeignet sein, solche Sachen nachzuprüfen als sie, diejenigen zu loben, die eine neue, optimistische Wendung gefunden hatten, eine bestimmte Färbung unzweifelhaften Glücklichseins, oder die zu tadeln, die sich aus reiner Gedankenlosigkeit im Bericht über ihr eigenes Leben zu lau zeigten. Nein. Dieser Brief war vielmehr subversiv und regelwidrig und brauchte, um seinen Empfänger zu erreichen, subversive, ungewöhnliche Kanäle, und dies war die Aufgabe der Shamrock-Liga, von der Collins so gut wie gar nichts wusste, außer dass es sie gab und dass für einige „Shamrock" Klee bedeutete, während es für andere so viel wie Schwanz heißen sollte.

Die Liga hatte Collins nie zu ihren Mitgliedern gezählt, noch interessierte sie sein Schicksal besonders, so beschäftigt, wie sie war, zum Vorteil ihrer eigenen Anführer Unmengen von Gin, Zigaretten und Wettscheinen zu schmuggeln und sogar für die Älteren heimliche Treffen mit den verschleierten Frauen aus dem Ort zu arrangieren, die sonntags zur Messe in die Kapelle kamen. Doch das verrückte Verhalten des Erziehers Gielty war inzwischen zu einer Beleidigung aller geworden, und es ist durchaus möglich, dass eine seiner Ohrfeigen, unmotivierten Wutanfälle, sarkastischen Bemerkungen, die die Seele verletzten, auch tatsächlich Mitglieder der

Liga in Mitleidenschaft gezogen hatten. Und so stieg die Botschaft des kleinen Collins von Stufe zu Stufe bis dahin, wo niemand wusste, ob die nächste Stufe ein Kleeblatt oder ein Schwanz war, wo aber alle wussten, dass die Botschaft weiter stieg, bis sie auf höchster Ebene angelangt war, wo sie der Zensur entging und als Eilpost befördert wurde.

Der Erzieher Gielty war beunruhigt. Er wusste natürlich, dass das „Training" grausam und nahezu unerträglich für Collins war, doch hatte er die Grausamkeit wie die persönliche Handschrift Gottes in jeden Pfad der Schöpfung eingeschrieben gesehen: die Spinne, die die Fliege tötete, die Wespe, die die Spinne tötete, der Mensch, der alles tötete, was in seine Reichweite kam, die Welt ein riesiges Schlachthaus nach Seinem Bilde, Generationen, die aufstiegen und untergingen, ohne jeden Sinn und Zweck, ohne dass irgendwo eine Spur von Unsterblichkeit oder eine einzige Rechtfertigung des blutigen Schauspiels sichtbar geworden wäre. Durfte er zulassen, dass sich der kleine Collins ganz allein seiner kannibalischen Zeit stellte? Nein. Doch ging er nicht vielleicht zu weit und beschleunigte noch, was er zu verhindern suchte? Ein ums andre Mal blieb er nach der Messe oder dem Rosenkranzgebet auf der Suche nach einer Antwort allein in der Kapelle zurück, wobei er fühlte, wie sein Hirn mehr als je zuvor in Flammen stand und alles, was es gewann, gleich wieder verlor, denn alles, was er verstand, war ein kleines Stück von sich selbst, das sich in einem glühenden Elementarteilchen auflöste: Bis er eine Stimme hörte, die ihm befahl, weiterzumachen und sich mit der Rettung Collins' zu beeilen, denn vom Horizont der Zeit kam jemand näher, der ihn aufhalten wolle. Und so geschah es, dass Malcolm in seinen Kopf kam, fast zur selben Zeit wie in den Kopf von Collins.

Der Junge hatte Glück gehabt. Der alte Arzt, der aus dem Dorf kam, um ihn zu untersuchen, diagnostizierte eine Art ansteckender Grippe. Eine Woche Ruhe auf der Krankenstation bedeutete normalerweise völlige Einsamkeit und Langeweile, zuzusehen, wie die Tage durchs Fenster kamen und gingen, allein unterbrochen vom Krankenpfleger, der mit der Tasse lauwarmem Tee oder dem Teller Wassersuppe kam, doch gab Collins zu, dass er sich eine Pause gönnte. Er hatte keine Eile, gesund zu werden, obwohl es ihm von Mal zu Mal beinahe unmerklich besser ging: Die blauen Flecken an seinen Armen wurden grau, dann gelb, und die Hitze und das Schwitzen flohen aus seinem Körper und ließen ihn sich frisch und heiter fühlen. Als der Arzt wieder kam, strich er ihm übers Haar und sagte:

„Du bist wieder gesund, mein Junge, am Montag kannst du aufstehen."

Das geschah an einem Samstag.

Und so stand er am Montag auf, noch ein wenig zittrig auf seinen Beinen, und als ihn die anderen Jungen auf dem Schulhof sahen, kamen sie herbei gelaufen, um ihn zu begrüßen und mit ihm zu reden; alle waren ganz freundlich, schüttelten ihm die Hand, und einer, der Brennan hieß und den er kaum kannte, drückte ihm die Hand fester als die anderen, und als er die seine zurückzog, war darin ein Zettel ohne Umschlag:

Und dies war der Brief von Onkel Malcolm.

Der einfach lautete: „Am Sonntag komme ich und verprügle den Erzieher Gielty, bis er tot ist."

Und so begann sich das Volk auf die Schlacht vorzubereiten, und in dem Maße, wie sich die Woche langsam wie ein Luftballon aufzublähen begann und sich mit Erwartung füllte, wurde sichtbar, wie groß diese Schlacht sein würde.

Malcolm war in der ersten Beschreibung von Collins ein ziemlich großer, blonder Mann von ungefähr dreißig Jahren, mit lachenden grünen Augen, einem breitkrempigen Hut und einem Spazierstock, den er mit sorgloser Eleganz schwang: So jedenfalls wurde er auf den ungelenken Zeichnungen dargestellt, die auf Canson-Papier oder in den Heften aufzutauchen begannen. Leichte Veränderungen erschienen am zweiten Tag des Wartens: Malcolm war jetzt richtig groß und unnahbar, das Lächeln war zu einer ironischen Grimasse geworden, während der Erzieher Gielty einem Pygmäen glich, der in seiner Gegenwart erbärmlich flennte.

Dies waren jedoch nicht mehr als Umrisse, leere Begrenzungen. Collins fühlte sich berufen, sie mit Inhalt zu füllen, mit immer größerem Eifer, und es fiel ihm nicht schwer, sich an das fröhliche Wesen Malcolms zu erinnern, sein Glück bei den Frauen, seine Abenteuer in allen vier Winden der Welt. Am Morgen des dritten Tages wurde bekannt, dass Malcolm ein Held des Chaco-Krieges* oder des Spanien-Krieges gewesen war, wo er vom Präsidenten Boliviens oder dem General Miaja* ausgezeichnet wurde, doch was wirklich zählte, war die Tatsache, dass er ganz allein zehn Feinde erledigt hatte, wenn nicht fünfzehn, und dass er den letzten mit dem Kolben seines leer geschossenen Gewehrs erschlug, bevor er verwundet und durstig zurückkehrte, um vor dem befehlshabenden Kommandanten zusammenzubrechen, der ihn noch direkt auf dem Schlachtfeld zum Oberst oder vielleicht zum Hauptmann beförderte.

Die Bilder von Malcolm waren jetzt größer und näherten sich dem Format von Plakaten. Dieser Vorgang war zwar spontan aus der Mitte des Volkes entstanden, hatte aber seine Hindernisse, bevor er schließlich seine grandiose Form bekam. Als zum Beispiel etwa um die Mitte des vierten Tages bekannt wurde, dass Malcolm Jugendmeister im Boxen gewesen war, dass er gegen Justo Suárez gekämpft hatte und dass nur die zerstörerische Liebe einer Filmschauspielerin verhindert hatte, dass er Weltmeister wurde, war die Versuchung beinahe unwiderstehlich, ihn mit kurzen Hosen und Boxhandschuhen darzustellen, Bizeps wie Bocciakugeln, schmalerer Taille und breiterer Brust, auf die eine vollbusige Blondine tätowiert war. Dann jedoch setzte sich der gute Kunstgeschmack durch, und das Bild, das schließlich vom kollektiven Gefühl angenommen wurde, zeigte einen Malcolm, der trotz aller aufgehübschten Einzelheiten der Originalausgabe glich: zurückhaltend gekleidet mit einem Anzug eher englischen Schnitts, die rechte Hand um den Knauf des Spazierstocks gelegt, den Rücken der Linken an der Hüfte, den Fuß einen halben Schritt vorgeschoben, Hut und Gesicht mit einer verführerischen, optimistischen, herausfordernden Geste nach hinten geworfen. Als diese Verdichtung endlich erreicht war, blieb kaum noch Zeit, große Rechtecke aus Karton und geklauten Bettlaken zu schneiden, die roten Umschläge der Grammatik, die grünen des Katechismus, die blauen des Lesebuchs in Wasser zu kochen oder in Alkohol aufzulösen, vom Feld eine Wurzel zu besorgen, die getrocknet ein gelbes Pigment abgab, und eine Beerensorte, die das Indigo lieferte, die Figur aufzumalen und zu Füßen von hundert Spruchbändern zu rufen: Es lebe Malcolm!, oder einfach: MALCOLM!

Der Erzieher Gielty hatte das Training nicht wieder aufgenommen. Er spürte, wie sich die Angst der Jungen in Luft auflöste, die Feindseligkeit wie eine Flut anschwoll und immer offenere Formen annahm: abgebrochene Gespräche, Militärmärsche mit zweideutigem Refrain, Mauerkritzeleien, die krude Pantomime, die ein ums andre Mal vor seinen Augen die Niederlage eines Betrügers oder Hanswursts, der von Murtagh verkörpert wurde, gegen einen strahlenden Helden darstellte, dessen Rolle alle der Reihe nach übernehmen wollten.

Er zweifelte. In seinem mit Laken abgetrennten Abteil brannte Nacht für Nacht das Licht. Es hieß, er läse immer wieder das schwarze Buch, das rote Buch, und einmal hörte ein Zeuge vor Tagesanbruch seine Stimme, die einen Schwall schrecklicher, wenn auch gedämpfter Obszönitäten ausstieß. In dem Maße, wie die Zeit von Malcolms Ankunft sich näherte, kam er von hinter seiner Wand immer fiebriger und ausgezehrter hervor, mit lehmigen Sedimenten in den tiefliegenden Augen, und sogar seine Schnauzbartspitzen hingen leicht herunter.

All dies freute die Gemeinschaft ungemein.

Jetzt zweifelte niemand mehr am Ausgang des Zweikampfs, aber alle wollten, dass es außerdem ein großes Fest würde, und unter diesen hektischen Vorbereitungen verging die Woche, ohne dass irgendjemand auch nur eine Zeile las oder lernte, was Priester und Lehrer in äußerstem Maße beunruhigte, die das Internat aus dem normalen Fluss der Dinge gerissen und auf eine Wolke der Erregung katapultiert sahen, ohne den Grund entdecken zu können, der nicht einmal in der Verschwiegenheit des Beichtstuhls verraten wurde.

Wenn es einen Fleck auf diesem Panorama gab, dann wurde er von niemandem wahrgenommen. Am Freitagabend wollten die Anführer die Meinung von Heiligfuß Walker hören, die in der Dunkelheit des Brennholzschuppens vor einem Kreis aufmerksamer Zigaretten geäußert wurde. Heiligfuß saß in der Hocke und dachte lange nach, so als würden seine berühmten Fähigkeiten einer Prüfung unterworfen.

„Er wird kommen", murmelte er schließlich und neigte die Stirn, bis sie fast seinen riesigen hölzernen Stiefel berührte, als wolle er im Beben des Bodens die angekündigten Schritte hören.

Die Zigarettenstummel atmeten Enttäuschung, denn wer wusste nicht, dass Malcolm kommen würde, und es entstand erneut eine sehr lange Pause, an deren Ende Heiligfuß sein finsteres, schmales Gesicht hob und diesen einzigen Satz hinzufügte:

„Er kommt nicht zum Spaß", dessen Sinn wie ein fahrendes Segel durch den Klang der Glocke, die zum Lernen ins Klassenzimmer rief, in eine günstige Richtung geweht wurde. Heiligfuß nahm seinen Platz in der letzten Bank ein, und niemand sah die beiden Tränen, die plötzlich, eine aus jedem Auge, auf die langweiligste Seite seiner Grammatik fielen.

Was war der Samstag? Ein Übergang, ein Seufzer, ein Blinken, ein verfaultes Blättchen der Zeit, das am Abend zu Boden fiel, als der Erzieher Gielty in die Kapelle hinunterging, während in den Schlafsälen die Leute ihr eigenes Stoßgebet aufsagten: „Morgen kommt Malcolm und verprügelt den Erzieher Gielty, bis er tot ist." Mit dieser Gewissheit schliefen sie ein.

Endlich kam dieser Tag, und in der Stunde, da die Sonne für gewöhnlich in den Fensterscheiben glänzt, fand die Sonntagssonne hundert wache Gesichter, die auf den Weg, den Bretterzaun und den Park spähten, und hundert Spruchbänder wurden aus den oberen Fenstern gehängt.

Das Frühjahr war gekommen und gestorben und wieder siegreich zurückgekehrt: Frühe Rosen leuchteten zwischen den Araukarien, Goldammern hüpften über den taufeuchten Rasen, in der Ferne rumpelte ein Zug vorüber, Frauen eilten zur Messe, die Welt entblößte sich Falte auf Falte in Wald, Feld und Frieden, auf den die ersten Glockenschläge niederprasselten.

Sie stellten sich auf, gingen hinunter, betraten die kleine Kapelle, wo sie als erstes den Erzieher Gielty sahen, der immer noch in einer der hinteren Bänke kniete, die blassen Lippen bewegte und die Augen ins Nichts gerichtet hielt. Pater Fagan erschien in seinem goldenen Panzer, gefolgt von seinem purpurnen Hofstaat.

Solange die Messe andauerte, kam keine Meldung von den vier Wächtern, die oben nach dem ersten Zeichen von Malcolm Ausschau hielten. Nach dem Frühstück wechselte sich ein Zehntel der Bevölkerung im Wachdienst ab, und vor neun Uhr wurde bekannt, dass sich eine schwarze

Gestalt auf dem Weg näherte: Minuten später war dies die Mutter O'Neills, die ihn am einzigen Besuchstag besuchen kam, und kaum war O'Neill ins Rektorat gegangen, um seine Gabe von Tränen und Küssen und vielleicht ein Glas Honig, Bonbons, oder irgendeine andere Zärtlichkeit in Empfang zu nehmen, die die Armut, das Witwendasein, die müde gewordene Liebe sich leisten konnten, da hielt auf dem Schotterbelag quietschend der rote Omnibus aus der Stadt, stieg eine Person vom Trittbrett, und es war nicht Malcolm, sondern der Vater des Angebers Murphy, der ein ebenso großer Angeber wie dieser sein musste, obwohl er tatsächlich ein trauriger, gebrechlicher Alter mit einem zerknitterten Hut und einer fadenscheinigen Weste war, der sich erst nach allen Seiten umschaute, bevor er die Pforte öffnete.

Malcolms Verspätung eröffnete jetzt die Möglichkeit, dass Pater Ham oder Pater Keven hinausgingen, um zwischen den Familiengruppen umherzuspazieren, die sich auf dem Rasen niederzulassen begannen, ihre Pakete auspackten, Brot mit Wurst aßen und Erinnerungen und Hoffnungen tauschten. Es erging der Befehl, die Fahnen und Ehrenzeichen einzuholen und jede einzelne unter den Kopfkissen unter jedem Fenster zu verstecken. Diese Operation, um zehn Uhr ausgeführt, hätte ein Grund zur Besorgnis sein können, was es aber nicht war, weil nichts den Glauben der Leute erschüttern konnte, vor allem als Collins zugab, dass sein Onkel nie früh aufstand und dass er gut und gerne eine Stunde später kommen konnte als ein Frühaufsteher.

Auch um elf wankte noch niemand: Vielmehr begannen

sie sich zu fragen, wo Malcolm gewesen sein mochte, als er seine Nachricht an Collins schrieb, auf welchem weit entfernten Schlachtfeld, in welcher chinesischen Stadt, welcher arktischen Steppe, und wie konnte man ihm in diesem Fall böse sein, dass er ein wenig zu spät kam.

Die Hälfte der Schüler war im Park, die andere Hälfte spähte aus den Fenstern. Ein einsamer Punkt erschien am fernen Himmel, beschrieb einen weiten Kreis über ihnen. Als er zurückkam, streifte er die Spitzen der Fichten und Zypressen, flog furchterregend über die Rosenstöcke, wobei der Wind über die beiden Flügel pfiff, und ein Mann lugte aus dem Cockpit, so nah, dass alle glaubten, seine Augen hinter der riesigen Schutzbrille lachen zu sehen, „Malcolm", schrien sie einmal und noch einmal, und beim dritten Mal verstummten sie, und der Mund blieb ihnen offen stehen, weil das Flugzeug schon wieder weit enfernt war und fortflog, bis es in einer geraden Linie verschwand, die einem das Herz zerschnitt. Und jetzt schien der Mut des Volkes zum ersten Mal wirklich zu sinken, das Mittagessen verlief schweigend, am Nachmittag wurde das langweiligste Fußballspiel in der Geschichte des Internats gespielt, bei dem sogar Gunning einen Gegentreffer erzielte und der Erzieher Dillon, der für die Leibesübungen zuständig war, fünfmal das Wort Schande wiederholte.

Als sie auf den Hof zurückkehrten, blieben vom Sonntag nur noch die Reste übrig. Die letzten Besucher begannen, Adiós zu sagen, die Posten der Wächter waren verwaist, und niemand glaubte wirklich mehr, dass Malcolm kommen würde.

Es gibt an diesen Nachmittagen Ende September einen

Augenblick, da fällt die Sonne fast waagrecht durch die Fenster des Speisesaals und wieder hinaus, überquert den Schulhof und wirft auf seine Wand eine rotgelbe Explosion. Es war dieser Augenblick, den Heiligfuß Walker, mit einer Lupe ausgerüstet, an jenen Tagen genau untersuchte, und es musste dieser Augenblick sein, den er plötzlich in seiner ganzen Fülle erkannte, sein verborgenes Geheimnis stand auf die Wand geschrieben, denn er schrie laut auf, und als er sich umdrehte, sah er, wie die gesamte Menge in einer Bewegung, die nie geklärt wurde, zu den beiden Ecken des Hofes lief, die Treppen emporstürzte und sich an die Fenster drängte, die Banner entrollte und in ein einziges riesiges Geschrei ausbrach.

Und dort, vor aller Augen, neben dem Zaun, stand Malcolm.

Er beantwortete den Jubel der Menge mit ausgebreiteten Armen, den Spazierstock in der einen, den Hut in der anderen Hand, und auch wenn er vielleicht nicht so groß war, wie sie ihn sich vorgestellt hatten, sein Haar zu blond wirkte (doch dies mochte eine letzte Täuschung der safrangelben Sonne sein) und seine Kleider nicht frisch vom Schneider und nicht einmal aus der Reinigung kamen, so stellte er sich doch, nachdem sie alle notwendigen Abstriche vom Traum zur Wirklichkeit gemacht hatten, als befriedigender als ihre Wünsche heraus: Denn er war wirklich und ging auf sie zu.

Der Erzieher Gielty kam aus der Kapelle.

Die Knaben, die ihn von oben in perspektivischer Verkürzung sahen, mit schlafwandlerischem Schritt, der Arbeitsmantel grau und zerknittert, fragten sich, wie sie ihn hatten fürchten können; diese plötzliche Scham löste ein ohrenbetäubendes Pfeifkonzert aus, während der Erzieher Gielty auf Malcolm zuging, bis sie sich in der Mitte des Parks gegenüber standen.

Die Welt war ganz ruhig, kein Vogel sang, kein Blatt bewegte sich, und die Stille wurde erdrückend in der Reihe der oberen Fenster, wo sich hundertdreißig Iren drängten, unter denen nicht einmal der Kater fehlte und viel weniger noch Collins, auf einem Ehrenplatz über dem größten Bild von Malcolm, das sich in einem phantastischen Meer von Fahnen, Wimpeln und hastig angefertigten Karikaturen befand.

Malcolm legte Hut und Spazierstock auf den Rasen, zog die Jacke aus, faltete sie sorgfältig und legte auch sie dazu. In einer Geste voller Großmut tat er einen Schritt nach vorn und streckte dem Gegner vor dem Kampf die Hand entgegen.

Doch der Erzieher Gielty spuckte nur auf seine Knöchel und ging in Stellung.

Dann griff er an, indem er zwei hohe Schläge abgab, und als Malcolm den gefährlichsten abblockte, dem zweiten mit einer sehr knappen Bewegung des Kopfes auswich, erscholl die erste Ovation, und die Fahnen wurden heftig geschwenkt. Gielty stürmte von neuem mit gebeugtem Rücken vor, und plötzlich sah man, wie kräftig dieser Rücken war, wie er anschwoll, wenn Gielty einen Faustschlag fliegen ließ. Aber Malcolm wich leicht mit einer Drehung aus, und während er in engem Bogen um den Gegner kreiste, ließ er jenen Anflug großer Kunst erkennen, der die Herzen der Kenner so sehr erfreute: Seine Füße bewegten sich, als sängen sie. Und jetzt erhob sich ein mächtiger, rhythmischer Chor auf der Tribüne: Malcolm! Malcolm!

War es dies, was Gielty irritierte und ihn zu wütender Attacke verführte? Malcolm konnte nicht mehr ausweichen, ohne zu reagieren, und er tat dies mit einem Cross, der rund und hohl in Gieltys Gesicht aufschlug, und während der Jubel stärker wurde, stoppte er ihn mit einem Swing gegen den Körper, der jede Kehle heiser machte, jedes Banner leuchten ließ.

Düsterer, unbelehrbarer, verbohrter Gielty! Noch einmal spuckte er auf seine Knöchel, noch einmal zog er den Kopf zwischen die Schultern und stürmte vorwärts, in seinem grauen Kittel, seiner unseligen Gestalt, seinem heiligen, mörderischen Glauben. Die Kombination, die ihn erwartete, war so schön in ihrer eindrucksvollen Schnelligkeit, dass ein fremdes Hirn sie nur schwer rekonstruieren oder überhaupt glauben konnte, und später wurde viel darüber diskutiert, ob es ein *Jab*, ein *Hook* und ein Eins-Zwei gewesen war, oder nur ein *Jab* und der Eins-Zwei, doch das Ergebnis war vor aller Augen und zur allgemeinen Freude: jener verhasste Mann gestoppt wie ein Bulle durch den Vorschlaghammer, dort mitten im Park, heftig keuchend und wankend vor dem Hintergrund der dunklen Araukarien, der untergehenden Sonne und dem nahen Duft der Nacht. Und als diese ungeheure Sache geschah, begann das Herz des Volkes in einer breiten, vernichtenden, allmächtigen Feuersbrunst aufzulodern, die die gesamte Reihe der Fenster erschütterte und von einem Ende zum anderen zum Erbeben brachte, wo Freund und Feind sich in die Arme fielen, der Anführer den gemeinen

Mann feierte, der Einzelne im allgemeinen Gefühlstaumel aufging, während Collins abgeküsst wurde und der widerspenstige Kater sich in die zweite Linie zurückzog, von wo aus er immer noch alles sehen, jedoch auch fliehen konnte, wenn es sein musste.

Und als Malcolm, Malcolm sich dieser Demonstration ausgesetzt fühlte, was anderes konnte er da machen, was sonst hätte jeder gemacht, als die Arme auszubreiten und sie in Empfang zu nehmen und aufzubewahren bis ins hohe, ruhmreiche Alter, nach rechts zu grüßen, nach links zu grüßen und besonders nach vorn zu grüßen, wo du warst, mein lieber Neffe Collins, für den ich von so weither gekommen bin. Und dies wies vielleicht für immer die Frage zurück, die Wochen später Geraghty stellen sollte: Welche Notwendigkeit gab es für ihn zu grüßen?

Unterdessen gab es jemanden, der diesen Höhepunkt nicht überleben mochte, der diesen augenblicklichen, von maßlosem Glück untrennbaren Todeswunsch verspürte, acht Meter tief aus einem Fenster fiel und vor Freude zappelnd in einem Gebüsch liegen blieb, wo er nicht starb. Er hieß Cummings.

Dort war Schluss mit der Glückseligkeit, die so schön war, solange sie währte, die so sehr dem Brot, dem Wein und der Liebe glich. Als Gielty sich erholt hatte, erschütterte er den rundum grüßenden Malcolm mit einem Volltreffer in die Leber, und während Malcolm sich mit einer Grimasse voll Schmerz und Überraschung krümmte, lernte das Volk, und während Gielty ihn mit seinen Fäusten wie vor den Hörnern eines Stiers vor sich hertrieb, lernte das Volk, dass es allein war, und als die Fausthiebe, die an diesem Nachmittag erklangen, eine unheilbare Wunde in die Erinnerung schlugen, lernte das Volk, dass es allein war und für sich selbst kämpfen musste, und während sich die beiden Gestalten zum Rand des Parks hin verloren, lernte das Volk, dass es allein war und für sich selbst kämpfen musste und dass es aus seiner eigenen Mitte heraus die Mittel, das Schweigen, die Schläue und die Stärke holen würde, während ein letzter Schlag den lieben Onkel Malcolm auf die andere Seite des Zauns warf, wo der benommen liegen blieb, ein Held in der Mitte des Weges.

Dann kam der Erzieher Gielty zurück, und mit dem ersten Schatten der Nacht in den Augen sah er ein einziges Mal zur Reihe der würdig schweigenden Gesichter und erstorbenen Fahnen hinauf, bekreuzigte sich und ging rasch hinein.

Nachwort

Rodolfo Walsh wurde 1927 in Choele-Choel in der argentinischen Provinz Río Negro geboren. Seine Eltern waren irischer Herkunft und gehörten zur ländlichen Mittelschicht, der Vater arbeitete als Gutsverwalter. Als er einen kleinen Bauernhof selbständig zur Pacht übernahm, verschlechterte sich bald die Situation der Familie, aber immerhin war man näher den Orten, an denen die Kinder eine Schulbildung erhalten konnten.

Rodolfo besuchte zwei Internatsschulen, die von irischen Geistlichen geführt wurden, und kam schließlich nach Buenos Aires, um die Mittelschule zu beenden. Bereits als Siebzehnjähriger arbeitete er bei einem Verlag als Korrektor und Übersetzer von Kriminalgeschichten.

Nach einem bald abgebrochenen Studium der Geisteswissenschaften kehrt er zur Literatur zurück. Er gibt die erste argentinische Anthologie von Kriminalgeschichten heraus und schreibt selbst solche, die 1953 als *Variaciones en rojo* (Variationen in Rot) erscheinen.

Nachdem er Artikel für diverse Zeitungen und Zeitschriften geschrieben hat, wird 1956 für ihn das entscheidende Jahr. Präsident Perón war 1955 vom Militär gestürzt worden. Der peronistische Offizier Valle unternahm im Juni 1956 gegen den Diktator Aramburu einen Aufstand, der fehlschlug. Viele Arbeiter und Anhänger Valles wurden gefoltert und erschossen, einige kamen mit dem Leben davon. Walsh erforscht als Journalist die Vorfälle genauestens und schreibt Artikel darüber. Aus diesen Recherchen und journalistischen Arbeiten wurde später das Buch *Operación Masacre*, ein Meilenstein der argentinischen, ja der lateinamerikanischen „literatura testimonial", der Literatur, die auf Zeugenaussagen beruht.

Als Walsh wenig später dem Fall Satanovsky, einem Mord an einem Anwalt, nachspürt, muss er diese Ermittlungen bereits bewaffnet, geheim und mit falscher Identität unternehmen.

Nach dem Sieg der Revolution reist er 1959 nach Cuba, um zusammen mit anderen die Nachrichtenagentur *Prensa Latina* zu organisieren.

Zurück in Argentinien, schreibt er zwei Theaterstücke, Satiren auf das Miltär: *La batalla* (Die Schlacht) und *La granada* (die Granate);

dieses letztgenannte Stück wird 1965 uraufgeführt.

In diesen Jahren kehrt Walsh zum Schreiben von *cuentos*, Erzählungen, Geschichten, zurück. Sie erscheinen 1965 und 1967 als *Los oficios terrestres* und *Un kilo de oro*; dazu *Un oscuro día de justicia* zuerst in einer Zeitschrift, dann 1973 als Buch.

Wie sehr Walsh sich nicht nur für die Stadt, die Politik, die Arbeiter und Gewerkschaften, und das Militär, sondern auch das Leben der Landbewohner interessierte, zeigen seine von Fotos begleiteten Artikel über Menschen und Landschaften des Nordostens, die 1966-1967 in *Panorama* erschienen.

Noch einmal kehrt Walsh zum investigativen Journalismus zurück und publiziert *Quién mató Rosendo?* (dt. *Wer erschoss Rosendo García?*), worin er den wichtigsten Vertreter der Gewerkschaftsbürokratie als Verantwortlichen für die Ermordung eines Metallgewerkschafters anklagt.

Mehrere Jahre leitet Walsh die Zeitung der Gewerkschaft CGT.

In dieser Zeit (Ende der Sechziger Jahre) gerät Walsh immer tiefer in die Spannung zwischen Schreiben und politischem Aktivismus.

Seit 1970 ist Walsh bei den linksgerichteten „Bewaffneten Kräften des Peronismus", 1973 tritt er in die Organisation „Montoneros" ein und arbeitet für deren Pressedienst „Noticias" unter Mitarbeit anderer hervorragender Journalisten wie Bonasso, Gelman, Urondo, Verbitsky.

Auf Peróns Tod (während dessen zweiter Präsidentschaft) folgen große politische Unruhen, die 1976 zum Putsch der Militärs führen. Nach der Machtübernahme der Militärjunta unter General Videla geht Walsh in den Untergrund. Schon 1976 fällt seine Tochter Victoria im Kampf. Im März 1977, ein Jahr nach dem Staatsstreich, schreibt Walsh einen *Offenen Brief eines Schriftstellers an die Militärjunta*, in dem er die brutale Militärdiktatur aufs heftigste angreift, und schickt ihn an Tageszeitungen. Am selben Tag, dem 25. März 1977, versucht ihn ein Militärkommando zu entführen. Da er sich nicht ergibt, wird er von zahlreichen Kugeln getroffen, seinen Leichnam lässt man verschwinden; er ist bis heute nicht aufgetaucht. Einen Tag später wird sein Haus verwüstet, Manuskripte lässt man ebenfalls verschwinden.

Die Geschichten

Wie Walsh selbst in seiner zweiten Notiz (in diesem Band) kurz erwähnt, finden sich in seinen Geschichten zwei Themenbereiche, aus denen er schöpft: zum einen das Milieu des Internats für *Iren jagen einen Kater* und *Die irdischen Dienste*, auf die später noch *Ein schwarzer Tag für die Gerechtigkeit* folgen sollte, zum anderen das Leben auf dem Land und in der Kleinstadt für *Fotos* und *Briefe*. Bei beiden Themenbereichen schöpft Walsh aus den Erfahrungen seiner Kindheit und Jugend. Dazu kommt die Zeit, die er als Journalist, Übersetzer und Korrektor arbeitete; diese Tätigkeit schlug sich in Texten wie *Diese Frau* und *Fußnote* nieder.

Doch schon die oft nüchternen, schlichten Titel wie *Diese Frau, Fotos, Briefe, Fußnote* zeigen, wie sehr es Walsh weniger auf spektakulären Inhalt oder das Milieu selbst als vielmehr auf die literarische Gestaltung ankommt.

FOTOS baut sich auf aus zahlreichen getrennten Einzelbildern, man blättert darin wie in einem Album und sieht Momentaufnahmen aus Kindheit und Jugend zweier Jungen mit sehr verschiedenen Charakteren, mit sehr verschiedenen Vätern, Großgrundbesitzer der eine, Händler der andere. Jacinto junior ein braver Student und Träger der Familientradition, Mauricio ein ruheloser Rebell, der letztlich keinen Weg ins Leben, sondern nur – in fürchterlich theatralischer Form – aus dem Leben in den Tod findet. Das alles spielt vor einem präzise gezeichneten Hintergrund der politisch-sozialen Auseinandersetzungen, als Perón stetig an Macht gewann, ein Militär und Politiker, den die Grundherren zutiefst ablehnten, mit dem sie sich aber zunächst arrangieren mussten. So sagt Tolosa senior zu Tolosa junior: „Du wirst die Partei wechseln, weil die unsre tot ist. ...Das wird dir von Anfang an einen besonderen Ruf verschaffen, den Leuten gefällt es, wenn die Söhne den Vätern Paroli bieten, natürlich immer mit dem gebotenen Respekt. ...In zwei Jahren kann ich dich zum Provinzabgeordneten machen." Der Titel der Erzählung betrifft nicht nur den Aufbau in Bildern, sondern auch den zentralen Inhalt: Mauricio wird Fotograf, steht aber auch hier im Widerspruch zur „traditionellen" Kunstauffassung.

Die längste Erzählung BRIEFE liegt zeitlich vor *Fotos*, sie spielt während des sog. „Berüchtigten Jahrzehnts" der dreißiger Jahre, als die Oligarchie mit Wahlbetrug und Bestechung Politik und Wirtschaft beherrschte, was Anfang der Vierziger zum Miltärputsch und Aufstieg Peróns führte. Während man *Fotos* wie ein Album durchblättern kann, verlangt *Briefe* höchste Konzentration, damit man sich mit der Fülle der Personen und Situationen vertraut machen kann. Die Erzählung ist oft in umgangssprachlichem Ton gehalten, überdies gleitet eine Situation nahtlos in die nächste über, Erzählperspektiven wechseln, oft ist nicht eindeutig auszumachen, wer gerade spricht, und so setzt sich aus zahllosen Mosaiksteinchen das soziale Panorama rund um zwei Familien zusammen, die des Großgrundbesitzers Tolosa und die des verarmten Kleinbauern Moussompes, um Arzt, Pfarrer, Anwalt, Auktionator, Polizeikommissar u.a.m. Das Streben, seinen Landbesitz zu mehren, ist die größte Antriebskraft des Viehzüchters Tolosa: „Als ich hierher kam, gab es nicht einmal Zäune. Ich musste endlos kämpfen, bis man mir Besitztitel anerkannte, Grenzsteine." „Dieser Hügel (den er seinem Besitz hinzufügen will) ließ Tolosas Blut kochen. Keine Frau hat sein Blut je so zum Kochen gebracht." Und durch einen üblen Trick des Kommissars, der sich dem Dorfcaudillo gefällig erweisen will, bekommt er das Stück Land des verarmten Moussompes, der am Schluss im Gefängnis nur einen schwachen Trost für die Zukunft hat: „Aber wenn jemant fragt, wie Moussompes ins Gefängnis kam, dann findet er niemanden, der Schuld hat. Und am meisten Wut macht, das die ganzen großen Diebe alle frei herumlaufen und die Leute hier im Gefängnis sind so arm, das man weinen möchte. ... Eingesperrt werden nie die, die Gelt haben, das ist der beste Anwalt und Richter: aber sie werden schon sehen, es wird ihnen genauso gehen und ihr ganzer großer Reichtum der Rinder geht verlohren. Und ich werde kommen. ...ich will mit den Truppen wiederkommen ...Ich hab sie auf meiner Seite, die ganz armen Leute, und ich kann außer meinem Leid kein anderes mehr sehen."

Walsh zieht in diesem Text viele Sprachregister: Lieder, Tangoverse, Gebete, Kindersprache und vor allem die Sprache des Moussompes in seinen Briefen. Von dem Kampf, um Grund und Boden zu mehren (Tolosa) oder um bloßes Überleben (Moussompes) hebt sich die beständige Freundschaft der Töchter der beiden Protagonisten, Estela und Lidia, ab.

DIESE FRAU ist Walshs beste Erzählung um eine politische Episode. Walsh in der Notiz: „Das hier wiedergegebene Gespräch entspricht im Wesentlichen der Wahrheit." Die Kurzgeschichte beruht auf einer Begegnung des Autors mit dem Obersten Moori Koenig, dem Chef des Heeresgeheimdienstes während der sog. Befreiungsrevolution, der die Entführung des einbalsamierten Leichnams von Eva Perón organisierte. Ein wesentlicher Reiz des Textes besteht darin, dass Evitas Name nie fällt und somit ihre Identität nicht eindeutig auszumachen ist. Nach ähnlichem Prinzip spielt Walsh in *Fotos* und *Briefe* auf Perón immer nur mit „er" an (z. B.: „Jetzt beschimpft er uns im Radio, aber den Weizen muss er im Ausland kaufen...")

Wie Walsh das Gespräch der beiden Männer in dem dunklen Zimmer gestaltet, das nur die Leuchtreklamen des Getränke-Weltkonzerns durchflackern (symbolisch eine Finsternis über Argentinien, wo nur das ausländische Kapital leuchtet?), wie er die Faszination, die die Ikone des Volkes selbst auf den Gegner ausübt, spürbar macht, das ist große Erzählkunst. *Diese Frau* ist mittlerweile ein klassisches Stück argentinischer Kurzprosa: eine Kritikergruppe hat sie zur besten Kurzgeschichte gewählt, noch vor Geschichten von Borges und Cortázar. Dazu kommt noch ihr symbolischer Wert als Metapher: Sind doch während der letzten Militärdiktatur so viele Menschen und Leichname „verschwunden" (die *desaparecidos*), nicht zu vergessen Rodolfo Walshs eigener zerschossener Körper.

FUSSNOTE frappiert durch seine drucktechnische Anordnung. Dem Erzähltext wird zu Beginn eine Fußnote beigegeben, die aber mit fortschreitender Erzählung immer mehr an Umfang und Gewicht gewinnt, bis sie den ursprünglichen Haupttext völlig verdrängt. So wird die Lebensrückschau des kleinen, scheinbar unbedeutenden Übersetzers León de Sanctis (der da als Leiche im Zimmer liegt) zum Hauptthema. Der schlichte, fleißige Autodidakt, der Mechaniker, der sich zum Sprachexperten mausert, beweist, dass Klassenbarrieren überwindbar sind. Freilich scheitert León irgendwann am System und findet, als er aus Not seine geliebte Schreibmaschine verpfänden muss, keinen Ausweg aus der Misere als den Freitod.

Die drei Geschichten IREN JAGEN EINEN KATER, DIE IRDISCHEN DIENSTE und EIN SCHWARZER TAG FÜR DIE GERECHTIGKEIT erzählen vordergründig Episoden aus dem

Internatsleben. Walsh sagt über seine Erfahrung in jener Zeit: „In den zwei irischen Schulen, die ich besuchte, entdeckte ich unter den Schülern ein zwanghaftes Bedürfnis, Rangordnungen im Prestige, im Mut, in der Stärke herzustellen." Das isoliert im freien Gelände liegende Internat wird von katholischen Patres geleitet, denen Erzieher zur Seite stehen, die jedoch mehr als Aufseher und Drillmeister denn als Pädagogen agieren. Jeder Knabe hat seinen festen Platz in der Hierarchie, die auf gewonnenen oder verlorenen Boxkämpfen beruht. Die Jungen werden von Walsh als „das Volk" bezeichnet, womit er schon auf die allegorische Bedeutung hinweist: Das Volk wird beherrscht von den Autoritäten, den Anstaltsleitern und deren Büttteln, unter denen auch ein „perverser, verrückter" Erzieher wie Gielty sein kann. Jeder Neue muss durch einen Initiationsritus (*Iren jagen einen Kater*). Ein opulenter Feiertagsschmaus mit Besuch der Sponsorinnen und des Bischofs mündet in qualvollste Schwerarbeit der Müllbeseitigung, die der Schwächste leisten muss (*Die irdischen Dienste*).

Die letzte Geschichte EIN SCHWARZER TAG FÜR DIE GERECHTIGKEIT zeigt den allegorischen Charakter am klarsten. Dazu soll der Autor Walsh selbst das Wort haben, der sich im Interview mit Ricardo Piglia dazu äußerte:

„Es gibt eine gewisse Entwicklung in der Reihe der drei „irischen" Geschichten. In *Ein schwarzer Tag* erscheint eine politische Anspielung zum ersten Mal ausdrücklich, denn es gab politische Konnotationen auch in den anderen, aber viel symbolischer und weniger bewusst. Hier, in *Ein schwarzer Tag*, ist die Rede vom *Volk* und seinen Hoffnungen auf eine Erlösung mittels eines Helden, das ist ein Held von draußen, will heißen, das Volk setzt seine Hoffnungen nicht auf sich selbst, sondern auf etwas außerhalb seiner selbst, wie wunderbar es auch sein mag... Ich glaube, der Schlüssel zum Verständnis des politischen Bezugs zwischen Volk einerseits und seinen Helden andererseits tritt am Schluss zutage, wenn es heißt *„während Malcolm sich mit einer Grimasse voll Schmerz und Überraschung krümmte, lernte das Volk",*... und später, wenn es heißt, *„lernte das Volk, dass es allein war",* und später: *„lernte das Volk, dass es allein war und für sich selbst kämpfen musste und dass es aus seiner eigenen Mitte heraus die Mittel, das Schweigen, die Schläue und die Stärke holen würde..."* Ich glaube, dass das die deutlichste politische Aussage der irischen Geschichten ist, sehr anwendbar auf unsere sehr konkrete Lage: auf den Peronismus und sogar auf die revolutionären Hoffnungen, die hier im Hinblick auf einen Revolutionsführer erwacht sind, auch im Hinblick auf Che Guevara, der just in jenen Tagen starb und über den manche sagten: „...wenn Che Guevara hier wäre, dann würde ich mitmachen und wir alle würden uns beteiligen und die Revolution machen..." Eine völlig mystische Vorstellung, dass der Mythos, die Person, der Held die Revolution macht anstelle des gesamten Volkes, dessen beste Verkörperung zweifellos der Held ist, in diesem Fall Che Guevara. Aber ein einzelner Kerl, wie groß auch immer er sei, kann absolut gar nichts erreichen, wenn auf ihn das übertragen wird, was die Sache aller ist. So kommt nichts in Bewegung. Ich glaube, das ist die Lektion, die die Jungen an jenem Tag lernen. Er (Malcolm) verliert nicht seine Aura eines Helden, weil der andere ihn mit Hieben und Tritten vor sich hertreibt, aber die Jungen begreifen eines: wenn sie sich am Erzieher Gielty rächen wollen, dann müssen sie sich zusammenschließen und ihn gemeinsam fertigmachen. Das ist die Lektion."

Friedrich Stockmann

Danksagung

Der Übersetzer dankt Prof. Dr. Andrea Pagni, Erlangen, und Dora de la Vega, Córdoba, Argentinien, für die freundliche Beratung bei der Übersetzung von „Cartas – Briefe" und „Un kilo de oro – Ein Kilo Gold".

Lutz Kliche

Anmerkungen

Brian Boru: irischer König, um 1000 n. Chr.
Bunge und Born: multinationaler Konzern für Getreideprodukte
Chaco-Krieg: zwischen Bolivien und Paraguay 1932 bis 1935 um einen Teil des Gran Chaco-Gebietes
Ein Kilo Gold spielt in Buenos Aires in den Sechzigern, im Ambiente der Intellektuellen, in Kreisen von Künstlern, Malern und Theaterleuten...Diese Kurzgeschichte enthält, genau wie viele andere Geschichten Walshs, zahlreiche Anspielungen auf Personen, Autoren, literarische Werke, Tangos und andere Werke argentinischer Kultur, die nur im und aus dem argentinischen Zusammenhang verständlich werden und denen in einer Übersetzung, die nicht interpretieren will, schlichtweg nicht gerecht zu werden ist. (L.K.)
Emania, Palast von: im keltisch-irischen Mythos
Facundo: Hauptfigur in Sarmientos Roman-Essay *Leben des Juan Facundo Quiroga. Zivilisation und Barbarei in der argentinischen Republik*, worin der Gaucho-Führer Facundo als komplexe, dämonische Person gezeichnet wird
Gürteltier: sein Fleisch wurde gern gegessen; gemeint ist Yrigoyen
Hereford: Rinderrasse, nach der britischen Stadt Hereford
Irigoyen und Uriburu: in der Literatur meist Yrigoyen mit Y: Hipólito Yrigoyen, Führer der Radikalen Partei, Staatspräsident 1916-1922, dann 1928-30. 1930 wurde er durch General J. F. Uriburu abgesetzt, der die Vorherrschaft der Landoligarchie wiederherstellte
La Quiaca: Stadt ganz im Norden, an der Grenze zu Bolivien
Liniers: ein Stadtteil von Bs.As., wo die Rinderversteigerung stattfindet
Lugones : Leopoldo L., Journalist, Lyriker, Erzähler, zuerst Sozialist, später Nationalist
Marienbad: Anspielung auf den französischen Film von Robbe-Grillet und Resnais *Letztes Jahr in Marienbad*
Miaja, General: Oberbefehlshaber der Republikaner
Psychodrom: die innere und äußere neurotische Umwelt Renatos
San Lorenzo-Marsch: ein Militärmarsch zu Ehren der Schlacht von San Lorenzo, 1813, in der der argentinische Befreier San Martín die Loslösung von Spanien eröffnete